죽어도
죽지마

우 대 경   장 편 소 설

우대경 지음

아마존의나비

죽어도 죽지마

발행일 ┊ 2019년 8월 15일 초판 1쇄 발행

지은이 ┊ 우대경
펴낸곳 ┊ 아마존의 나비
펴낸이 ┊ 오성준
마케팅 ┊ 김현철

등록 ┊ 2014년 11월 19일 (제2018-000191호)
주소 ┊ 서울 마포구 양화로 56 동양한강트레벨 1022호
전화 ┊ 02-3144-8755   **팩스** ┊ 02-3144-8757
이메일 ┊ osjun@chaosbook.co.kr

디자인 ┊ 디자인콤마
인쇄처 ┊ 이산문화사
I S B N ┊ 979-11-90263-01-6 03810
정가 ┊ 12,000원

차례

프롤로그

에리카의 꽃말

가수 하윤영, 자살로 결론. 꽃잎의 정체도 밝혀져

지난 23일 자택 욕조에서 사망한 채 발견된 가수 하윤영 씨의 사망 사건이 자살로 결론났다. 사건을 조사 중인 경찰 관계자는 외부인의 침입 흔적이 전혀 없으며, 스스로 손목을 그은 것이라고 발표했다.

경찰은 이번 발표에서 소문으로만 전해지던 이른바 '꽃잎 미스터리'에 관해서도 언급했다. 하윤영 씨의 시신이 발견된 욕조에 붉은색 꽃잎이 띄워져 있었으며, 그 꽃이 에리카라고 전한 것이다. 수사상의 비밀로 여겨진 꽃잎에 관한 이야기가 어떻게 알려졌는지는 아직 조사 중이라고 밝혔다. 하윤영 씨의 죽음만큼이나 세간을 들썩이게 했던 '꽃잎 미스터리'가 사실로 밝혀진 순간이었다.

이후 포털사이트 실시간 검색창은 에리카 꽃과 하윤영 씨에 관한 글들로 가득 찼다. 특히 에리카의 꽃말이 '고독'이라고 밝혀지면서 SNS상에서는 꽃잎이 다잉 메시지라는 소문이 걷잡을 수 없이 퍼지고 있다.

한편, 하윤영 씨의 빈소에는 많은 연예인과 방송 관계자들이 고인의 마지막을 함께 했던 것으로 전해졌는데, 특히 유명 예능 PD인 라기철 씨는 가장 먼저 장례식장을 찾아 3일 내내 자리를 지키며 애도를 표했다고 한다.

살아생전의 인기만큼 죽은 후에도 연일 화제의 중심에 있는 하윤영 씨. 그녀는 유서 한 장 남기지 않고 갑자기 떠나버렸지만, 그녀의 죽음에 관한 관심은 한동안 식지 않을 것으로 보인다.

제 1 장

—

천사

1   2018년 3월 9일, 마포대교

새벽 4시. 강시우는 난간을 오르고 있었다. 저절로 욕이 나왔다. 새로 만들었다는 난간의 꼭대기까지 오르는 일이 까다로웠기 때문이다. 위로 갈수록 안쪽으로 구부러져 있고, 맨 위의 봉이 주판알처럼 뱅글뱅글 돌아 여간 불편한 게 아니었다.

특이한 난간이 살고자 하는 의지를 안겨준다고 믿는 걸까? 여기서 죽기 힘들면 다른 곳에 가서 죽을 거란 생각은 하지 못하는 걸까?

그는 기이한 난간의 설치가 자살률을 떨어뜨릴 것이라고 믿는 멍청함, 혹은 마포대교가 아닌 곳에서 투신하길 바라는 이기심이 만든 시설물의 정상에서 잠시 주변을 살폈다.

마지막으로 보는 한강 야경이 슬프도록 아름다웠다. 도시의 불빛이 비친 강물은 별빛을 품은 은하수마냥 청아했다. 상상이 빚어낸 한 폭의 수채화를 바라보는 눈에 물기가 스며들었지만 이내 고개를 휘저었다. 감성적으로 굴 시간이 없었다. 자살에 성공하기 위해 주어진 시간은 매우 짧다는 걸 알고 있었다.

생에 남은 미련이나 아쉬움 따위는 없다. 사랑하는 사람도 없다. 마지막 인사를 나눌 친구도 없다. 유일한 가족이자 버팀목인 아버지가 떠난 뒤로 죽지 못해 살아왔다. 지독히 외로운 삶이었다.

휴대폰과 지갑은 난간 아래에 잘 두었다. 시체를 찾지 못해도 투신자의 신분을 알아내는 일은 어렵지 않을 것이다. 읽을 사람이 없었기에 유서는 쓸 필요가 없었다. 하윤영의 열렬한 팬이긴 하지만, 그녀 때문에 죽는 것이 아니니 베르테르 효과 따위로 포장하지 마세요, 라고 쓸까 생각은 했지만.

구조를 지연시키기 위해 발목에 찬 모래주머니의 찍찍이를 풀어 다시 단단하게 조여 붙였다. 절대로 실패하면 안 된다. 오늘 죽어야 삶의 수미상관이 완성되기 때문이다. 살면서 마음대로 되는 것 하나 없었지만, 죽음만큼은 원하는 곳에서 원하는 방식으로 할 수 있다는 것에 작은 감사를 느꼈다.

눈을 감았다. 요동치는 심장 소리가 저기 여의도에 잠든 아기를 깨우진 않을까? 미친놈. 별생각을 다 한다. 강물은 엄청 차갑겠지? 휴우. 진짜 가자. 하나 둘 셋. 순식간에 아래로 떨어진다. 칼바람이 얼굴을 베어나간다. 마포대교가 이렇게 높았던가.

왜 아직도 물이 닿지 않는지 모르….

2 투신 두 달 전, 서울 방학동, 강시우의 반지하 자취방

시우는 자살을 준비하면서 필연적인 끌림을 느꼈다. 그 끌림
의 끝에 아버지와 마포대교가 있었다.

그가 아버지께 왜 남들과 다리가 다르냐고, 왜 똑바로 걷지
못하냐고 물어볼 때마다 아버지는 마포대교 공사 이야기를 해
주셨다. 철없던 시절의 시우는 뻔히 알면서도 묻고 또 물었다.
어릴 때는 마포대교 공사 이야기를 듣는 것이 그저 좋았다. 하
지만 주위 사람들을 의식하는 나이가 되면서 아버지가 부끄러
워지기 시작했다.

기억이 분명하지 않지만, 옆집 아줌마인지 뒷집 아줌마인지
로부터 아빠가 병신이라는 말을 들었다. 병신의 뜻을 몰랐던 시
우가 그 얘기를 어머니께 일러바쳤다. 일순 어머니의 표정이 일
그러졌다. 섬뜩하리만큼 화가 난 그 표정은 오랜 세월 풍화되어
뭉툭해져 버린 그날의 사건에서 유일하게 지금까지 날이 서 있
는 기억의 편린이었다. 어머니는 그 길로 그 아줌마를 찾아가
소금을 뿌리고 머리털을 뽑았다. 덜덜거리는 손톱을 물어뜯으
며 그 광경을 바라본 시우는 그 후로 아버지의 왼쪽 다리에 관
해 묻지 않았다.

그렇다고 살면서 일부러 마포대교를 피해 다니지는 않았다.

하지만 한 번씩 마포대교를 지날 때면, 아니 지나야 할 때면 가족을 둘러싼 삶의 무게에 가슴 저리곤 했다. 그래서 그는 삶의 마지막을 마포대교에서 맞이하는 게 좋겠다고 생각했다. 마포대교는 가족 불행의 시작이었으니까. 시간이 갈수록 마포대교는 죽기에 좋은 장소에서 죽어야만 하는 장소로 바뀌어갔다.

아버지의 목숨 값.

그깃만 받을 수 있었더라면 많은 것이 달라졌을 것이다. 나태와 우유부단, 게으름과 안일, 태만과 늑장이 무지함과 만나 초래한 말도 안 되는 그 실수를 저세상에서 만날 아버지께 어떻게 설명할 수 있을까?

시우는 고개를 저었다. 만회를 위해 충분히 노력했었다. 지금은 오로지 죽는 것에만 신경 써야 할 때였다. 마포대교에서 자살하기 위한 정보를 수집했다.

그들은 왜 마포대교에서 뛰어내리는가?

수많은 예방 정책과 시설물 확충에도 불구하고 마포대교는 한강의 다리 중 가장 많은 자살 시도가 발생하는 곳이다. 서울대학교 사회심리학과 윤유수 교수는 마포대교가 이미 자살의 상징이 되었다는 주장을 펼쳤다. 자살을 생각하는 사람들이 마포대교를 떠올린다는….

마포대교, 최근 3년간 95% 이상의 구조율 보여

서울 소방재난안전본부는 최근 3년간 마포대교에서 자살을 시도하는 사람 중 95% 이상을 구조했다고 밝혔다. 이는 생명의 전화 설치, CCTV 추가 설치, 투신 방지 난간 설치 등이 효과를 나타낸 것으로….

높아진 마포대교 난간, 자살 시도자 크게 줄었지만…

마포대교에 난간을 설치한 후 자살 시도자 수가 줄어든 것으로 나타났다. 하지만 전문가들은 난간의 설치가 임시방편일 뿐이라고 말한다. 자살을 막는 근본적인 대책이 선행되어야 한다고….

　시우는 마포대교에서 자살이 마냥 쉽지 않다는 걸 알게 됐다. 사각지대 없이 빼곡히 촬영하고 있는 CCTV와 특수한 난간을 설치해 투신을 어렵게 만들고 있었다. 안일한 마음으로 임했다가 자칫 구조라도 된다면, 해당 관청의 '성과 자랑'만 거드는 꼴이 될 수도 있었다. 철저한 계획이 필요했다.

　한 가지 걱정이 있다면 의지와 상관없이 살고자 하는 비겁한 본능이 발동할지도 모른다는 점이었다. 극한의 상황에서는 스스로의 의지조차 믿을 수 없는 법. 본능을 제어할 도구가 필요했다. 고심 끝에 발목에 차는 3kg짜리 모래주머니를 샀다.

　그렇게 하나씩 계획을 세워나가던 시우가 가장 신경 쓴 부분은 죽음의 시기였다. 한 번뿐이기도 하거니와 스스로 마침표를 찍는 날이기에 아무 날에나 죽을 수는 없었다.

　인터넷에서 찾은 마포대교의 착공식 날이나 준공식은 느낌이 오지 않았다. 자신이나 가족의 생일도, 어머니와 대전에서 헤어졌던 날도 썩 내키지 않았다. 한참을 고민하던 시우는 마침내 만족스러운 해답을 찾았다.

　강시우〔출생 1988.10.25. - 사망 2018.3.9.〕

강시우가 태어난 1988년, 사람들은 서울올림픽을 떠올리겠지만 시우 가족에게는 패럴림픽이 더 기억에 남았다. 시우가 태어난 날이 제8회 서울 패럴림픽의 폐막식이었기 때문이다. 마치 장애가 있는 아버지에게서 태어난 것을 상징이라도 하듯.

따라서 평창 패럴림픽 개막식은 태어난 날과 죽는 날을 수미 상관으로 맞추는 최고의 날이었다.

대한민국에서는 역대 딱 두 번의 올림픽이 개최되었다. 1988년과 2018년. 그 기간만 사는 것이다. 태어난 해에는 하계올림픽, 죽는 해에는 동계올림픽. 여름과 겨울, 쓸데없는 균형감이 느껴졌다. 태어난 날이 폐막식이었으니, 죽는 날은 개막식이 합당했다. 음양의 조화가 이런 걸 뜻하는 건지는 몰라도, 온몸에 털이 곤추섰다.

완벽했던 그날, 시우는 죽을 수 있을 줄 알았다.

3   2018년 3월 10일, 하얀 방

힘겹게 눈을 떴다.

그리고 자신이 죽지 않았다는 것을 깨닫는 데 10초도 필요하지 않았다. 누가 봐도 모텔인 이곳을 어떻게 저승으로 생각할 수 있겠는가? 손에는 링거까지 꽂혀 있는데.

두 달 전부터 오늘을 준비했던 그였다. 한강으로 몸을 날리는 순간 두렵지 않았다면 거짓말이겠지만, 과감하게 행동했다.

비겁하게 생을 유지하려는 본능이 발동할까 발목에 모래주머니마저 찼다. 기억이 끊어지기 전까지 분명 살기 위한 어떤 노력도 하지 않았다.

그랬기에 시우는 지금의 상황을 도저히 이해할 수 없었다. 돈조차 한 푼 없었는데 어떻게 이 자리에 누워 있을까?

설마 무의식중에 한강을 헤엄쳐 나온 뒤 돈을 빌리거나, 줍거나, 훔쳐서 적당한 모텔을 찾아 자빠져 자고 있을 리는 없지 않은가? 아니라면 역시 무의식중에 한강을 헤엄쳐 나온 뒤 적당한 모텔을 찾아 주인을 협박하거나, 죽이기라도 했을까?

아무리 의식이 없었다 해도 그럴 가능성은 없었다. 시우는 자신에게 그런 깜냥이 없음을 알고 있었다. 차라리 무의식중에 모텔에 취직했다는 말이 더 높은 확률로 느껴질 만큼. 어떠한 가정으로도 지금 상황은 설명이 되지 않았다.

시우는 절망감과 부아가 치미는 짜증을 실컷 맛보고 나서야 겨우 일어나 앉아 주변을 살폈다. 방은 온통 하얀색이었다. 시계의 짧은 팔이 8에 머물고 있었다. 하루가 아직 지나지 않은 모양이었다. 안도의 한숨이 새었다.

시우는 오늘 안에 다시 마포대교에서 죽을 생각을 하다가 지금 상황이 완전히 비상식적이라는 걸 깨달았다. 분명 자신은 누군가에 의해 구해진 것이다. 도대체 물에 빠진 남자를 힘들게 구해 모텔에 데려다 놓고 사라질 이유가 뭐가 있을까? 여기까지 자신을 옮겨 놓으려면 몇 명의 구급대원들이 필요했을까? 잠깐, 구급대원이 구조했다면 왜 병원이 아니라 모텔에다 뉘어 놨지?

구급대원이 아니다. 그렇다면 대체 누가? 제길, 옷은 또 언제부터 말라 있는 거야?

여기가 저승인지 꿈속인지 헷갈릴 지경이었다. 모텔에서 살아 있을 가능성보다 저승이 모텔처럼 생겼을 가능성이 더 커 보였다. 극심한 혼란스러움은 갈증으로 이어졌다. 비틀거리며 냉장고 쪽으로 다가갔다. 전형적인 숙박업소용 미니 냉장고의 문을 여는데 빛실시 않은 불선늘이 보였다. 지갑과 휴대폰. 설마…. 하지만 그것들은 분명 그의 것이었다.

분명 마포대교에서 뛰어내리기 전에 난간 아래 뒀던 물건들이 여기에 고스란히 있다. 불편한 긴장감에 가슴이 거칠게 뛰었다. 또 다른 무엇인가가 있을지 모른다는 생각에 방을 두리번거렸다. 새하얀 모텔에 어울리지 않는 새까만 500ml 텀블러가 수상쩍게 놓여 있었다.

시우가 의심 가득한 눈빛으로 조심스럽게 텀블러를 잡았다. 텀블러 안에 뜨끈한 코코아가 김을 뿜고 있었다. 마셔도 되는 것일까? 만약 이 코코아에 독을 탔다면…. 순간 실소가 일었다. 자신이 한심했다. 죽으려고 강으로 뛰어들었던 놈이 독살을 의심하다니.

벽면 거울에 의심 가득한 눈빛의 퀭한 소인배가 비쳤다. 손에 코코아를 든 채 의심하며 재는 모습이 볼썽사나웠다. 거울 속의 소인배를 한동안 노려보던 시우가 천천히 텀블러를 입으로 가져갔다. 혓바닥이 코코아의 당도를 쫓자마자 깊은 풍미가 올라왔다. 투신으로 지쳤던 정신과 육체에 영양분이 보급되었고,

따뜻한 기운이 자살 실패로 인한 짜증과 절망을 녹였다.

사람이 이리도 나약할까? 아스피린 한 알에 두통이 사라지고 소량의 청산가리로도 죽음에 이르게 할 수 있지만, 두통약도 독약도 아닌, 아이들이나 좋아하는 코코아지 않나.

깊은 한숨으로 푹 숙여진 고개와 함께 처량하게 내리 꺾인 시선이 텀블러 밑에 놓인 메모에 꽂혔다.

일어나면 전화해.
천사, 010-1004-1004

천사라니. 시우의 표정이 일그러졌다. 지금의 상황으로 이끈 사람이 정신병자이거나 사기꾼이라는 생각이 들었다. 번호를 보고 전화를 걸어볼까 하다 기다려보기로 했다. 코코아에서 온기가 느껴졌기 때문이다. 그 온기는 조금 전까지 누군가가 이 방에 있었음을 알려주는 증거였고, 곧 돌아올 거라고 말해주는 듯했다.

스마트폰을 집어 습관적으로 홈 버튼을 눌렀다. 액정에 불이 들어왔다. 아, 씨발! 시우가 소리를 질렀다. 당연히 3월 9일 오후 8시일 거라 생각했다. 하지만 휴대폰 액정의 날짜는 3월 10일을 선명하게 새기고 있었다. 수미상관으로 맞춘 운명적인 날이 지나가다니. 30년 만에 찾은 죽음의 날을 놓치다니. 차오르는 분노를 억제하기 힘들었다.

자신을 구조한 사람, 아니 그 사람들은 반드시 돌아온다. 굳이 죽겠다고 새벽 4시에 한강으로 뛰어든 남자를 구해놓고 아무런 대가 없이 그냥 갈 이유는 없으리라.

그러나 기다려도 그들은 돌아오지 않았다. 시우는 시계의 작은 바늘이 12를 지나고서야 주섬주섬 스마트폰과 지갑을 챙겼다. 텀블러는 제자리에 뒀다. 혹시 모텔 주인이 그에게 뭐라도 말을 걸지 않을까 했지만, 전혀 관심을 두지 않았다. 힐부러 프런트를 세 번이나 왔다 갔다 하는데도.

그렇게 그는 원한 적 없는 두 번째 삶을 영문 모른 채 살아야 했다. 그때까지만 해도 그는 그 따뜻한 코코아를 다시 마시게 될 줄은 꿈에도 몰랐다. 코코아의 숨겨진 비밀은 더더욱 알수 없었다.

4   강시우의 과거, 그리고 서울대교

강시우의 아버지는 왼쪽 다리를 절었다. 언제나 꼿꼿한 자세로 걷고 누구보다 빠르게 달릴 수 있었던 그는 사고를 당한 스물세 살 이후 하루도 꼿꼿이 걷지 못했고, 빠르게 달리지 못했다.

강민구의 장애는 서울대교 공사 현장에서 비롯되었다. 1968년 2월에 착공한 공사로 한강에 네 번째 교량을 만드는 공사였다. 강민구는 철골 부문 하청업체에서 일용직으로 착공 단계부터 일했다. 결혼 후 처음 맡은 일이라 유독 애착이 갔다. 자식이 태어나면 이 다리를 만드는 데 아빠가 앞장섰다고 자랑스럽게 말할 생각이었다.

서울대교 공사가 한참이던 1969년 1월, 예상치 못한 시련이 찾아왔다. 추락 사고였다. 강민구는 여느 날과 마찬가지로 교량 끝에서 야기리(거푸집) 작업에 집중하고 있었다. 갑작스레 불어 닥친 강한 바람이 외줄에 의지한 그를 순간적으로 밀어내 중심을 무너뜨렸다.

주변에 잡을 만한 것이 있을까 손을 뻗었지만, 몸은 이미 낙하하고 있었다. 공중에서 D형 고리를 만져봤지만 끊어져 있었다. 왼쪽 다리가 구조물 어딘가에 심하게 부딪혔다.

순식간에 얼음장 같은 한강으로 떨어진 강민구는 인부들과 구조대의 재빠른 대처로 목숨을 건졌다. 어떤 이는 천운이 따랐다고 말했고, 어떤 이는 두 번째 삶을 살게 되었다고 말했다. 그도 누군지, 어디 있을지 모르는 신에게 감사의 기도를 올렸다.

그런 강민구의 신에 대한 감사가 증오와 분노로 바뀌는 데는 오랜 시간이 필요치 않았다. 수술을 담당했던 외과 담당의가 무심한 어조로 그에게 평생 장애를 안고 살아야 한다고 했다.

"경골과 비골, 그러니까 정강이 앞쪽 뼈와 뒤쪽 뼈, 그리고 발목 관절이 복합 골절, 그러니까 산산 조각났어요. 인대도 완전히 파열됐고요. 회복 후에도 장애가 남을 겁니다."

강민구는 장애란 말이 선뜻 와 닿지 않았다. 의사에게 오진일 거라 우겼다. 그의 아내도 가만히 고개를 끄덕였다. 하지만 시간이 지나면서 강민구는 장애를 받아들일 수밖에 없었다.

억울했다. 신이 있다면 선한 자에게는 복을 내리고, 벌은 악인에게나 내려야 하는 게 아닌가? 아무리 생각해도 이런 벌을 받을 만한 마땅한 이유가 떠오르지 않았다. 그는 앞으로 어떠한 종교도 갖지 않겠다고 맹세했다.

"당신은 나 하나만 병신으로 만든 것이 아니라 우리 가족을 병신 가족으로 만든 것이오!"

병원 옥상에서 아무리 소리를 질러도 달라지는 것은 없었다. 건너에 늘난 비둘기가 날아오른 게 유일한 변화였으나 비둘기마저 공중을 한 바퀴 선회하고는 돌아와 제자리에 앉았다.

그리고 1984년 어느 날, 서울대교는 마포대교로 이름이 바뀌었다.

5

강민구의 아내는 불평하는 법이 없었다. 강민구가 취업에 어려움을 겪어도, 월급이 적어도, 별 이유 없이 해고를 당해도 묵묵히 남편을 지지했다. 그녀는 헌신적이었고 강했다. 그래서 그녀가 그런 선택을 하리라고는 조금도 상상할 수 없었다.

그 일은 1993년, 시우가 여섯 살 되던 해에 일어났다. 당시 시우는 대전 엑스포 마스코트 꿈돌이가 주인공으로 나오는 만화영화를 좋아했다. 그 만화를 볼 때마다 꿈돌이를 보러 가자고 졸랐다. 팍팍한 살림에 시간을 내기 쉽지 않았던 부부는 늘 마음이 쓰였다.

그러던 어느 날, 아내가 쉬기로 했다며 아들과 대전에 다녀오겠다고 했다. 시우는 너무도 좋아했다. 기뻐하는 아들의 모습에 강민구는 웃었지만 한편으로는 왠지 모를 슬픔이 일었다. 강민구는 아내 바지 주머니에 2만 원을 구겨 넣었다. 그때만 해도 그는 아내의 얼굴에 서려 있던 이별의 징후를 발견하지 못했다.

밤 10시에 도착한 미아보호소에는 관리 직원 한 명과 덩그러니 앉은 시우, 그렇게 둘만 있었다. 시우의 눈은 퉁퉁 부어 있었다. 강민구가 달려가 아들을 안았다. 그는 목발을 놓치면서도 시우는 놓치지 않았다.

아내는 대형 꿈돌이에 정신이 팔려 있는 아들을 두고 떠났다. 그때까지만 해도 자신이 버려진 줄 몰랐던 시우는 여전히 울며 엄마를 불러댔다. 아들은 엄마에게 아무런 말도 듣지 못했다고 했다. 일회용 코닥 카메라로·꿈돌이 앞에서 찍은 사진이 아내와 아들의 마지막이었다. 아내는 아들과의 마지막 기억을 시우 가방에 밀어 넣고 말없이 떠났다.

시우는 엄마가 어디에 갔는지, 왜 엄마가 아니라 아빠가 왔는지, 자신이 왜 여기에 혼자 있어야 했는지 물었다. 하지만 강민구는 제대로 답하지 못했다. 그는 그런 일을 설명하는 데 서툴렀다. 시우를 꼭 끌어안는 것 외에 아무것도 할 수 없었다.

대전에서 하룻밤을 자고 집으로 돌아오던 날, 혹시라도 아내가 돌아와 있지 않을까 생각했다. 떨리는 손으로 현관문을 열었다. 엄마, 하고 부르지는 않았지만 시우의 눈에도 기대가 서려 있었다. 하지만 없었다. 아내뿐 아니라 아내가 쓰던 화장품과 옷

가지들이 놓여있던 자리마저 비어 있었다. 그가 대전에 내려간 사이에 짐을 싼 모양이었다.

그날 이후 강민구는 외롭게 시우를 키워나갔다. 자신의 모든 것을 쏟아 아들에게 집중했다. 그러나 그의 노력에도 불구하고 엄마의 보살핌과 모정을 경험하지 못한 시우는 외로움이 넘쳐흘렀다. 행색 하나하나에 스민 엄마 없는 아이라는 슬픔이 늘 강민구의 마음 한구석을 짓눌렀다. 매일 아침 머리를 감겨도, 티셔츠와 바지를 부지런히 다림질해도, 흰 운동화의 얼룩에 아무리 솔질을 해도 도무지 가려지지 않았다.

고등학교 2학년이 된 시우가 자신의 진로를 일방적으로 정해 통보했다. 체대에 가겠다고 했다. 강민구는 어떠한 말도 보태지 않았다. 다만 체대 입시 준비 학원을 등록해줬다. 쪽 볕이 드는 12평 다세대 주택에서 월세 사는 기초생활수급자 신세였지만, 아들의 꿈을 지원해주는 데는 아끼고 싶지 않았다.

하지만 강민구의 그러한 생각과 달리 고작 학원 하나 다니게 하는 데만도 가계가 흔들리고 있었다. 하루가 다르게 그의 한숨은 깊어갔다. 59년 삶의 행로에서 아들을 위해 남겨줄 게 하나 없다는 사실이 쓰라렸다. 아들에게 무엇인가를 해줘야겠다고 다짐했다.

보잘것없는 자신의 목숨과 바꾸는 한이 있더라도.

6

강민구도 어느덧 예순의 나이를 바라보고 있었다. 세월이 깊을수록 더 절뚝거리는 걸음걸이는 스스로 보기에도 흉물스러워 갔다. 넓고 당당했던 어깨는 쪼그라들었고, 두터웠던 가슴 근육은 바람 빠진 풍선이 되었다.

타고난 건강으로 혈압, 당뇨, 콜레스테롤 등의 수치는 이상 없었지만 이마저도 얼마나 갈지 모를 일. 세월이 갈수록 아들에게 짐이 될 뿐임을 잘 알고 있었다. 남은 시간이 많지 않음을 절감하던 강민구는 결국 결단을 내렸다.

생명보험.

자살해도 보험금을 지급해준다는 사실은 그의 결심을 더욱 확고하게 만들었다. 지인을 통해 중년의 여성 보험설계사를 소개받았다. 그녀는 정기보험을 추천했다. 보험 기간이 만료되면 원금을 돌려주지 않는 대신, 다달이 들어가는 돈이 저렴했다. 그가 찾던 상품이었다. 그에게 만기 원금 상환은 부질없는 일이었다.

그녀가 10년 납입, 10년 보장, 보험금 1억 5천만 원짜리로 두 개의 보험 가입을 권유했다. 강민구는 더 많은 보험금을 원했다. 설계사가 반대했다. 심사에 걸릴 거라고 했다. 두 개의 보험도 한 곳에 넣으면 거절당한다며 각각 다른 보험사에 넣을 거라고 했다.

하지만 그는 포기하지 않았다. 보장 기간을 더 짧게 잡아 보험료를 조금이라도 낮추고 보험금은 늘리자고 했다.

"아버님, 자살하려고 그래요?"

"아, 아니. 그, 그런 게 아니라, 꼭 그렇다는 게 아니라…."

강민구가 사탕을 훔치다 걸린 아이처럼 횡설수설했다.

"괜찮아요, 아버님. 이런 고객 한두 번 만나본 게 아니거든요. 제가 도와드릴게요. 솔직히 말해보세요."

"그, 그걸 어떻게…."

"저는 고객을 보험에 가입시켜 그걸로 수당을 받아요. 회사가 몇 억을 보상하든 저와는 상관없죠. 솔직히 말하면 아버님이 죽는 것도 본인 결정이니 저와는 상관없고요. 자유가 보장되는 시대잖아요. 고객의 판단을 존중해요. 간을 팔든, 신장을 팔든, 몸을 팔든, 목숨을 팔든."

"아…."

"제가 못하겠다고 뛰쳐나가면, 다른 설계사를 부르실 거죠? 그렇죠? 그럼 저만 손해인데 그냥 갈 수 있나요?"

"이런 경우가 종종 있나 보군요."

"없진 않죠. 많이 놀라신 것 같은데 조금 더 생각해보시겠어요?"

"오늘 꼭 가입하고 싶습니다. 그런데…."

"말씀하세요."

"돈은 진짜 나오는 거 맞습니까?"

"가입 후 2년 뒤에만 죽으면 무조건 나온다니까요."

"네…. 좋습니다. 진행합시다."

"후회 없으시겠어요?"

강민구는 굳은 얼굴로 대답했다.

"그런 거 없습니다."

생명보험에 가입하고 2년하고도 5개월이 더 지났다. 10월의 끝자락에서 할 일을 마친 낙엽이 또 다른 삶의 자양이 되기 위해 지고 있었다. 강민구는 자신과 닮은 낙엽을 보며 결심을 단단히 했다.

시우는 그해 서울에 있는 대학에 합격했다. 사회적 배려 대상자 전형이었지만 강민구는 아들이 무척이나 자랑스러웠다. 보약은 고사하고 제대로 된 영양제 한 번 먹이지 못했던 게 얼마나 미안했던가.

행여나 아들이 대학에 못 붙으면 계획을 한참 더 미룰 뻔했다. 재수생을 두고 죽을 수는 없는 일. 아들의 합격은 강민구로 하여금 제때 죽을 수 있게 해준 셈이었다.

애초의 계획보다 5개월이나 더 살고 있는 건 아들의 스무 번째 생일을 함께 보내고 싶어서였다. 오로지 그 생각뿐이었다. 그날 저녁, 옥상의 평상에 치킨과 술로 마지막 만찬을 준비했다. 치킨은 부자에게 좋은 일이 생길 때면 어김없이 먹던 최고의 외식이었다.

엄마 없이 자란 시우는 이것 사 달라, 저것 사 달라 떼쓰는 법이 없었다. 꿈돌이를 보러 가자고 졸랐던 게 마지막 보챔이었다. 그렇게 좋아하는 치킨이지만 시켜달라고 한 번 말한 적 없던 아들. 그런 아들이 보험금을 어떻게 쓸지 궁금했다.

"아들, 3억이 생긴다면 뭐 하고 싶어?"

"생각해본 적 없어요."

"한번 생각해봐."

"뭘 그런 걸 생각해요. 생기지도 않을 돈인데."

시우가 대수롭지 않게 말했다. 강민구는 무언가를 말하려다 말 없이 미소만 지었다.

한 시간 뒤 둘은 똑같은 자세로 평상에 드러누워 배를 두드렸다. 한참을 아무 말 없이 밤하늘을 바라보던 강민구가 천천히 몸을 일으켜 조그만 상자를 내밀었다.

"생일 축하해."

디지털카메라였다. 아들은 선물이 마음에 드는지 요리조리 카메라를 살피느라 정신이 없었다. 덕분에 강민구는 아들과 카메라를 쳐다보는 촉촉한 눈을 들키지 않았다.

잠시 후 두 사람은 어깨를 붙이고 앉아 사진을 찍었다.

7

11월의 첫 번째 날이었다. 우산도 없이 갑자기 내리는 비를 맞으며 집에 돌아온 시우는 방 안에 누워 있는 아버지의 모습을 보자마자 전화기를 들었다. 그리고 떨리는 손으로 119를 눌렀다. 누워 있는 아버지 옆으로 뜯긴 수면제 봉지와 반 쯤 쏟아진 농약병이 의미하는 바는 너무 뻔했다.

시우는 아버지의 심장이 뛰지 않는다는 것을 이미 알면서도 구조대원이 도착할 때까지 심폐소생술을 멈추지 않았다. 요란한 소리와 함께 도착한 구급대원은 아버지와 함께 탈진하여 쓰러진 시우를 구급차에 실었다.

아버지가 그렇게 떠났다. 시우는 의지할 곳이 없다는, 세상에 홀로 남겨졌다는 사실을 받아들일 수 없었다. 무엇을 해야 할지 감을 잡을 수 없었다. 멍한 상태로 집에 돌아온 그의 눈에 낯선 봉투가 보였다. 가슴을 훑는 서늘한 느낌에 손을 떨며 봉투를 열었다. 아버지의 유서였다.

사랑하는 내 아들 시우야.

엄마도 없이 장애인 아버지와 한평생 가난하게 살아가느라 고생이 많았다. 그럼에도 잘 자라줘 정말 고맙다.

이렇게 생을 마감한 아비가 미울지도 모르겠구나. 미안하다. 오늘날까지 죽고 싶었던 적이 수없이 많았다. 마포대교에서 떨어져 다리를 다쳤던 그날 차라리 죽었어야 한다는 생각도 했다. 사람들의 따가운 시선과 힘든 여건 속에서도 지금까지 버틸 수 있었던 것은 오로지 내 아들, 시우 때문이었다. 넌 내 삶의 하나뿐인 이유였다.

홀로 남겨진 네가 감당해야 할 슬픔을 생각하면 가슴이 찢어진다. 특히 네게 아비의 시신을 가장 먼저 보게 만드는 것이 가장 미안하구나. 수천 번, 수만 번 고민해도 시체를 보거나 치우는 일을 다른 누군가에게 넘길 수 없었다. 행여나 어린아이나 임산부가 먼저 발견할지도 모른다는 생각에 집에서 삶을 마무리하게 되었음을 이해해다오.

사랑하는 아들아. 엄마를 미워하지 마라. 나도 네 엄마를 미워하지 않는다. 장애인의 아내로 누구보다 힘든 세월을 살았던 사람이다. 착한 성품을 지닌 사람이니 지독한 괴로움 속에서 하루도 마음이 편하지 않았을 것이다. 그걸로 우리기 8시하까 꾸나.

오랜 세월 한 번도 말하지 못했지만, 난 너를 무척이나 사랑한단다. 죽어서도 너를 지킬 수 있다면 뭐든지 할 것이다. 남은 다리를 잃는다 해도, 두 팔을 잃는다 해도 그리할 것이다.

끝으로 책상 세 번째 서랍에 보험증서를 뒀으니 꼭 확인해라. 가난했던 아비는 조금이지만 물려줄 것이 생겨 더없이 기쁘다.

잘 살거라. 내 아들, 정말 사랑한다.

유서를 읽는 내내 시우는 오열했다. 힘겹게 책상 서랍을 열었다. 서랍 안에는 영정사진, 보험증서, 디지털카메라가 놓여 있었다. 스무 살 청년 강시우는 서랍을 부둥켜안고 그렇게 한참을 통곡했다. 대전 엑스포 미아보호소에 홀로 남겨졌던 여섯 살 꼬마의 울음에 비할 바 없는 처절한 울음이었다.

그렇게 강시우는 세상에 혼자 남았다.

8

장례를 마치고 일주일이 지났지만 시우는 어떤 일에도 집중할 수 없었다. 아버지가 언제까지 함께하지 않을 거라는 건 알았지만, 이렇게 떠나버릴 줄은 전혀 예상하지 못했다.

손에는 아까부터 보험증서가 쥐어져 있었다. 3억 원. 아버지가 마지막으로 쥐어준 돈. 스무 살 청춘이 감당하기에는 너무 무서운 돈이었고 너무 큰돈이었다. 복권으로 당첨된 3억 원과 아버지 목숨 값 3억 원이 똑같을 수 없었다. 세상 어느 아들이 이 돈을 쉽게 쓸 수 있을까? 아무리 생각해도 사용처가 떠오르지 않았다.

삶의 무게를 털어내고 고민의 결과를 정리할 시간이 필요했다. 시우는 군대를 택했다. 최대한 빠른 날로 입대를 신청했고, 12월 17일로 날짜를 받았다.

훈련소 입소 전 사진을 인화했다. 시우는 치킨과 맥주로 가득 찬 배를 두드리며 옥상에서 찍은 사진을 한참 동안 바라봤다. 사진을 뚫어지게 바라보던 시우가 울먹이며 가슴을 쳤다.

사진을 찍던 날, 그러니까 아들의 스무 살 생일을 축하해주던 아버지의 행동이 평소와는 달랐다는 것을 이제야 깨달은 것이다. 조금만 예민했고, 조금 더 깊은 대화를 나눴다면 아버지의 선택을 막을 수도 있었다. 그렇게 아버지는 아들에게 마지막 선물을 하고 있었다.

꿈돌이 앞에서 찍은 엄마와 아들의 사진이 이별의 징표가 된 이후 아버지는 사진 찍는 것을 끔찍하게 여기셨다. 그런 분이 디지털카메라를 선물하고, 같이 사진까지 찍었다는 것은 당신의 방식으로 이별을 준비하고 있었던 것이다. 왜 그걸 몰랐을까? 왜?

멍청하게도 시우는 그 사진이 행복을 담은 줄만 알았다. 서로에게 한 발 더 가까워진 날로 착각했다. 아버지의 웃음 뒤에 감춰진 무엇을 그때까지 보지 못했나.

아, 아버지. 아, 어머니.

아버지는 지난날의 어머니처럼 슬픔을 감추고 있었다. 한 손에 어머니와의 마지막 사진을, 다른 한 손에 아버지와의 마지막 사진을 들고 울었다. 흔들리는 두 사진 사이에서 시우만 훌쩍 자라나 있었다. 시우는 여섯 살 때도, 스무 살 때도 마냥 환하게 웃고 있었다. 바보처럼.

2009년 11월 11일.

국방의 의무를 다하고 제대했다. 군 생활 내내 찾아오는 이는 없었지만 외롭지 않았다. 그리움을 느낄 때면 아버지의 유서를 꺼내 읽었다. 아버지의 마지막 부탁대로 어머니는 미워하지 않기로 했다. 어른이 되면 찾아보고자 했던 아득한 다짐마저 지웠다.

군 복무 동안 시우는 아버지가 남긴 돈을 어떻게 쓸 것인지 정했다. 2008년을 강타한 미국발 금융 위기와 그로 인한 주식시장의 붕괴, 전문 주식 투자자들의 잇따른 자살 보도를 보면서 주식만은 하지 않기로 했다. 섣부른 사업에 투자하기에는 그 돈이 너무 소중했다. 기부도 나름대로 의미가 있겠지만 아버지의 의도와 다른 것 같았다.

그는 가장 보수적인 방안을 선택했다. 서울 외곽의 집을 구매하기로 한 것이다. 낡고 작더라도 형편 안에서 최대한 알맞은 집을 구해보고자 했다.

집에 오자마자 군복을 벗고 첫 번째 보험사로 향했다. 수없이 상상했던 장면이라 떨리지 않을 터였지만 심장은 의지대로 제어되지 않았다. 초조한 마음으로 창구에 앉았다.

시우의 얘기를 들으며 모니터를 한참 들여다보던 창구 담당자가 고개를 갸웃거리더니 뒷자리의 상사에게 향했다. 둘이 머리를 맞대고 시우를 흘낏 일별하고 대화를 나누더니 돌아와 뜻밖의 얘기를 꺼냈다. 아버지의 죽음만큼이나 예상하지 못했던 말이었다.

"고객님, 가입하신 생명보험의 보험금은 사망 후 2년 안에 찾으셔야 합니다. 이 건은 가입자가 사망한 지 2년이 지나 보험금을 지급할 수 없습니다."

창구 담당자의 말도 안 되는 지껄임에 시우가 고개를 들었다. 피곤해 보이는 그녀의 얼굴에 다크서클이 도드라졌다. 자신의 콤플렉스를 바라보는 시선을 의식했는지 그녀가 빠르게 말을 이었다.

"약관에 분명히 명시되어 있습니다, 고객님."

"그런 게 어디 있어요?"

"보험 계약자께서 서명도 하셨습니다."

"아직 11월이잖아요. 2년이 안 지났잖아요?"

"강민구 씨의 사망일은 11월 1일입니다. 안타깝지만 2년하고 열흘 지났습니다."

시우는 전혀 몰랐다. 정말로 몰랐다. 사망 후 2년 안에 보험 금을 수령해야 한다는 사실을. 아버지를 잃은 충격에 자세히 알 아보지도 않았지만, 그 누구도 일러주시 않았다.

"제발 부탁드릴게요. 보험금을 받게 도와주세요."

"죄송합니다."

"제발 좀 부탁드려요. 진짜 꼭 받아야 하는 돈이에요."

"안타깝지만 안 됩니다."

"정말, 제가 이렇게 빌게요. 제발요. 제발…."

시우는 자신도 모르게 두 손을 모아 빌고 있었다.

"고객님, 자꾸 이러셔도 도움을 드릴 수 없어요."

"제발 좀 도와달라고요."

"죄송하지만 안 됩니다."

"이 보험사 새끼들, 내가 고소할 거야. 이런 게 어디 있어? 어 디 있냐고? 사람이 죽었잖아, 사람이! 사람이 죽었으면 돈을 줘 야지. 며칠 지났다고 안 주는 이런 법이 어디 있어!"

시우가 갈라진 목소리로 울분을 토했다. 구석에서 거구의 경 비 담당자가 고개를 갸우뚱거리며 일어섰다.

"고객님. 다시 설명을…."

"며칠 안 지났잖아! 왜 보험금을 안 줘? 왜? 너희들이 한 번이라도 보험금 찾아가라고 연락한 적 있어? 어? 연락 한 번 안 하다가 약속한 돈을 안 주는 이런 개 같은 경우가 어디 있냐고!"

"진정하세요."

"너 같으면 진정하겠어?"

"너, 라니요? 고객님, 흥분하지 말고 들어보세요. 고작 420만 5천 원을 내고는 자살로 1억 5천만 원을 받아가려는 사람이 도둑 심보 아닌가요?"

"뭐? 도둑?"

"이거야말로 보험 사기입니다. 그것도 악성 보험 사기라고요!"

"보험 사기? 말 다했어?"

"보험도 10년 정기네요. 애초에 자살하려 했던 거 아닌가요?"

"뭐라고?"

"사망 보험금은 왜 2년 동안이나 안 찾으셨어요? 약관에 나와 있는데 아버님께서 자살할 때 안 알려주셨나요? 그리고 우리가 보험 가입자가 죽었는지, 살았는지 어떻게 압니까? 보험사가 수사 기관인가요? 억지 좀 그만 부려요!"

창구 담당자가 마치 유치원생을 다루듯 어르고 따졌다. 하지만 시우는 더 이상 미아보호소에서 울고 있던 여섯 살짜리 유치원생이 아니었다. 엄마는 멍청하게 놓쳤지만, 아버지의 보험금은 절대 놓칠 수 없었다.

"돈 내놔. 보험금 달란 말이야!"

"억울하면 법적으로 대응하세요. 고객님!"

이성을 잃은 시우가 테이블 넘어 창구 담당자의 멱살을 잡으려 했다. 그때 우람한 경비 담당자가 시우를 뒤에서 끌어안았다.

"젊은 사람이 이러면 안 되지. 왜 여기서 소란을 피워? 나가!"

시우는 경비 담당자에 의해 밖으로 끌려 나갔다. 다리가 후들거렸다. 한 발만 더 들어오면 경찰에 신고하겠다는 엄포가 무서워서가 아니었다. 자칫 아버지의 죽음이 공짜가 될지도 모를 상황이 무서웠다.

시우는 경신을 기다듬고 두 번째 보험사로 향했다. 하지만, 똑같은 상황이 반복되었다. 거절당하고, 소리 지르고, 쫓겨났다. 다른 거라곤 두 번째 보험사의 청구 여직원에겐 다크서클이 없었다는 것뿐.

불안을 감추지 못한 채 PC방으로 갔다. 아무리 검색해 봐도 2년 안에 보험금을 찾아야 한다는 사실을 되돌릴 방법은 없었다. 억울했다. 무료로 상담해준다는 변호사 사무실에 닥치는 대로 전화했지만 돌아오는 대답은 똑같았다. 안타깝지만 방법이 없다는 말이었다.

시우는 머리를 쥐어뜯었다. 보험금을 미리 찾아두지 않고 군대에 갔던 게 너무 후회됐다. 휴가 때라도 돈을 찾았어야 했는데. 왜 통장에 큰돈이 있으면 군 생활 내내 불안할 거라고 겁을 먹었을까? 보험금의 지급 기한을 한 번도 묻지 않았던 자신이 안일함에 가슴을 쳤다.

너덜거리는 아버지의 유서를 다시 꺼내 들었다. 백 번도 넘게 읽었지만 이런 상황에서 읽으니 또 눈물이 났다. 수면제와 농약 옆에 쓰러져 있던 아버지의 모습이 떠올라 진정이 되지 않았다. PC방에서 꺼이꺼이 우는 그를 보며 초등학생으로 보이는 아이들이 키득댔지만, 울음을 멈출 수 없었다.

끝내 그는 아버지 목숨 값을 받아내지 못했다. 그 뒤 시우는 히키코모리로 지냈다. 아무 일도 하지 못했다. 아버지를 떠올릴 때마다 날카로운 송곳이 제멋대로 내장을 할퀴고 다녔다. 방에 처박힌 채 아둔하고 몽매한 스스로를 날마다 질책했다.

정신을 차린 것은 TV에서 마포대교에 관한 뉴스를 보고 나서였다. 뉴스를 보는데 아버지의 왼쪽 다리가 떠올랐다. 아픈 다리로 홀로 자신을 키워낸 아버지에 비하면 자신이야말로 진짜 장애인이라는 생각이 들었다. 병신이라는 말은 본인에게 어울리는 말이었다.

아버지는 어린 아들이 왼쪽 다리에 대해 물을 때마다 몇 번이고 마포대교 공사 이야기를 들려주셨다. 마음이 아프지 않았을 리 없었겠지만 아들에게 그런 마음을 내색하지 않으셨다. 지금 자신처럼 술에 찌들어 살지 않으셨다.

시우는 결심했다. 돈을 벌겠다고. 아버지의 목숨과 바꾼 3억 원을 다시 벌겠다고. 그렇게 시우는 10개월 만에 세상으로 나왔다. 수단과 방법을 가리지 않고 빨리 3억 원을 메워야 했다. 마음이 급해 생활 스포츠 지도사, 헬스 트레이너처럼 월급을 받는 직업을 선택할 수 없었다. 전공을 포기해서라도 빨리 큰돈을 벌어야 한다는 생각에 뭣 모르는 사업에 손을 댔다.

집의 보증금을 빼고 대출을 보탰다. 상대적으로 창업 비용이 저렴하면서도 맛있는 브랜드를 찾아 헤맨 끝에 수원에 치킨 집을 열었다. 가입비, 교육비, 인테리어, 주방 기기 등의 비용은 물론이고 상가 보증금에 시설 임대료까지 적지 않은 돈이 투자 됐다. 각오를 단단히 할 수밖에 없었다.

처음에는 손님들로 북적였다. 이대로라면 금방이라도 3억 원이 손에 잡힐 듯했다. 아버지를 뵐 면목이 생기는 것 같아 힘 이 났다. 기름에 닭이 튀겨지는 모습이 자신을 위한 불꽃놀이 로 느껴질 정도였다. 돈을 번다는 게 조금은 우습게 생각됐다.

호시절은 길지 않았다. 대규모 AI 파동이었다. 정부가 나서 75도 이상의 온도에 가열하면 안전하다고 홍보했다. 정치인들 이 닭을 먹는 장면이 연일 신문과 방송에 실렸다. 허나 소용이 없었다. 사람들의 발길이 끊겼고 불꽃놀이도 멈췄다. 하루하루 피가 말라갔다.

조금만, 조금만 더 버티자는 기다림의 연속이었다. 시우 자 신도 몇 년 전 AI 파동 때 치킨을 먹지 않았었다. 잠깐이다. 이 시기만 넘기면 된다. 보릿고개를 넘는 심정으로 AI 파동을 견 뎠다.

그때 그 상황을 모면케 해준 사건이 어느 여배우와 정치인의 스캔들이었다. 유명 여배우와 정치인의 추문이 뉴스를 가득 메 우면서 AI 파동은 사람들의 흥밋거리에서 서서히 사라져갔다. 시우는 다시 돈을 벌 수 있을 거라고 생각했다.

착각이었다. 그 무렵 주변에 치킨 가게가 우후죽순 늘었다. 하루가 다르게 새로운 브랜드가 생겨났다. 대형 브랜드에서는 예쁘고 잘생긴 모델들을 앞세워 맛깔나게 홍보했다. 시우는 종업원을 줄이고 잠조차 줄였지만, 노동이 돈으로 환산되지는 않았다. 아버지와 함께한 마지막 생일에 먹은 치킨으로 꼭 잘해내고 싶었지만 아무리 노력해도 닭은 팔리지 않았다. 모아둔 돈으로 월세를 내던 시우는 패배를 인정할 수밖에 없었다.

이를 악물었다. 푸드 트럭에 다단계 사업까지 손을 댔다. 수입이 나쁘지 않았지만 3억 원을 벌기에는 너무 더뎠다. 서둘러 돈을 벌어야 했다. 땔나무 위에 누워 쓸개를 씹는 마음으로 밤마다 딱딱한 바닥에서 이불도 없이 자면서 성공만 꿈꿨다.

그런 노력이 통했을까? 다시 기회가 찾아왔다. 2016년 겨울, 마지막이라는 각오로 사업 아이템을 선정했다.

타이완 본토 카스텔라. 대만에서 유명하다는 카스텔라를 파는 가게를 어렵게, 정말 어렵게 차렸다. 사업 설명회에서 빵을 먹는 순간 성공을 확신했다. 지난 실패를 보상받을 수 있을 것만 같았다.

예감은 적중했다. 가게는 손님들로 북적였다. 몸은 고단했지만 매일매일이 즐거웠다. 시우는 자신의 빵을 맛있게 먹어주고, 웃으며 돌아가는 손님들을 보며 돈 버는 재미에 흠뻑 빠졌다.

하지만 그 기쁨 역시 길지 않았다. 이듬 해 3월 방영된 종합편성 채널의 음식 정보 프로그램이 발목을 잡았다. 방송은 식용유를 넣어 카스텔라를 만드는 과정을 과장해 보여줬다. 방송 다음날부터 손님들이 끊겼다. AI 사태와는 달랐다. 불안했다. 언론들은 빵에 마치 독약이라도 넣은 것처럼 연일 맹공을 퍼부었다.

몇몇이 그렇지 않다고 논리적 항변을 해보았지만 이미 카스텔라를 만들거나 파는 사람들은 영문도 모른 채 사회악이 되어 있었다. 타이완식 카스텔라를 만드는 가게들은 문을 닫아야 했다. 시우라고 그 폭풍을 피할 수는 없었다. 단골들이 하나 둘 떠나는 것이 아니라, 일거에 떠났다.

3억 원을 빨리 모으기 위한 욕심이 너무 컸을까? 만사가 꼬여버린 실타래처럼 풀리지 않았다. 이후 몇 개월 동안은 살아갈 이유도 희망도 없이 그렇게 보냈다.

문득 시우는 아버지를 직접 찾아 사죄해야겠다고 생각했다.

9   2018년 3월 17일, 여의도 한강 공원

삶과 죽음의 수미상관을 맞추지 못했다는 사실에 시우는 깊이 좌절했다. 기이한 느낌의 모텔에서 나온 뒤 죽지도 살지도 못하는 상태로 며칠을 방황했다.

새벽 1시, 한강 공원의 편의점 파라솔에서 코코아를 마시던 시우의 눈에 한 줄기 희망이 꽂혔다. 평창 동계패럴림픽의 폐막식 기사가 눈에 든 것이다.

"그래, 아직 기회는 남아 있었어!"

그동안 모든 신경을 평창 패럴림픽의 개막식에만 맞췄었다. 폐막식은 전혀 생각하지 못했다. 폐막식 날 태어났으니 폐막식

날 죽는 것이 오히려 수미상관이었다. 그렇게 시우는 3월 18일을 죽는 날로 선택했다.

다음 날, 시우는 비장한 각오를 안고 마포대교로 향했다.

정말 오늘은 실패하면 안 된다, 꼭 죽자. 시우는 다시 살아남을까 봐 불안했다. 오늘이 아니면 더 이상 생의 처음과 끝을 맞출 수 없었다. 휴대폰과 지갑은 뛰어내리는 난간 아래에 잘 두었다. 시신을 찾지 못해도 죽은 사람이 누군지는 알려야 할 테니. 그리고 눈을 질끈 감았다.

하나, 둘, 셋. 이 떨림은 정말이지 적응이 안 된다.

자, 진짜. 하나 둘 셋.

풍덩.

10

"으아아아아아…."

시우가 절규하며 눈을 떴다. 온통 새하얀 그때 그 방이었다. 절대로 잊을 수 없는 그날의 그 방, 그 모텔.

숨이 가빴다. 손등에 꽂힌 주사마저 똑같았다. 신경질적으로 링거 줄을 뽑았다. 이런 미친 새끼. 천사인지 나발인지 정신병자가 분명했다. 짜증을 못 이긴 시우는 고함을 지르며 베개를 집어 던졌다. 그때 인기척이 느껴졌다.

화장실에서 검은색 정장을 입은 남자가 걸어왔다. 머리가 하얗게 샌 남자는 마르지도 통통하지도 않은 175cm 정도의 키에 60대로 보였다. 새하얀 방에 나타난 새까만 정장의 남자가 기묘한 분위기를 자아냈다.

똑같은 방식, 똑같은 공간이라 그랬을까? 당연히 지난번처럼 아무도 없을 줄 알았던 시우는 예상치 못한 인물의 등장에 그대로 얼어붙었다.

"누, 누구세요?"

순간 시우의 왼뺨에 불이 일었다. 노인이 다가오더니 다짜고짜 시우의 뺨을 갈긴 것이다.

"천사다, 씹새야."

"왜…, 왜 이러세요?"

짜악. 이번엔 오른뺨이었다.

"기껏 살려줬더니 왜 자꾸 죽으려고 해?"

"뭐, 뭐라고요?"

"이 새끼야, 내가 너 구한다고 얼마나 힘들었는지 알아?"

"누가 구해 달라고 했어요?"

"싸가지 없는 새끼. 말하는 꼬라지 봐라."

"할아버지가 저를 구했나요?"

"그래."

"혼자서요?"

"그래."

"그럼 저번에도 저를 구한 게 할아버지라고요?"

"그래, 이 새끼야."

"거짓말 마세요. 할아버지가 저를 어떻게 업고 와요?"

"이런 의심 많은 새끼를 봤나. 업고 오든, 안고 오든, 질질 끌고 오든, 내가 널 구해서 여기 눕혀놨다는데 뭔 말이 그렇게 많아. 닥치고 코코아나 처마셔."

시우는 양 뺨을 손바닥으로 감싼 채 중지 끝에 힘을 쥐 관자놀이를 눌렀다. 벼르고 별렀던 자살을 두 번이나 막은 게 고작 저 노인이라니. 도저히 이해 불가한 상황에 머릿속이 소용돌이쳤다.

복잡한 생각 중에도 노인이 내미는 코코아를 거절하지 못했다. 코코아의 따뜻함이 온몸에 녹아들었다. 원치 않는 두 번째 삶을 얻게 된 뒤 며칠간 방황하며 코코아란 코코아는 다 먹어봤지만, 이 맛을 찾을 수 없었다. 우유에도 타보고, 산양유에도 타 먹어봤다. 하지만 심신이 편안해지는 이 맛을 느낄 수는 없었다.

"왜 전화 안 했냐?"

"사기꾼 같아서요."

"사기꾼? 너 같은 거지새끼한테는 먹고 떨어질 것도 없잖아."

"거지새끼요?"

"너 땡전 한 푼 없잖아. 너로 돈을 벌 작정이었다면 통나무꾼에게 넘겼지 연락처를 줬겠어?"

두 사람은 경쟁하듯 어이없는 눈빛으로 서로를 바라봤다.

"뭐 좀 물어봐도 되나요?"

"뭔데?"

"정말 누구세요?"

"천사라니까 이 새끼야."

"그 말을 어떻게 믿어요? 증거를 보여주세요."

"널 두 번씩이나 살려 놓은 걸 보고도 또 증거를 대라고?"

"실제로는 다른 사람들이 구했을 수도 있잖아요."

"그 사람들은 어디 갔는데?"

"그걸 제가 어떻게 알아요?"

노인이 한숨을 크게 쉬었다.

"그럼 한 번 대답해 봐. 네 망상 속에 있는 그 사람들은 왜 너를 구하고 그냥 갔을까? 돈도 안 받고 말이야. 또 그 사람들이 야말로 새벽에 강물에 뛰어든 너를 어떻게 찾아낼 수 있었을까? 설령 네 망상 속의 사람들이 새벽 시간에 물에 빠진 사람을 찾아서 구조할 능력이 있다고 치자. 그런데 나는 그 사람들을 어디서 구할 수 있었을까? 또 내가 그 사람들을 어렵게 구했다고 쳐도 왜 너같이 돈도 없는 의심병 환자를 구했을까? 대답해 봐! 명.탐.정.셜.록. 새끼야!"

노인은 무대 위에서 위압적인 독백을 쏟아내는 주인공 같았다. 대스타 앞에 초라한 엑스트라는 어떠한 반박도 하지 못했다.

하지만 이대로 밀릴 수는 없었다. 논리로 밀릴 때는 목소리 크기로 승부를 봐야 한다. 수십 년간 유능한 정치인들이 자주 보여줬었다. 지금은 그들의 모범에 따라야 할 때였다.

"말도 안 되는 소리 하지 마시고, 왜 저를 구했는지 말씀해 주시라고요!"

시우가 온 힘을 다해 버럭 소리를 질렀다.

"생명을 구하는 데 이유가 어디 있어!"

하지만 노인은 시우의 기세에 눌리지 않고 더 크게 소리를 질렀다.

"대답해 주세요. 왜 저를 구하셨죠?"

모텔 방문을 잡고 나가려던 천사가 돌아보며 말했다.

"잘 살 수 있는 놈이 죽으려고 하니까!"

"아니에요, 저는….”

"조만간 연락할 테니깐 휴대폰이나 잘 보고 있어."

노인은 그렇게 나가버렸다. 시우는 눈을 질끈 감고 이불에 머리를 파묻었다.

"아. 미쳐버리겠네."

그때 방을 나갔던 노인이 다시 들어오더니 침대 옆자리에 걸터앉았다.

"제발 죽으려고 하지 말어."

"저는 살아야 할 이유가 없어요. 가족도 없고, 꿈도 없어요."

"장애인 아버지 죽음 때문인가?"

"어떻게 그걸….”

"나, 천사라니까. 어머니 없이 아버지와 둘이서 사느라고 고생 많았지?"

노인의 갑작스러운 따뜻한 말투에 시우의 콧날이 시큰해졌다.

"자네, 용신초등학교, 용신중학교, 선포고등학교를 나와 서울에 있는 체대에 입학했지. 물론 사배자 전형으로 입학하긴 했지만. 없는 형편에 체대 입시 학원 보내느라 아버지가 고생 많이 하셨어. 자네도 고생했겠고….”

“자 잠깐만요.”

“계속 듣게. 자네의 기구한 인생에 내 마음도 아프다네. 아버지의 자살은 믿을 수 없었겠지.”

“어, 이런. 세상에…. 어떻게 그건….”

“자네는 살아남아야 해. 버티는 게 이기는 거야.”

“하지만 저는 아버지께서 마지막으로 주신 것마저….”

“괜찮네, 괜찮아. 자네는 매 순간 최선을 다하지 않았나. 아버지는 다 이해할 거야. 지금부터는 내가 도와주겠네.”

“뭘 어떻게 도와주신다는 거죠?”

“뭘 원하는데? 돈? 직업? 가정? 천사인 내게 다 말해 보게나.”

“아버지와 다시 함께 살고 싶어요.”

시우는 잠시의 망설임 없이 말을 이었다.

“그건 안 되네.”

“다 된다면서요?”

“세상 이치에 어긋나는 일일세.”

“그것 말고 저는 원하는 게 없어요.”

“그럼 내가 자네에게 무엇을 해줄지 생각해보고 연락하겠네.”

“왜 저를 살려주시고, 이렇게까지 도우려는지 모르겠네요.”

“그거야 내가 진짜 천사니깐.”

노인은 자신이 천사란 것을 다시 강조하고 나갔다. 저 노인은 정말 천사일까? 욕하고 때리기도 했지만, 한편으로는 한없이 따뜻한 모습도 보여주었다. 좋은 사람인지 나쁜 사람인지조차 판단이 서지 않았다.

몰라. 될 대로 되라지. 폰을 봤다. 부재중 통화도 문자 한 통도 없는 휴대폰. 도대체 착신 기능이 있기는 한 건지.

그나저나 오늘은 3월 19일이었다.

11

모텔에서의 만남이 있고 열흘 뒤 메시지가 왔다.

4월 6일 11시 30분까지.
부산역 광장 분수대.
꼭 기차를 타고 올 것.

내심 연락을 기다리고 있었지만, 막상 메시지를 받으니 짜증이 일었다. 시우는 아무리 할 일이 없어도 저 미친 정신병자에게 몇 마디 듣기 위해 부산까지 내려가지는 않을 거라 다짐했다.

4월 6일, 시우는 KTX를 타기 위해 서울역으로 향하고 있었다. 뿌리칠 수 없는 유혹이었다. 그놈의 코코아를 맛보러 가는 것일 뿐이라 위로도 해봤지만, 솔직히 노인의 제안이 궁금했다. 오늘 내려가지 않는다면 평생 후회할 것도 같았다.

서울역에서 불고기버거 세트를 사서 9시 정각에 출발하는 117호 KTX 열차에 올랐다. 바깥 풍경이 잘 보이는 창가 쪽 자리가 마음에 들었다. 행신에서 출발해 서울, 대전, 동대구를 지나 부산에 도착하는 열차였다. 그는 무심코 정차하는 역을 들여다보다 심장이 쿵 떨어지는 것을 느꼈다.

대전.

꿈돌이를 구경하느라 엄마를 놓쳐버린 그 도시. 그때 조금만 더 엄마 손을 꽉 잡고 있었더라면. 그랬다면 엄마가 그렇게 떠나지는 못했을 거란 생각을 얼마나 많이 했던가.

아버지는 시우에게 기도를 못 하게 했다. 무슨 이유에선지 아버지는 시우에게 교회도, 절도, 성당도 못 다니게 했다. 신이나 종교에 의지하는 사람을 더없이 나약한 사람이라 했다. 하지만 시우는 아버지 몰래 예수님께, 부처님께, 성모 마리아께, 알라신께도 수없이 기도했다.

'제발, 제발 제 부탁 좀 들어주세요. 더 가난해도 좋아요. 저도 다리를 절어도 좋아요. 제발 엄마만 돌아오게 해주세요.'

꿈돌이 앞에서 엄마와 함께 찍은 사진을 볼 때마다 빌고 또 빌었다. 사진 속 엄마의 슬픈 눈은 시우의 기도를 들으면 금방이라도 돌아올 것으로 보였다.

하지만 신은 없었거나 있어도 그의 말을 들어주지 않았다. 그래서일까? 사는 동안 마포대교는 일부러 피하지 않았지만, 대전만큼은 가고 싶지 않았다. 절대로 가지 않겠다고 맹세했다. 그러나 기차가 대전역에 9시 50분부터 2분간 정차하는 바람에 그

맹세는 깨지고 말았다.

태어나 처음으로 부산행 기차표를 끊을 때까지만 해도 대전을 지나친다는 생각은 하지 못했다. 불현듯 하나의 생각이 스쳤다. 노인은 일부러 기차를 타고 부산까지 오라고 했었나. 만약 차로 갔다면 중부내륙고속도로를 타 대전을 피할 수도 있었다. 그렇지만 기차를 타면 무궁화호든, 새마을호든, SRT든, KTX든 반드시 대전을 거쳐야 한다. 생각이 여기에 이르자 온몸의 털이 곤두섰다.

부산에 도착할 때까지 눈을 붙일 수 없었다. 만개한 벚꽃이 표지에 화사하게 입혀진 열차 잡지도 읽을 수 없었다. 넘어가지 않는 불고기버거를 손에 쥐고 멍하니 창밖만 바라볼 뿐이었다.

부산에 도착한 시우는 광장 분수대로 향했다. 난생 처음 찾은 장소라 두리번거리는데 인파에 섞여 다가오는 노인이 보였다. 노인은 오늘도 검정 페도라, 검정 정장, 검정 셔츠, 검정 넥타이에 검정 구두를 신고 있었다. 그런데 옆에 한 사람이 더 있었다. 서로 손을 꼭 잡고 있는 걸로 봐 분명한 일행이었다. 초등학교 5, 6학년 정도로 보이는 남자아이였다. 어느 학교 운동장에서나 흔히 마주할 수 있는 평범한 얼굴이었다.

"잘 있었나, 자살 중독자 양반."

"인사가 더럽게 반갑네요."

"말하는 본새 봐라. 애도 있는데."

둘의 대화에 남자아이가 옅은 웃음을 지었다.

"야, 재밌냐? 웃지 마라."

금세 어두운 표정으로 바뀐 아이가 시우를 빤히 바라봤다. 도전적이고 기분 나쁜 눈빛이었다. 시우는 예의의 의미와 중요성에 대해 운동장 조례하는 교장선생님에 빙의해 일장연설이라도 하고 싶었지만, 한 번 노려보는 것으로 갈음했다.

노인은 사람을 불러 놓고 용무도 알려주지 않은 채 누군가 더 올 사람이 있는 듯 고개를 빼고 주변만 살폈다. 늙은 미어캣에게 시우가 짜증스레 물었다.

"누구 더 올 사람 있어요?"

"혜지."

"그게 누군데요."

"오늘 우리랑 같이 밥 먹을 여자."

"제가 왜 이 초딩과 시간도 안 지키는 여자하고 밥을 먹어야 하죠? 부산까지 와서."

시우의 투정엔 관심도 없는 듯, 노인은 여전히 두리번 거리며 건성으로 대답했다.

"만나면 얘기해줄게. 조금만 기다려봐. 혜지가 왜 안 오지."

"그냥 미리 말해주…."

"아, 혜지야, 정혜지! 여기다!"

정혜지라는 약속 시간을 지키지 않는 여자가 멀리서 걸어오고 있었다. 마른 체형의 그녀는 다리 라인이 적나라하게 드러나는 딱 붙는 청바지와 상체의 굴곡을 숨기지 않는 타이트한 티셔츠를 입고 있었다. 늘씬하게 뻗은 다리가 매우 도드라져 보였다. 예쁜 다리였다. 마르고 길다고 다 예쁜 다리가 아니다. 하지만 그녀의 다리 라인은 한눈에도 매우 빼어났다. 인상적인 모습을 멍하니 보던 시우는 그녀가 하윤영을 쏙 빼닮았다고 생각했다.

남자들은 하윤영의 마르면서도 긴 팔과 다리, 잘록한 허리, 크고 맑은 눈, 고운 목소리, 하얀 얼굴처럼 그녀가 드러내는 아름다움에 매력을 느낀다고 했다. 하지만 시우는 하윤영이 만들어 내는 여백의 미에 흠뻑 빠졌다.

그녀의 신체가 만드는 다리 사이의 공간. 무릎 위 허벅지가 서로 맞닿지 않아 생기는 넓지도 좁지도 않은 적당한 크기의 역삼각형의 빈 공간. 그 여백이 너무도 좋았다.

그 후 시우는 마른 여자들의 다리 사이에서 종종 그 공간을 발견할 수 있었고 그때마다 무심한 척 자세히 살폈다. 허나 자신이 까다로운 감별사였는지 하윤영의 허벅지 사이가 특별했던 건지, 다른 여자에게는 마음이 가질 않았다. 오다리처럼 벌어져도, 두 허벅지가 너무 달라붙어도 매력이 없었다. 그 누구도 하윤영만큼 예쁜 여백을 만들어내지 못했다.

그런데 정혜지라는 여자의 다리가 만들어낸 공간이 예뻐 보였다. 처음으로 다른 여자를 보면서 하윤영이 떠오른 순간이었다. 기분이 묘했다.

가까이 다가올수록 그녀를 자세히 스캔할 수 있었다. 긴 생머리를 흩날리는 그녀는 166~168cm 정도 되어 보였다. 가늘고 긴 팔과 다리는 환상적이었지만, 가슴은 그리 크지 않았다. 얼굴이 작아 비율은 몹시 훌륭했지만, 뭔가 모를 슬픔이 그녀를 감싸고 있는 듯했다. 쌍꺼풀은 없었다. 피부는 잡티 하나 없이 깨끗해 보였지만, 화장으로 주근깨를 가린 것인지는 모른다. 나이를 가늠하기 어려운 얼굴이었다. 객관적으로 미스코리아 같은 미인상은 아니었지만 매력을 품고 있었다.

"고만 뚫어지게 쳐다봐 이 변태 새끼야. 혜지 얼굴 닳겠다."

"제가 뭘 뚫어지게 봐요. 혹시 아는 사람인가 싶어서….."

빤하게 보고 있었다는 것을 들킨 시우가 허둥지둥 둘러댔다.

"뚫어지게 바놓고 안 봤대. 이상한 아저씨네."

버릇없는 초등학생이 옆에서 거들었다. 정혜지란 여자는 아무 말도 없었다. 눈길 한 번 주지 않았다.

"자, 그럼 상처받은 영혼을 치료하러 가볼까?"

노인이 택시를 잡으려는 듯 손을 흔들었다.

"천사라면서 택시나 잡고….."

시우가 노인이 들으라고 빈정거렸다. 노인이 그런 시우를 보고 씽긋 웃었다. 잠시 후 노인 앞에 검은색 2018년식 제네시스 EQ 900L이 다가와 섰다.

시우의 입이 딱 벌어졌다. 1억5천만 원도 넘는 고급 세단이라니. 고급이라는 개념이 상대적일 수밖에 없겠지만, 시우에게는 엄청난 고급 차량이었다.

"이거 타면 좀 천사 같냐? 이 속물 새끼야. 저 새끼는 롤스로이스나 람보르기니 끌고 왔으면 나를 신으로 모실 새끼야, 저거."

괜한 택시 얘기로 시우는 본전도 못 찾고 도착지까지 입을 다물어야 했다.

자칭 천사가 영혼을 치료하러 간 곳은 재래시장의 돼지국밥

가게였다. 세 개의 조그마한 돼지국밥 가게가 나란히 붙어 있었는데, 모두 약속이라도 한 것처럼 허름한 모양새를 하고 있었다. 곧 무너질 듯한 슬레이트 지붕에, 가게 앞에 걸어둔 낡은 솥에 나란히 돼지고기를 펄펄 끓여내고 있는 것도 똑같았다. 노인은 코를 벌렁거리며 가운데 집으로 들어갔다.

"할아버지. 저 순대국밥 진짜 좋아해요."

"수호야, 이건 돼지국밥이란다. 순대국밥과 비슷해 보이지만 완전히 다르지."

노인은 시우에게 말할 때와는 180도 다른 다정한 목소리로 설명했다.

"저도 돼지국밥은 듣기만 들었지 처음 먹어보네요."

"그래, 많이 처먹고 앞으로 뒈질 생각은 하지 마."

후, 시우가 한숨을 뱉어내며 혜지를 살폈다. 부산역에서부터 한마디도 하지 않고 있는 그녀가 내심 신경 쓰였다. 어디가 불편한 걸까? 하윤영을 연상시켜 그런지 그녀의 기분을 풀어주고 싶었다.

"안녕하세요. 저는 강시우라고 합니다. 서른한 살이에요."

"네."

무뚝뚝한 목소리였다. 귀찮아하는 것도 같았고 의욕이 없어 보이기도 했다.

"혹시 혜지 씨도 서울에 사세요?"

대답이 없었다.

"어디 사세요?"

또 대답이 없었다. 시우가 더 조심스럽게 물었다.

"저기, 실례지만 집이 어디세요?"

"뭐가 그렇게 궁금한 게 많아요?"

"저는 그냥⋯."

"말 걸지 마세요."

"그래도 인사 정도는⋯."

"그냥 국밥이나 드세요."

상상 속에서 그녀를 하윤영에 맞춰 그렸던 것일까? 하윤영처럼 예의 바른 이미지를 기대했던 터라 실망감이 몰려왔다.

"저는 단지 함께 밥을 먹는 사이에 서로⋯."

"됐어요."

"아니, 그게 아니라요."

"됐다고요."

"저는 그 말이 아니라."

그녀가 대답 대신 물을 마셨다. 그리고 물컵을 식탁에 내리찍으며 말했다.

"씨발 새끼야. 관심 끄라고!"

"네?"

"추근대지 말고 닥치라고."

"아니, 이 아가씨가 입에 걸레를 달고 사⋯."

짜악. 시우의 눈에 불꽃이 번쩍 튀었다. 왼쪽 뺨이 화끈거렸다. 그녀가 자리를 차고 일어나더니 시우를 내려다보며 쏘아붙였다.

"야, 이 개새끼야. 방금 뭐라고 했어? 다시 말해 봐!"

"입에 걸레를 물었….."

짜악. 그의 왼뺨에 다시 불이 일었다. 참을 수 없었다.

"이런 미친년이."

시우가 일어나 정혜지의 멱살을 잡았다. 그녀의 티셔츠 아랫 부분이 위로 쏠리며 하얀 배가 드러났다. 가만히 지켜보던 노인이 나섰다.

"다들 그만해."

시우는 손에 더욱 힘을 줬다. 그럴수록 혜지의 눈빛이 날카로워졌다.

"시우 자네가 한 번만 참아줘."

"귀싸대기 맞는 거 보셨잖아요."

"혜지가 힘들어서 그래."

"저도 힘들어요. 살기 싫은 놈이라고요."

"혜지가…, 아들을 잃었어….."

노인이 시우의 손목을 문지르며 타일렀다. 아들을 잃었다니. 실종일까, 죽었을까? 살다 보면 겪어보지 않아도 알 수 있는 슬픔이 몇 가지 있다. 자식 잃은 부모의 슬픔이 그랬다. 시우는 혜지의 멱살을 잡았던 손에 힘을 풀었다. 그녀는 한참을 더 노려보다 자리에 앉았다.

노인이 일어나 식당에서 식사하던 사람들과 주인에게 사과했다. 잠시 후 뚝배기 그릇에서 보글보글 끓고 있는 돼지국밥이 나왔다.

하필 이런 분위기에서 밥이 나오다니. 먹기도 그렇고 안 먹기도 그렇다고 생각할 무렵 수호가 한 숟가락을 떠 입에 넣었다.

"진짜 맛있어요. 천국의 맛이에요."

꼬맹이의 촌스러운 표현에 코웃음을 치는데, 혜지와 노인이 한마디씩 거들었다.

"맞아, 천국의 맛이네."

"이 맛이야말로 천상의 맛이지."

혜지와 노인과 수호는 서로를 바라보며 살짝 웃어보이고는 계속 국밥을 떴다. 시우는 입을 다물었다. 따뜻한 돼지국밥을 먹는 동안 식당은 잠시 평온해졌다.

"새댁, 여 커피 좀 주이소. 얼음 동동 띄워가 시원하게."

"새댁은 무신. 남사시럽그로. 알라는 아이스티 주면 되지예."

누가 봐도 40대 중반의 식당 이모에게 노인은 새댁이라고 불렀다. 시우는 식당 이모의 입꼬리가 올라가는 것을 보았다.

"슬픈 영혼들을 어느 정도 치유했으니 본론으로 들어가 볼까?"

주변을 살폈다. 다른 손님들은 이미 다 나가고 없었다. 시우는 고요해진 식당에서 긴장을 늦추지 않고 노인의 말에 집중했다.

"지금 여기 있는 시우, 혜지, 수호 세 사람은 모두 마포대교에서 자살을 시도했던 사람들이야."

"뭐, 뭐라고요? 이 여자랑 이, 이 초딩도…."

깜짝 놀란 시우가 커피를 튀겨가며 말했다. 혜지와 수호도 시우 못지않게 놀란 눈치였다.

"헐, 할아버지 진짜요?"

"수호야. 세상에. 네가 왜?"

혜지와 수호 두 사람은 서로를 바라보며 놀라움과 걱정의 눈빛을 교환했다. 하지만 시우에게는 조금의 관심도 두지 않았다. 시우는 묘한 질투심이 일었지만, 곧 두 사람을 측은하게 바라봤다.

기묘한 인연이었다. 세 사람 모두 똑같은 장소에서 자살을 시도했다. 게다가 다시 살아 점심 식사를 함께하고 있다. 생각할수록 놀라웠다.

허나 잠시 후 듣게 될 충격적인 이야기에 비한다면, 노인이 지금까지 들려준 말은 오히려 평온했다.

12

시우는 흥분을 감추지 못했다.

"그럼 혜지 씨랑 수호도 모두 어르신께서 구하신 건가요?"

"당연하지."

"어르신 혼자서 세 사람을요?"

"그래."

"세상에! 정말이세요?"

"그렇다니깐."

가상과 현실의 경계가 모호해진다고 생각될 때쯤, 혜지가 시우보다 구체적인 질문들을 쏟아냈다.

"정신을 차려보니 모텔이었어?"

그녀는 수호만 바라보며 물었다.

"모텔이었어요."

"이런!"

"그럼 혹시 그 하얀 방에서 깨어났니?"

"예!"

"헐."

"일어났을 때 옷도 다 말라 있었고?"

"네."

"이럴 수가!"

"설마 코코아도 마셨어?"

"네! 꿀맛이었어요."

"와…."

어떻게 이럴 수 있단 말인가? 모텔, 하얀 방, 마른 옷, 코코
아…. 세 사람은 완전히 똑같은 상황을 경험한 것이다. 시우가
흥분을 감추지 않은 채 물었다.

"혹시 두 사람도 나처럼 두 번 뛰어내렸어요?"

"와! 아저씨 두 번이나 뛰어내렸어요?"

"가지가지 하네."

시우는 괜히 머쓱해졌다. 완전히 똑같지는 않구나.

"저 새끼는 자살 중독자 새끼야."

"어르신, 우리가 강물에 뛰어들었다는 걸 어떻게 알고 구조

했죠?"

"몇 번을 말해! 내가 천사라고, 이 새끼야. 앗, 수호야. 나쁜 말 써서 미안. 저 인간이 말귀를 못 알아먹어서 그래."

노인이 친손자인 양 수호의 머리를 쓰다듬으며 다정하게 말했다.

"저는 괜찮아요. 오죽 답답하시겠어요."

수호가 얄밉게 웃었지만 신경 쓸 겨를이 없었다.

"그러니깐 연로하신 어르신께서 강물에 뛰어든 우리 세 사람을 혼자 찾아내고, 혼자 구조해 모텔까지 옮긴 뒤, 혼자 링거를 맞히면서 치료했다는 말씀이신 건가요?"

"녹음기야 뭐야 이거? 와, 이 꼴통 새끼. 타인에 대한 신뢰가 없어요. 됐다, 이 소시오패스야. 믿기 싫으면 믿지 마."

씹새, 자살 중독자, 이 새끼, 저 새끼, 꼴통 새끼, 소시오패스…. 노인은 시우를 다양하게도 호칭했다.

"두 사람은 이 어르신이 천사인 걸 믿나요?"

"저는 할아버지가 천사라고 믿어요."

수호의 눈빛에는 의심이 없었다. 혜지는 대답하지 않았지만, 이미 노인을 천사로 믿고 있는 듯했다. 다들 미친 것이 틀림없었다. 시우는 정신을 바짝 차려 정신병자의 연기에 넘어가지 않겠다고 속으로 되뇌었다.

"어르신, 제 질문에 답해보세요. 저번에는 경황이 없어 여쭙지 못했었거든요."

"물어 봐."

"제 첫 키스가 언제였게요?"

"너 키스는 해봤냐?"

"해봤거든요!"

"그걸 내가 어떻게 알아? 천사가 세상 사람들의 첫 키스를 다 외우는 줄 알아?"

노인이 소리쳤다. 사실 좀 억지스러운 질문이었다. 이번에는 좀 더 고난도의 질문을 했다.

"그럼 제 엉덩이에 점이 왼쪽에 있게요, 오른쪽에 있게요?"

이는 시우의 함정이었다. 대충 대답했다가는 천사가 아니라는 사실이 들통 날 것이다. 시우는 양쪽 엉덩이 모두에 점이 있기 때문이다.

"진짜 유치하다."

시우의 질문을 평가절하하며 수호가 혀를 찼다.

"저질이다 저질. 천사라고 네 엉덩이 점 위치까지 다 알아야 해? 왜? 고추 크기도 물어보지. 보나 마나 이만하겠지만."

노인이 먹지 않고 남겨둔 새끼손가락만 한 풋고추를 흔들며 말했다. 수호와 식당 이모가 소리 내어 웃었고 시우의 얼굴이 붉게 달아올랐다. 혼자 웃지 않던 혜지가 끼어들며 다시 물었다.

"저를 도와주시겠다고 하셨죠? 어떻게 도와주실 생각이시죠?"

"한 가지 제안을 하겠네. 세 사람은 아직 어떻게 살아야 할지, 또 왜 살아야 할지 모를 걸세. 서울에는 상처가 크게 남아 있기도 하고 말이야. 그래서 세 사람의 상처가 치유될 때까지 서울이 아닌 곳에 집을 마련해 줄까 해. 거기서 일 년 정도 살아봐."

"네?"

"집을요?"

시우가 노인의 통 큰 제안에 놀라며 물었다.

"집을 세 채나 마련해주시고. 역시 부자셨군요."

"세 채 마련해준다고는 안 했는데? 한 채에서 같이 살어."

"뭐라고요?"

"혈."

"싫어요. 두 번이나 죽으려 했던 놈이랑 어떻게 살아요? 삶에 미련도 없는 새끼가 어떤 나쁜 짓을 저지를지 모르잖아요. 저새끼가 강간범인지 뽕쟁이인지도 모르는 일이고."

더는 참지 못하겠다는 표정으로 혜지가 쏘아붙였다.

"아줌마도 죽으려고 했잖아요!"

"두 번 죽으려고 했던 새끼랑 비교하면 기분 나쁘지."

"입만 열면 욕이네. 아줌마가 전과자 아니에요?"

"난 하늘 아래 한 치 부끄럼 없이 살았어."

"나도 전과 없어요. 그리고 유부녀에게 관심도 없고요."

"지금이야 그렇게 말하지만 발정나면 금방 눈깔이 확 도는 거 모를 줄 알아?"

시우가 황당한 표정으로 혜지를 노려봤다. 그러자 노인이 끼어들며 말했다.

"혜지야. 진정하고 들어봐. 이 새끼가 생긴 건 이래도 착하게 살던 놈이야. 만약 너를 건들면 내가 이 새끼를 고자로 만들어버릴 거야. 화학적 거세 말고 물리적 거세. 싹둑싹둑! 정말로. 천사가 지켜준다니깐. 한번 믿어봐."

"아무리 그래도…."

"네가 안 가면 수호는 시우와 둘이 살아야 해."

"수호도 안 가면 되잖아요?"

"제안을 거절하면 수호는 보육원으로 가게 될 거야."

보육원이라는 단어에서 혜지의 눈이 흔들렸다.

"세상에, 아가, 친척도 없니?"

"고모라고 딱 한 명 있는데, 고모부가 어찌나 못살게 구는지 이 어린 나이에 삶을 포기하려 했단다."

노인이 수호의 입장을 대신 말했다.

"너무 딱해요. 그럼 제가 수호를 데리고 서울로 갈게요."

"감정적으로 굴지 마."

"애를 보육원으로 보낼 수는 없잖아요."

"네 형편에 수호를 어떻게 키워?"

"산 사람 입에 거미줄이야 치겠어요?"

"그게 수호를 행복하게 만드는 길일까?"

"저런 새끼와 지내는 것보다는 나을 걸요."

노인이 혜지의 손을 잡으며 그윽하게 바라봤다. 이제 좀 자중하라는 의미 같았다.

"들어봐. 두 사람 모두 내 제안을 받아들이면 지금 당장 5천만 원씩 주지. 수호는 그런 큰돈이 있으면 위험해질 수 있으니 고등학교까지 사교육비를 전액 지원하고."

"뭐라고요?"

"더 들어봐. 만약 일 년을 무사히 잘 버텨내면 5천만 원씩 더 주겠네. 수호에게는 대학교 학비를 지원하지. 어떤가?"

노인의 제안을 듣고 시우는 어안이 벙벙했다. 왜 군이 죽어 가는 사람을 구해 돈까지 줘가며 살아가도록 할까?

"우리한테 왜 이렇게 잘해주시는 거죠?"

시우가 진짜 이해가 안 된다는 표정으로 물었다.

"너희는 죽을 운명이 아니야."

"죽을 운명이 따로 있나요?"

"그럼."

"운명이라고요? 어이없군요. 그건 그렇다고 치고, 왜 우리가 일 년이나 함께 살아야 하는 거죠?"

"그건 말해줄 수 없네. 하지만 가족처럼 일 년을 보내면 세 사람은 삶의 이유를 찾을 수 있을 거야."

노인이 진지한 목소리로 말했다. 혜지가 노인을 보며 물었다.

"수호는 그렇다고 해도, 저 남자와도 가족처럼 지내야 하나 요?"

"애매한 질문이군. 진짜 가족이 되란 말은 아니지만, 그렇다 고 남처럼 데면데면 지내란 말도 아닐세. 내 설명이 좀 부족하지 만, 혜지는 똑똑하니까 같이 살면서 잘 이해해 봐."

"같이 산다고 말한 적 없는데요."

혜지가 시우를 벌레 보듯 바라봤다. 두 사람의 눈이 마주쳤 지만, 시우는 혜지의 눈에서 나오는 혐오의 시선을 느끼지 못했 다. 시우의 머릿속에는 가족이라는 단어가 맴돌 뿐이었다.

가족.

지난 세월 아버지에게서 누구보다 큰 사랑을 느끼면서 살아왔지만, 단 한 번도 온전한 가족의 정이라고 생각해보지 못했다. 아버지의 희생과 노력은 어머니의 부재를 선명하게 드러내곤 했다. 양팔 저울의 한쪽 끝에 아버지의 무거운 사랑이 달릴 때마다 가슴 속 균형추가 요동쳤던 것이다. 세 사람이 모두 동의해 일 년을 함께 산다면 누군가의 사랑이 그 어떤 부재도 드러내지 않고 가족이란 이름으로 온전히 다가올 수 있을까? 정말 그럴 수 있을까?

"좋아요, 저는 한번 해볼게요."

시우가 과감하게 나섰다. 노인을 천사로 믿게 된 건 아니었다. 노인이 천사냐 아니냐가 문제의 본질이 아니라는 생각이 들었기 때문이다.

"잘 생각했어. 어차피 죽으려고 했었잖아. 나를 한번 믿어봐. 최악의 상황이어도 죽기밖에 더 하겠어? 고자가 되거나. 허허허."

노인이 혜지와 수호 앞에서 상스럽게 손가락으로 가위질을 해대며 웃었다. 노인의 얼굴에 화색이 돌았다.

"저는 할래요. 단, 누나가 가야 저도 가요."

역시 보통내기 초등학생이 아니었다. 요즘 초등학교에서는 화법도 가르치나. 애까지 있었다고 했는데, 그런 유부녀에게 누나라니. 그새 노인이 식당 이모에게 새댁이라고 말하는 것을 보고 배운 건가? 거기다 같이 가자고 권유하는 것도 아니고 협박식 말투가 아닌가. 미스 김이 2차를 안 가면 본인도 안 가겠다고 떼 쓰는 진상 부장과 뭐가 다른가?

"수호야, 말은 고맙지만 난 믿을 수 없는 남자와 같이 살 수 없단다. 아마 매일 밤 머리맡에 칼을 둔 채 편하게 잠을 잘 수 없을 거야."

"내가 지켜준다니깐!"

노인이 소리쳤다.

"저도 지켜줄게요!"

수호도 소리쳤다.

"저 진짜 아무 짓도 안 할 겁니다."

시우도 소리쳤다.

"그래도 아닌 건, 아닌 겁니다."

혜지는 끝까지 고개를 가로저었다. 시우는 밑도 끝도 없이 부정부터 하는 저 여자를 보니 남편이 참 고생했겠다는 생각이 들었다.

"평안 감사도 저 싫으면 그만이니깐. 우선 시우부터 통장에 5천만 원 쏴볼까?"

"와, 대박. 계좌번호 부를까요?"

"너 이 새끼, 나 못 믿지?"

"뭘요, 또."

"나 천사야. 자, 돈 들어간다."

그때 잠자던 스마트폰이 띵동 울리더니 5천만 원이 입금되었다는 메시지가 떴다. 벌어진 시우의 입이 닫히지 않았다.

"나는 할 말 다 했네. 다들 잘 생각해보고 관심들 있으면 이쪽으로 와. 그날까지 수호는 내가 데리고 있지."

노인은 세 사람에게 봉투를 넘겨줬다. 혜지는 필요 없다며 그냥 나갔다. 시우는 조심스레 봉투를 받아 들어 뜯었다. 내용을 살피던 시우가 벌떡 일어서며 소리쳤다.

"미쳤어요? 여기서 일 년 동안 살라고요?"

13 정혜지의 과거, 그리고 마포대교

정혜지.

그녀는 살면서 한 번도 부모님 얼굴을 본 적이 없었다. 부모와 찍은 사진 한 장 가질 수 없었다. 갓 돌이 지날 무렵 수녀들이 운영하는 보육원 〈천사의 언덕〉에 맡겨졌다. 그녀는 그곳에서 보모들을 부모 삼아 자랐다.

어릴 때는 자신의 삶을 탓하지 않았다. 주변의 모든 친구와 언니, 오빠들이 모두 똑같은 환경이었다. 함께 급식을 먹을 때도, 함께 배우고 놀 때도, 함께 청소할 때도 늘 웃음이 가득했다. 그녀의 환한 웃음은 초등학생이 되면서 빛을 잃었다. 초등학교에 입학한 첫날부터 그녀는 자신의 처지를 절감해야 했다.

엄마.

친구들은 그녀에게는 없는 엄마가 있었다. 입학식 때 친구들의 손을 잡고 웃어주던 엄마란 사람들은 언제든 나타났다. 비가 오면 교문 앞에 우산을 들고 줄지어 서 있었고, 준비물을 가지고 오지 않은 친구의 엄마는 준비물을 챙겨 교실로 찾아왔다. 우산이나 준비물을 안 챙긴 것은 친구들의 잘못인데, 엄마들은 환한 미소로 손까지 흔들어줬다. 소풍 때는 도시락을 들고 교문까지 함께 와줬고, 운동회 날이면 아침 일찍부터 좋은 자리를 찾아 돗자리를 깔았다.

그런 엄마들을 보면서 혜지는 자기가 얼마나 불쌍한 아이인지 알게 되었다. 적어도 입학 전까지 알던 세상은 평등했는데 여덟 살이 되면서 세상이 달라졌다. 학교가 그녀에게 처음으로 가르친 것은 한글과 셈하기가 아니었다. 불평등과 결핍이었다.

초등학교 1학년 혜지는 그 불평등과 결핍이 너무 아팠다. 그 아픔은 보육원 동기들이 모두 겪는 통과의례였다. 수녀들은 그런 아이들을 따뜻하게 안아주고 위로했다. 여덟 살의 가슴에도 느낄 수 있을 만큼. 하지만 보육원을 퇴소하는 날까지 마음 한구석이 텅 빈 느낌을 채울 수는 없었다.

어린 혜지가 스스로를 위안하는 데 찾아낸 방법은 춤추고 노래하는 일이었다. 자라면서 가수를 꿈으로 삼았다. 춤추고 노래 부를 때는 설움과 고통을 잊을 수 있었다. 그녀의 우상은 마이클 잭슨이었다. 성별도 인종도 달랐고, 가사도 알아들을 수 없었지만, 그의 춤과 노래는 혜지에게 전율을 일으켰다. 누군가 기부한 마이클 잭슨의 공연 비디오를 우연히 본 것이 그 열정의 시작이었다. 첫눈에 반했다. 수많은 관중을 압도하는 무대는 어린 혜지에게 짜릿함을 안겨줬다.

보육원 아이들은 알아듣지 못하는 말로 노래하는 외국 가수에게 아무도 관심을 가지지 않았다. 덕분에 그녀는 경쟁자 없이 틈날 때마다 마이클 잭슨을 만났다. 늘어난 테이프가 이별을 고할 때까지 보고 또 봤다.

몇 번의 장기 자랑으로 그녀는 별명을 얻었다. 마돈나. 나이 많은 어느 수녀님이 지어준 별명이었다. 사춘기 소녀가 된 혜지는 그 별명이 마음에 들지 않았다. 하지만 그녀의 의사와 상관없이 별명에 걸맞은 인기가 따랐다. 과일에 꼬이는 초파리처럼 남자들의 관심이 몰렸다. 오빠들은 종종 짓궂은 장난으로 그녀를 곤란하게 했다.

그럴 때면 호산나 수녀님은 남학생들을 혼내고 따로 혜지를 불러 타일렀다. 호산나 수녀님은 혜지가 가진 재능을 늘 귀하게 여겼다. 그녀도 그런 호산나 수녀님을 유독 잘 따랐다.

"엘플레다, 너는 참 인기가 많구나. 그럴수록 항상 몸가짐을 바르게 해야 한다. 여자들은 어른이 되면 아이를 가질 수 있단다. 하지만 진정한 책임감 없이는 아이를 사랑으로 키울 수 없어…."

호산나 수녀님은 혜지뿐 아니라 다른 여학생들을 모아놓고 성교육을 하곤 했다. 주 내용은 가임기 계산하는 법, 피임하는 법, 피임 도구의 중요성 등이었다. 성교육 마지막에는 항상 혼전순결을 입이 마르도록 강조하곤 했다.

시간이 지나 혜지는 보육원을 퇴소하고 서울에서 혼자 살아갔다. 환경은 바뀌었지만 아이돌의 꿈을 버릴 수 없었다. 낮에는 닥치는 대로 아르바이트를 하고 저녁에는 댄스 아카데미와 실용 음악 학원에 다녔다. 하루하루가 고단해도 꿈을 좇는 기쁨으로 이겨 나갔다.

2010년, 스물두 살이 되면서 오디션을 보러 다니기 시작했다. 연습생으로서는 이르지 않은 나이였지만 왠지 모를 자신감이 가슴 깊은 곳에서 차오르고 있었다.

6월의 어느 날. 그날은 그녀가 오디션을 보러 가는 날이었다. 간밤에 이상한 꿈을 꿨다.

꿈속에서 혜지는 맑고 잔잔한 은빛 강에서 수영하고 있었다. 수영복이 아닌 평소 옷차림이었다. 이국적 정취가 물씬 풍기는 곳에서 기분 좋게 수영하다 물이 너무 맑아 한 모금 떠 마셨다. 물에서 상쾌함이 느껴졌다. 늘 바쁜 나날을 보내던 그녀에게는 달콤한 휴가였다.

반가운 사람을 꿈에서 보았다. 호산나 수녀님이었다. 수녀님은 강 건너에서 알 수 없는 손짓을 계속했다. 인사 같기도 하고 나오라는 말 같기도 했다. 그때 갑자기 강의 하류에서 바람이 일었다. 바람은 점차 거세지더니 강물을 거꾸로 밀기 시작했다. 위험하다고 느껴 재빨리 헤엄쳐 나가려다 잠에서 깼다.

등에 흥건하게 땀이 배어 있었다. 꿈이 너무 또렷하고 생생했다. 꿈이 무언가를 말하고 있지 않을까 하는 생각에 인터넷을 열어 검색했다.

강에서 수영하는 꿈, 좋아요!

강에서 수영하는 꿈은 금전운이 따르는 길몽이다. 어떤 일을 해도 돈이 쌓일 것이다. 옷을 입고 수영을 하는 경우라면 반가운 사람을 만나 즐거움을 얻게 됨을…

수영하는 꿈은 길몽?

강이나 바다에서 수영하는 꿈은 일이 술술 잘 풀릴 징조다. 더군다나 맑은 물에서 수영하면 운수대통하고 소원을 성취할 수 있는 징조라고…

수영하는 꿈 해몽

강에서 수영하는 꿈은 행운을 암시합니다. 남의 힘을 빌리지 않고 자신의 힘으로 수영하는 것은 자수성가할 징조입니다. 특히 강물을 먹는 꿈은…

바쁜 마음에 빠르게 읽어보니 길몽인 것 같았다. 왠지 좋은 일이 일어날 것만 같아 기쁜 마음으로 집을 나섰다.

아니나 다를까, 만족스럽게 BY 엔터테인먼트 2차 오디션을 마쳤다. 기분이 좋았다. 평가자의 반짝이는 눈빛과 칭찬을 잊을 수 없었다. 이대로라면 3차 오디션과 최종 오디션도 문제없이 합격할 수 있을 것만 같았다. 집으로 돌아가는 길에 기쁜 마음으로 편의점 문을 열었다. 열지 말았어야 했을 그 문을.

오늘만큼은 행사 제품을 고르지 않겠다는 생각으로 음료 코너 앞에 섰다. 편의점에는 점원과 남자 손님 한 명밖에 없었다. 남자는 구석에서 컵라면을 먹고 있었다. 얼핏 쳐다보다 눈이 마주쳤다. 굉장히 낯익은 얼굴이었다. 하지만 오래된 기억은 수면 위로 떠오르지 못했고 혜지는 고개를 돌렸다. 그때 남자가 다가와 어깨를 툭 쳤다.

"혜지 맞지?"

"철민이?"

남자가 말을 걸자 마법처럼 이름이 떠올랐다.

주철민. 혜지와는 동갑으로 '천사의 언덕' 동기였다. 오랜만에 만난 보육원 동기라 더욱 반가웠는지도 모른다. 손을 먼저 내밀어 악수를 건넨 것은 그녀였다.

"철민아, 정말 반갑다. 뭐 하고 지내?"

"그냥 일하고 지내지."

"어떤 일을 하는데?"

"말하기 부끄러운데…."

"뭐길래 그래?"

"나는…, 배를 타."

주철민이 멋쩍게 웃으며 말했다.

"이야, 멋지기만 한걸. 마도로스구나."

"부끄럽다야. 혜지 너는 어떻게 지내?"

"나는 낮에는 아르바이트하고, 밤에는 학원 다녀."

"학원? 공부해?"

"공부는 아니고…."

"그럼?"

"나 아이돌 가수가 꿈이었잖아. 그런데 막상 춤이나 노래를 배운 적도 없고 해서 댄스 아카데미와 실용 음악 학원 다녀."

"열심히 사는구나."

"최선을 다해 보는 거지. 실은 요즘에 오디션을 좀 보고 있어."

혜지가 소중한 비밀을 꺼내듯 조심스럽게 말했다.

"멋지다 혜지야. 동기 중에 네가 제일 멋진 것 같아."

"부끄럽게 왜 이래. 다른 친구들과 연락은 하고 지내?"

"호영이하고만 연락하고 지내."

"뭐야, 끼리끼리 지낸다 이거야?"

주철민과 김호영은 보육원 출신답지 않게 늘 당당했고, 외모에서도 빈티를 찾을 수 없었다. 축구와 농구를 잘했다. 그래서 그런지 다른 보육원 동기들과는 달리 학교 친구들 사이에서도 인기가 많았다. 두 남학생은 보육원의 자랑이었다.

혜지도 다른 여학생들처럼 그를 좋아했었다. 주철민은 그런 마음을 아는지 유독 혜지에게 친절하게 대했다. 때때로 무심한 척 혜지에게 맛있는 간식을 주기도 했다.

그런 그를 다시 만나다니. 간밤의 꿈 덕분인 것 같았다. 편의점 앞 파라솔의 빈자리를 차지하고 앉은 두 사람은 저녁 식사도 잊은 채 추억에 빠졌다. 혜지는 학원에 가야 하는 시간이었지만 빼먹기로 했다. 처음 있는 일이었다.

"혜지야, 우리 호영이랑 같이 저녁 먹을래?"

"호영이와? 좋지."

"호영이 일하는 가게로 가자. 지금쯤 알바 끝날 시간이야."

철민이 혜지를 이끌고 호영이 일한다는 삼겹살집으로 향했다.

"혜지야, 너 정말 예뻐졌구나!"

"호영이 너도 더 멋있어졌어. 진짜 반갑다."

세 사람은 그렇게 늦은 저녁을 삼겹살과 소주로 채워나갔다. 세 사람의 얼굴에 붉은 웃음꽃이 떠나지 않았다. 보육원 동기들은 서로의 기억을 우기기도 했고, 서러웠던 과거에 눈물도 훔쳤다. 수녀님 얘기도 나눴고, 성공해서 보육원에 큰 선물을 가지고 가자고 손가락도 걸었다. 그렇게 그들은 술과 추억에 취해갔다.

"그런데 혜지야, 너 그거 아냐?"

철민의 발음이 눈에 띄게 나빠졌다.

"뭘?"

"내가 널…, 그렇게 좋아했다."

"정말?"

혜지는 금세 얼굴이 달아오르는 걸 느꼈다.

"너 진짜 나 좋아했어?"

나이를 먹어서 능글맞아진 건지, 술을 마셔서 용감해진 건지 태연한 척 물었다. 오디션 볼 때보다 더 콩닥거리는 가슴을 숨기며.

"그럼. 그래서 진짜 보고 싶었고. 진짜. 진짜."

혜지는 그 말이 좋았다. 행복했다.

"야, 야! 둘 다 고만해라. 뭐 하는 거야? 친구끼리!"

철민과 혜지 사이에 흐르는 오묘한 기운을 느꼈는지 호영이 서둘러 자리를 마무리했다. 호영이 제일 마지막에 가겠다고 했지만, 철민은 호영을 먼저 보냈다.

"혜지야, 조심해서 들어가! 둘만 따로 어디 가지 말고!"

호영의 인사는 택시와 함께 멀어졌다. 혜지는 철민과 단둘이 조금이라도 더 있으면 좋겠다고 생각했다. 그때 철민이 혜지를 바래다주겠다고 했다.

"넌 내가 지켜줄게. 아무도 못 쳐다보게 할 거야."

"가수 돼서 전 국민이 보는 텔레비전에 나오는 게 내 꿈이야.
바보야."

"그럼 그 전까지라도 내가 널 지켜주지. 우리 이렇게 만난 기
념적인 날, 내가 꼭 바래다주겠어."

철민은 여전히 책임감이 강해 보였다. 그가 듬직하게 느껴졌
다. 혜지는 그의 책임감을 뿌리치지 않고 집 앞까지 함께했다.
집 앞까지 걷는 동안 술도 다 깬 듯했다. 헤어지려는데 철민이 똥
마려운 강아지처럼 혜지 주변을 맴돌았다. 그러다 눈을 질끈 감
고 고백하듯 말했다.

"이대로 못 가겠어. 몇 년 만에 만났잖아. 네 방에서 맥주 한
잔만 더 하고 가면 안 될까?"

늘 멋지고 당당하던 철민의 수줍은 모습에 혜지는 웃음이 터
졌다. 그리고 철민의 손을 잡고 집으로 이끌었다.

그때 혜지는 호산나 수녀님을 봤던 지난밤의 꿈은 까맣게 잊
고 있었다.

14

두 사람은 방으로 들었다. 마침 냉장고에 맥주가 없었다. 철
민이 맥주를 사러 나간 사이 혜지는 향수를 뿌렸다. 돌아온 철
민은 혜지 옆에서 말없이 맥주만 마셨다. 혜지가 용기를 내 먼

저 말을 걸었다.

"그거 기억나? 너 초콜릿 받으면 나한테 곧잘 주곤 했던 거."

"기억나지. 먹고 싶은 거 꾹 참고 준 거였어."

"너한테 초콜릿을 받은 날엔 잠을 못 잤어. 심장이 날뛰어서."

혜지는 소녀 시절 느꼈던 첫사랑의 설렘을 은근슬쩍 고백했다.

"에이, 진짜?"

"정말이야. 이런 고백을 할 날이 올 줄 몰랐네."

"혜지야, 나도 오늘 밤에 잠 못 잘 것 같아."

"왜?"

"심장이 날뛰어서."

"난 초콜릿 안 줄 건데?"

"오늘이 내 첫 키스 날이거든."

갑자기 철민이 혜지의 입술을 덮쳤다. 아무 준비가 되어 있지 않던 혜지가 반사적으로 밀쳐내었지만 이내 철민을 받아들였다. 철민의 혀가 혜지의 치아를 살며시 노크했다. 어떻게 해야 할지 몰라 가만히 있던 혜지는 세 번째 노크 후에야 조심스럽게 입을 열었다.

두 사람의 혀가 만났다. 두 사람은 입술을 떼지 않은 채 부드러운 움직임을 이어나갔다. 동작 하나하나에 심장이 요동쳤다. 가슴이 부푸는 느낌과 함께 아랫배가 간지러웠다.

혜지의 옆구리를 부드럽게 만지던 철민의 손이 혜지의 가슴을 스쳐 주변을 맴돌았다. 혜지는 철민이 자신의 가슴을 만지고 싶어 한다는 것을 눈치챘다. 허락하고 싶었다. 첫 번째 가슴은 철민에게 주고 싶었다.

하지만 남자의 손을 가슴으로 이끌 용기가 안 났다. 소중한 사람 앞에서 자칫 저급하게 보일까 염려도 됐다. 그러나 상대를 위한 마음은 자신에 대한 염려보다 훨씬 컸다.

"가슴…, 만져도 돼."

철민의 눈이 산타 할아버지를 본 소년마냥 커졌다. 놀랍고, 고맙다고 눈동자가 말했다. 크리스마스 선물처럼 마음에 드는 모양이었다. 철민의 손이 조심스럽게 가슴으로 향했다. 옷 위로 그녀의 왼쪽 가슴을 가볍게 주물렀지만 브래지어 안쪽으로 들어오지는 않았다. 혜지는 자신을 함부로 대하지 않는 그의 모습이 사랑스러웠다.

아직 본격적인 여름은 아니었지만 두 사람의 몸이 땀으로 젖어갔다. 상기된 얼굴의 철민이, 덥다며 갑자기 윗옷을 벗었다. 놀라움에 잠깐 망설이는 듯하던 혜지가 살포시 그를 다시 안았다. 태어나서 처음으로 남자의 가슴 근육을 쓰다듬었다. 단단한 복근도 만졌다. 아랫배가 더 간지러웠다.

분위기에 취해서일까. 혜지도 윗옷을 벗었다. 브래지어까지 벗어던졌다. 술과 사랑에 취했다고는 해도 과감한 행동이었다.

"나…, 처음이야."

혜지는 처음으로 남자 앞에 가슴을 내밀며 말했다. 부푼 가슴에는 탄력이, 촉촉한 눈동자에는 사랑이 넘쳤다.

"나, 진짜 처음이야."

그녀는 이 말을 꼭 강조해야 할 것 같다고 생각했다. 철민이 따뜻한 키스로 대답을 대신했다.

"우리 바지도 벗을까?"

철민이 수줍게 물었다. 혜지는 고개를 끄덕였다. 두 사람은 청바지를 벗었다. 두 사람은 팬티만 입은 채 서로의 입술을 탐닉했다. 철민의 손이 혜지를 조심스럽게 어루만졌다. 배를 탄다는 철민의 손이 이상하리만큼 부드러웠다.

두 사람은 서로의 팬티 근처는 만지지 않았다. 약속하지 않았지만 그것이 오늘 지켜야 할 선이라고 생각하는 것 같았다. 팬티 안은 보여주지도 만지지도 않기.

혜지는 자신이 과감해질 수 있었던 이유가 철민의 순수함 때문이라고 생각했다. 그녀의 허락 없이는 가슴도 만지지 않는 순수함. 그런 그가 바보같이 느껴지는 게 아니라 진짜 남자로 보였다. 그녀만큼이나 철민이 아무 경험이 없다는 게 고마웠다.

그런데 갑자기 철민이 예상치 못한 말을 했다.

"우리…, 할까?"

무엇을 하자는 건지 잠시 고민하던 혜지가 화들짝 놀라며 철민을 밀쳤다.

"우리가 지금 그걸 하자고?"

"널 다시 만난 순간부터, 아니 그보다 훨씬 오래전부터 내 사랑은 너 하나뿐이었어."

혜지는 숨조차 잊은 채 굳어버렸다. 철민이 숨죽인 채 간절한 눈빛으로 혜지만 바라봤다. 두 사람 사이에 섬세한 긴장이 말없이 흘렀다. 멍한 혜지의 귓가에 심장 박동만 울려 퍼졌다.

"나는…, 나는 정말 한 번도 해본 적이 없어. 어떻게 하는 건지도 몰라."

"나도 아무것도 몰라. 지금 우리에겐 방법보다 마음이 중요하지 않을까? 서로 사랑하는 마음 말야."

혜지를 따뜻하게 바라보던 철민이 천천히 다가왔다 혜지는 눈을 감았다. 그의 숨결이 닿더니 이내 입술이 포개졌다. 사랑을 느꼈다.

첫 경험에 대해 생각해본 적은 없지만, 철민이라면 후회하지 않을 것 같았다. 어린 시절부터 함께하며 어떤 성품인지 잘 아는 사람. 따뜻한 두근거림을 전해준 사람. 처음으로 입술과 가슴을 내준 지금 이 순간 행복한 떨림을 주는 사람. 힘으로 제압하지 않고 그녀에게 성적 자기 결정권을 주는 사람. 철민은 그런 사람이니까.

"철민아, 사랑해."

혜지의 수줍은 승낙이었다. 철민이 승낙을 이해한 듯 그녀의 손등에 입을 맞췄다. 혜지는 말없이 형광등을 가리켰고 철민은 조용히 일어나 불을 껐다.

심호흡을 낮게 내뱉은 철민이 자신의 팬티를 벗었다. 그리고 혜지의 팬티를 조심스레 벗겼다. 혜지는 침대 시트를 꽉 움켜쥐고 철민을 응시했다. 어둠 속에서도 떨림과 서투름이 느껴졌다. 서서히 어둠에 적응될 무렵 철민이 혜지를 깊게 끌어안았다.

"철, 철민아…."

태어나 처음 겪어보는 낯선 느낌이었다. 얼떨떨했지만 생각만큼 아프지는 않았다. 그가 조심스럽게 엉덩이를 움직이기 시작했다. 그와 그녀의 숨소리가 리듬을 맞춰갔다. 반복적인 들썩임이 얼마간 더 지속됐다. 갑자기 움직임이 멎더니 따뜻함이 밀려들었다. 혜지는 몰랐다. 그 따뜻함의 의미를.

혜지가 눈을 감았다. 천장을 보고 누웠던 철민이 고개를 돌리며 물었다.

"혜지야, 괜찮아?"

"신기해. 너와 내가…. 그 꼬맹이였던 우리가…."

두 사람은 서로를 따뜻하게 안았다. 그리고 그날 밤 혜지는 태어나 처음으로 남자의 품에서 잠들었다.

그 날 이후 뜨거운 사랑이 시작됐다. 일상은 똑같이 흘렀지만 그녀는 예전과 달라져 있었다. 입꼬리는 늘 올라가 있었고, 때때로 가슴이 뛰었다. 주말에 철민에게 줄 와이셔츠만 골라도 하루 종일 행복했다. 그가 준 한 송이 꽃은 그녀의 얼굴에 일주일 동안이나 웃음꽃을 피워냈다. 음악학원을 갈 때도, BY 엔터테인먼트의 3차 오디션을 포함해 틈틈이 다른 기획사 오디션도 보러 다닐 때도 그 언제보다 행복한 미소를 띨 수 있었다.

행복에 빠진 혜지는 시간의 흐름마저 잊었다. 본격적인 무더위가 시작되던 7월의 어느 날이 되어서야 생리가 멈췄음을 깨달았다. 평소 생리가 매우 규칙적이었던 그녀는 불안한 마음으로 약국에 갔다. 약국 문을 여는데 얼굴이 화끈거렸다. 자신을 부도덕한 여자로 여기지나 않을지…. 기어들어가는 목소리로 겨우 테…스트…기, 네 글자를 뱉었다. 약사는 관심 없다는 듯 무표정하게 네 글자로 답했다. 오천 원요.

테스트기에 두 줄이 선명했다. 믿을 수 없었다. 당장 산부인과로 갔다. 의사는 축하한다는 말을 덧붙이며 임신 5주차라고 했다. 옆에 있던 간호사도 방긋 웃으며 축하를 건넸다. 진료실 안에서 웃지 않은 사람은 혜지 뿐이었다.

병원을 나오자마자 철민에게 연락했다. 행복해야 하는데 자꾸 눈물이 났다.

"철민아, 나 어떡해."

"왜? 무슨 일이야?"

"나…, 임신이래."

"뭐? 진짜야?"

철민의 놀란 마음이 전화기로 전해졌다. 혜지는 당장 와달라고 부탁했다. 기댈 곳이 필요했고, 철민은 그녀가 유일하게 기댈 곳이었다. 그런데 철민이 안 된다고 했다. 하필 내일부터 석 달 동안 원양어선을 타기로 했는데 준비할 것이 많다는 것이었다.

"그렇게 중요한 일을 왜 미리 말하지 않았어?"

혜지가 서운함을 가득 담아 따지듯 물었다.

"워낙 급하게 생긴 일자리라 어쩔 수 없었어. 그동안 연애하느라 배를 못 탔잖아. 돈도 떨어졌고."

영상 통화는 아니었지만 철민의 어쩔 줄 몰라 하는 모습이 보이는 듯했다.

"그럼 오늘 밤에 잠깐만이라도 와줘, 제발."

혜지가 울면서 부탁했지만, 철민은 미안하다는 말만 되풀이했다. 그날 밤, 그녀는 밤새 울었다. 그날은 음악 학원을 두 번째로 빼먹은 날이었다. 다음 날 혜지는 학원을 끊었다.

엄마에 대한 그리움 따위는 어른이 되면서 극복했다고 생각했었다. 하지만 혜지는 오늘 엄마가 너무 보고 싶었다. 호산나 수녀님이라도 만나고 싶었지만 아직 수녀님이 천사의 언덕에 계시는지도 모르거니와 임신한 모습으로 찾아뵐 수는 없었다. 수녀님을 마지막으로 본 게 언제더라. 그제야 그날 꿈에서 수녀님을 봤던 게 떠올랐다.

그녀는 그날의 꿈에 대한 해몽이 원망스러워 다시 인터넷을 검색했다. 그날은 대충대충 읽었는데 자세히 읽어보니 보통 꿈이 아니었다.

맑은 물에서 수영하는 꿈은 굉장한 길몽이었다. 옷을 입은 채 수영하는 꿈은 반가운 사람을 만나 일이 잘 풀릴 수 있다는 뜻이고, 강물을 마시는 꿈은 태몽일 수 있다고 했다. 거센 바람이 불거나 강물이 역류하는 꿈은 시련이 닥칠 것을 예고한다고 했다.

비로소 혜지는 꿈의 의미를 이해했다. 혜지는 꿈속 수녀님의 손짓이 강물에서 어서 나오라는 재촉이었다는 것을 뒤늦게 깨달았다. 대개 모든 일이 그러하듯 일이 터지고 나서야 얻은 뒤늦은 깨달음이었다. 하지만 그때까지도 혜지는 앞으로 맞이하게 될 더 큰 곤경을 짐작조차 할 수 없었다.

임신을 확인하고 두 달이 넘었다. 급하게 원양어선을 탔다는 철민과는 전혀 연락이 닿지 않았다. 무섭고 외로웠다. 성당을 찾아 원망하며 준비되지 않은 임신이 너무 가혹하다고 울어도 봤지만 위안은 되지 않았다. 상황이 달라질 일도 없었다.

달라지는 것은 혜지의 몸이었다. 신체적, 심리적 변화가 눈에 띄게 나타났다. 아랫배부터 옆구리, 엉덩이, 허벅지까지 살이 붙었다. 가슴이 커지고 분홍빛 유두는 점차 모카커피색으로 짙어졌다. 두통과 복통이 간간이 이어졌고 어지럼증이 일었다. 자주 초조했고, 쉽게 짜증이 났다.

산부인과에 가는 날이면 불안감이 더욱 커졌다. 초등학교 입학식 날 엄마 손을 잡고 있던 친구들이 떠올랐다. 그들보다도 남편 손을 잡고 산부인과에 오는 여자들이 더 부러웠다.

불행 중 다행이라고 생각하는 것은 아기의 아빠가 철민이라는 사실. 철민은 혜지가 본 세상의 남자 중 가장 듬직했다. 산부인과에 같이 오는 어떤 남자보다 멋지고 믿음직스러우며 사랑이 넘치는 남자였다.

매일 철민이 머나먼 바다에서 무사히 돌아오기만을 기도했다. 철민이 돌아오면 어떤 일이 있어도 다시는 원양어선을 타지 못하게 하리라. 가난하더라도 아기와 철민과 함께라면 두려울 것이 없다고 생각했다. 한 달만 더 기다리면 자신도 철민의 손을 잡고 산부인과에 함께 올 수 있을 거라 생각하며 힘을 냈다.

그러던 혜지에게 또다시 눈물 흘릴 일이 생겼다. 참으로 기쁜 슬픔이었다. 그렇게 고대하던 BY 엔터테인먼트 연습생에 최종 합격한 것이다. 간절했던 꿈이 이루어질 이 순간에 그 기쁨을 그대로 받아들일 수 없는 지금의 처지가 한없이 가여웠다.

자랑할 수 없는 기쁜 소식을 안고 멍하게 있던 혜지가 호영이 일하는 삼겹살집을 찾았다. 꿈에 한 걸음 더 다가간 자신을 호영에게서라도 축하받고 싶었다.

"뭐? 혜지 너 임신했다고? 아빠는 철민이고?"

철민이 호영에게는 아직 얘기하지 않은 모양이었다. 철민도 임신 사실을 알고 바로 원양어선을 타야 했으니 그럴 수 있었을 것이다. 혜지는 다 괜찮으니 축하만 해달라고 했다. 오늘만큼은 BY 엔터테인먼트 연습생 합격만 축하받고 싶었다.

"호영아. 내가 얼마나 가수가 되고 싶었는지 알지? 그런데 아기가 생겨 그 꿈을 포기했어. 세상에 어느 기획사가 임산부를 연습생으로 받아주겠어."

"혜지야, 괜찮아?"

"처음에는 힘들더라. 그런데 그 꿈보다 이 아기가 훨씬 소중해. 이제 무대에서 춤추고 노래할 수는 없겠지만, 대신 우리 아기와 행복을 노래할 거야. 철민이와 함께. 호영아, 너도 많이 도와줘."

"내가 도울 일 있으면 뭐든 말해 혜지야. 넌 우리의 마돈나잖아."

혜지보다 호영이 더 눈시울을 붉혔다. 혜지는 호영이 참 좋은 친구라고 생각했다. 호영을 보고 있자니 철민이 더 그리웠다.

"철민이 무사히 돌아왔으면 좋겠어."

"무슨 말이야, 철민이 어디 갔어?"

"철민이 원양어선 타러 갔잖아. 몰라?"

"뭐?"

일순 호영의 얼굴에 복잡한 감정이 차례로 일었다. 놀라움, 망설임, 그리고 분노. 잠시 망설이던 호영이 입을 열었다. 아마 세 번째 감정이 앞의 두 감정을 누른 모양이었다.

"어떻게 니에게까지 그럴 수 있지?"

"무슨 말이야, 호영아."

"철민이 서울에 있어."

15

철민이 서울에 있다.

혜지는 처음에 그 말을 웃어 넘겼다. 분명 호영이 잘못 알고 있는 거라 생각했다. 하지만 호영은 단호했다. 단호한 호영의 태도에 혜지는 불안했다. 호영이 택시를 잡아 혜지를 태우고 신림동으로 향했다. 이상했다. 철민은 자신의 오피스텔이 이수역 부근이라고 했었다. 그러고 보니 혜지는 여태 한 번도 철민의 집에 가본 적이 없었다. 두 사람의 추억은 모두 혜지가 사는 연남동 주변에 흩어져 있었다.

택시에 내리고 나서도 골목길을 따라 한참을 걸어 올라 붉은 벽돌로 된 다세대 주택 앞에서 멈췄다.

"여기에 철민이 있어."

"호영이 너, 거짓말이면 다시는 안 봐. 가만 안 둬!"

혜지는 끝까지 철민을 믿었다. 호영보다 철민을 더 신뢰했다. 하지만 호영의 표정은 확신에 차 있었다.

"철민아, 철민아. 나와 봐."

호영이 차오르는 숨을 삼키며 낯선 집 문을 두드렸다. 혜지는 초조했다.

"웬일이야, 이 시간에?"

팬티만 입고 얼굴을 내민 남자는 철민이었다. 혜지는 가슴이 무너진다는 말을 처음으로 경험했다. 다리에 힘이 풀려 서 있을 수 없었다. 철민이 호영에게 이게 무슨 일이냐, 그러고도 네가 친구냐, 소리쳤다. 호영이 대답 대신 주먹을 날렸다. 둘이 거칠게 엉켜 붙었다.

그 난리 속에 문 뒤로 한 여자가 나타났다. 노란색 단발머리의 여자는 와이셔츠만 입고 있었다. 하얀 와이셔츠가 눈에 익었다. 혜지가 선물한 셔츠였다. 1시간도 넘게 철민을 위해 골랐던 와이셔츠. 저렇게 쓰여서는 안 될 옷이었다.

작은 키의 노랑머리는 허벅지까지 내려오는 와이셔츠로 자신의 몸을 가렸다고 생각했겠지만 한눈에도 그녀가 무엇을 하고 있었는지 알 수 있었다. 흰 와이셔츠 겉으로 튀어나온 젖꼭지가 볼썽사나웠다.

노브라가 달려들어 호영을 말렸다. 혜지는 그녀가 팔을 들 때마다 음모만 겨우 가린 검은색 티팬티를 강제로 봐야 했다.

역겨웠다. 울지 않아야 하는데 자꾸 눈물이 났다. 빅토리아시크 릿 모델 코스프레 중인 불륜녀의 머리끄덩이를 쥐어뜯거나, 자식을 두고 외도한 애 아빠의 뺨이라도 후려쳐야 하는데 몸을 움직일 수 없었다.

혜지가 겨우 힘을 짜내 등을 돌려 앉았다. 자신의 배를 끌어안으며 떨리는 손으로 최대한 부드럽게 쓰다듬었다. 그리고는 자장가를 불렀다. 이새가 널리고 턱이 떨려 목소리가 갈라졌다.

"자장, 자장, 우리 아가. 잘도 잔다, 우리 아가…."

제발 이 상황을 아기가 보지 않고 잠들길 바랐다. 소중한 아기에게 철민과 호영이 서로를 쓰레기라고 부르며 싸우는 장면을, 아빠의 싸구려 불륜녀를 보여줄 수는 없었다.

혜지는 하루에도 수십 번씩 아기에게 아빠 이야기를 들려줬었다. 아빠가 얼마나 좋은 사람인지, 또 어렸을 때부터 얼마나 멋있었는지, 아빠가 준 초콜릿이 얼마나 달콤하고 소중했는지.

자신은 철민을 제대로 알고 있었던 걸까? 불과 석 달 전, 수줍어 가슴도 만지지 못하던 그가 어떻게 임신한 여자 친구를 속이고 불륜을 저지를 수 있었을까? 저 여자와 섹스할 때도 수줍어했을까? 철민은 어쩌면 그 짓거리에 능숙한 선수는 아니었을까? 혼자 산부인과를 찾아야 했던 그 마음을 헤아리기나 했을까? 혼란스러웠다. 모든 상황이 믿어지지 않았다.

상황이 진정되고 불륜녀가 옷을 갖춰 입고 돌아갔다. 여자는 와이셔츠를 철민에게 던지며 다시는 보지 말자는 말을 남겼다. 호영이 걱정되는 듯 밖에서 기다리겠다고 했다. 방에 혜지와 철민 둘만 남았다.

"석 달 동안 배 타러 간다더니, 이게 무슨 꼴이니?"

혜지의 목소리는 의외로 차분했다. 이미 그녀의 마음이 정리되었기 때문이다. 이 대화가 어떻게 끝나건 혜지는 철민을 다시 볼 마음이 없었다.

"네가 임신했다는 말을 들으니 도망가고 싶더라."

"그럼 이 아기는 어떻게 해?"

"아기는 지우면 안 될까?"

철민의 밑바닥을 보는 순간이었다.

"낳을 거야. 그래서 누구보다 예쁘게 키워 낼 거야."

"난 벌써 아빠가 될 수 없어."

"그러면 그날 대체 내게 왜 그랬니?"

"네가 먼저 옷을 벗고 유혹했잖아. 그 상황에 참을 수 있는 놈이 세상에 어딨어? 그리고 그날 일은 네가 스스로 결정한 거야."

"그럼 피임이라도 했어야지!"

"그럼, 그 상황에서 기다리라고 말하고 콘돔이라도 사러 뛰어갔다 오란 말이야?"

"최소한 밖에 싸기라도 했어야지, 이 새끼야."

"아, 몰라. 이렇게 한 번에 임신이 될 줄 몰랐으니까. 네가 배란일이라고 미리 말해줬어야지."

철민의 뻔뻔함에 말문이 막혔다. 혜지가 회한이 가득한 눈으로 철민을 바라보며 말했다.

"아…. 철민아, 우리 그만하자."

"너 지금 내게 헤어지자고 하는 거야?"

"나와 아기는 너 같은 새끼 필요 없어."

"잘 생각해 정혜지. 아기만 지우면 네 옆에 있어 줄 테니까."

"너 끝까지…."

"똑바로 생각해. 직업도 없고, 모아놓은 돈도 없는 스물두 살 엄마가 애를 어떻게 키워? 일단 이번 애는 지우고…."

찌악. 혜지가 철빈의 뺨을 후려갈겼다.

"쓰레기 새끼. 다시는 내 눈앞에 띄지 마."

"이게 다 널 위해서…."

짜악. 혜지가 철민의 뺨을 다시 때리며 말했다.

"다시는 그 더러운 입으로 내 아기 언급하지 마!"

혜지는 연애하다 보면 피임에 실패할 수도 있다고 생각했다. 바람을 피울 수도 있다고 생각했다. 그리고 헤어질 수 있다고 생각했다. 하지만 그녀가 몰랐던 것이 있었다. 그 세 가지가 동시에 이뤄지면 견딜 수 없다는 것을. 눈물이 멎지 않았다. 태어나 처음으로 사랑을 나눴던 남자가 고작 이런 놈이었다는 게 너무 안타까웠다. 자신의 순결이 정말이지 아까웠다.

집으로 돌아가는 내내 울었다. 호영이 연신 어깨를 다독이며 달랬지만 소용없었다. 호영이 평소 철민의 행실을 혜지에게 얘기했다. 철민은 평소에도 이 여자 저 여자와 쉽게 하룻밤을 보낸다고 했다. 직업을 구하거나 착실하게 아르바이트를 할 마음도 없다고 했다. 만나는 여자와 헤어지고 싶을 때면 먼 바다에 배 타러 가야 한다는 말을 하곤 했단다. 원양어선은커녕 오리 배조차 타본 적 없으면서.

철민이 천사의 언덕에서도 보육원생을 꼬셔 잠자리를 가졌다는 얘기도 했다. 철민 때문에 호산나 수녀님께서 성교육을 한 적도 있다고 말했다. 그래서 셋이 만났던 그날도 분위기가 묘해지자 서둘러 자리를 마치고 헤어지려 했던 거라고 했다. 혜지는 철민이 어떤 가면을 쓰고 살았는지 듣고 나서야 눈물을 그쳤다. 그런 쓰레기를 위해 흘리는 눈물도 아까웠다. 쓰레기를 품고 있으면 본인마저 더러워지는 법. 쓰레기는 버리는 게 맞다.

이제 그녀에게는 아기 밖에 없었다. 오직.

16

철민과 헤어진 뒤 혜지는 홀로서기를 시도했다. 임신한 몸으로 가장 먼저 한 일은 운전면허 학원 등록이었다. 그녀에게는 운전을 해줄 남편도 엄마도 없었다. 아기를 낳고 발생할 여러 응급 상황에서 대중교통만 이용하기에는 한계가 있을 것이라 생각했다. 배는 불러왔지만, 그녀는 떨어지면 절대 안 된다는 각오로 한 번에 운전면허를 취득했다.

면허를 따자마자 혜지는 검은색 07년식 올뉴마티즈(796cc)를 구매했다. 중고차 시장에서 은색 08년식 뉴모닝(999cc)과 저울질했다. 누가 임산부인지 구분이 안 갈 만큼 배가 나온 중고차 딜러는 두 차량 모두 무사고 차량임을 강조했다. 모닝이 주행거리는 2,000km 정도 짧았으나 마티즈를 골랐다. 1인 소유 차량이었다는 점과 가격이 30만 원 더 저렴하다는 게 혜지의 마음을 움직였다.

출산 준비에도 박차를 가했다. 아기를 낳는 데 이렇게 많은 걸 사야 하는지 몰랐다. 신생아용 젖병, 기저귀, 물티슈, 겉싸개, 속싸개, 배내저고리, 내의, 모자, 신발, 양말, 손싸개, 발싸개, 분유, 베이비로션, 카시트 등. 너무 많았다. 산부인과에서 필수라고 출력해준 리스트조차 다 구매하지 못했다. 옛날 엄마들은 그런 것 없어도 다 키워냈다고, 더 큰 사랑으로 키워내면 된다고 위안했다. 가슴 아리는 자기 위안이었다.

도움이 간절했다. 임신 사실을 알고 그만뒀던 음악 학원의 누군가에게라도 도움을 요청할까 생각했지만 이내 포기했다. 나중에라도 꿈을 위해 다시 도전할 때, 발목을 잡을지 모른다고 생각했다. 같은 이유로 기초 생활 수급자를 대상으로 하는 산후 조리사 지원 서비스도 포기했다.

허나 형편이 어렵다보니 마음이 자꾸 꺾이고 있었다. 어느 순간부터 자신도 모르게 자꾸 미혼모 시설을 검색하고 있었던 것이다. 출산을 며칠 앞두고는 전화를 걸어 문의하기도 했다.

미혼모 시설에 입소하면 산전 검진, 출산, 신후조리뿐 아니라, 무료로 아기용품도 지원받을 수 있었다. 그녀로서는 파격적이고 매력적인 조건이었다. 미혼모 시설의 상담자는 1년 동안 무료로 생활하다 미혼 모자 공동 시설로 갈 수 있다고 했다. 아니면 아이를 보육원으로 보내거나 입양을 시키는 방법도 있다고 했다.

보육원.

보육원으로 보낸다는 것은 결핍의 대물림을 뜻했다. 가난뿐 아니라 사랑의 결핍까지. 그것만은 절대 하지 않겠다고 맹세했다. 하지만 생각보다 많은 미혼모가 결국 보육원이나 입양을 택한다는 것을 알게 되었다. 임신 전까지는 자식을 버리는 여성들에게 맹비난을 퍼부었던 혜지였지만, 지금은 마냥 비난할 수도 없었다.

문득 자신의 엄마도 미혼모가 아니었을까 생각했다. 딸은 엄마의 인생을 닮는다던데. 만약 그렇다면 자신은 엄마를 이해할 수 있을까? 아니다. 그래도 이해할 수 없었다. 이해하기 싫었다. 본인은 절대 아기를 포기하지 않겠다고 맹세했다. 그래서 더더욱 미혼모 시설에는 가지 않으리라 생각했다. 주변에서 아기를 포기하는 상황이라도 접하는 경우 자신도 약해질지 모르니. 사람의 의지란 촛불과도 같아 어둠 짙은 방을 환히 비추기도 하지만 작은 바람에 쉬이 꺼지기도 한다. 주변을 밝히기 위해 가장 중요한 건, 촛불을 바람 앞에 두지 않는 것이다.

세상 모든 일이 그렇듯 산부인과에 혼자 다니는 일도 혜지에게는 적용되었다. 늘 혼자 병원을 찾는 게 이상해 보였던지 어느 날 산부인과 의사가 조심스럽게 말했다. 혹시 미혼모라면 미혼모 시설과 연계된 산부인과에서 무료로 출산할 수 있다고. 혜지는 당황스런 마음을 숨기고 지레 웃으며 말했다.

"남편 있어요. 지금은 원양어선을 타고 먼 바다에 나갔고요."

무심한 방어적 대답일 뿐이었다. 그런데 그렇게 내뱉은 말이 혐오스런 벌레가 되어 혜지의 내면을 헤집었다. 치미는 토악질을 가까스레 진정시킨 혜지의 표정에 아까의 가장된 웃음 대신 결연함이 배어들었다. 혜지는 결심했다. 비록 의미 없이 흩어질 말이라 하더라도 다시는 주철민을 입에 올리지 않기로. 그 후 누군가 아기 아빠에 대해 물으면 두 번쯤은 못 들은 척했다. 더 집요하게 물어오면 세 번째엔 사납게 내뱉었다.

"배 타다 죽었어요."

예정된 출산일보다 빨리 진통이 왔다. 처음에는 이게 산통인지 간헐적으로 반복되어 온 배 뭉침인지 헷갈렸다. 통증의 간격이 짧아지면서 본능적으로 출산이 임박했음을 느꼈다.

무섭고 두려웠다. 단단한 엄마가 되어야 한다는 마음 하나로 진통과 외로움을 이겨내며 택시를 잡았다. 차를 장만할 때만 해도 출산을 위해 입원하는 날 직접 운전하는 모습을 상상했지만, 지금 상태로 핸들을 잡았다가는 사고를 낼 것만 같았다. 출산을 만만하게 여겼음을 깨달았다. 상상 못 했던 두려움이 밀려왔다.

병원에 도착해서도 진통은 계속되었다. 일곱 시간의 진통을 버텨낸 끝에 혜지는 아들을 만났다. 세상에서 가장 소중한 생명체. 탯줄은 고집을 부려 스스로 잘랐다. 간호사의 부축을 받긴 했지만 서럽지 않았다. 부끄럽지도 않았다. 그런 초라한 감정들을 떠올릴 겨를이 없었다. 고통을 이겨내고 세상에 나온 아기에 대한 벅찬 감동만 밀려들 뿐이었다. 정말 행복했다. 연습생 합격 따위와 감히 비교할 수도 없었다. 상상 못 할 감격을 맛보고 나서야 자신이 얼마나 출산을 만만하게 여겼는지 뼈저리게 깨달았다.

쭈글쭈글한 이마에 온 얼굴을 찡그리며 울었지만 아기는 너무 예쁘고 신기했다. 본능에 이끌려 처음으로 엄마의 젖을 빠는 아기를 보며 혜지는 울음을 삼켰다. 생명의 역동을 느꼈다. 아이를 위해 모든 것을 바쳐 남은 인생을 살겠노라. 그녀는 주먹을 꽉 쥐었다.

정태서.

자신의 성을 따 이름을 지어줬다. 예쁜 천사에게 쓰레기 마도로스의 성을 물려줄 수는 없었다.

태서는 태어난 지 3개월 만에 어린이집 0세반에 들어갔다. 혜지는 마음이 찢어졌지만 달리 선택할 방법이 없었다. 돈을 벌어야 했다. 필요한 돈은 산더미 같은데 취직은 쉽지 않았다. 종일반에 맡겼지만 오후 다섯 시 반에는 태서를 데리러 가야 했기에 늦게까지 일할 수도 없었다. 시간적 제약이 직업 선택의 폭을 좁혔지만, 취직하기에는 너무도 부족한 자신의 처지를 깨달았다. 오직 가수의 꿈만 바라보고 온 그녀였다. 대학 졸업장은 물론 그 어떤 자격증이나 실무 경력도 없었다. 그렇게 살아온 자신이 초라했다.

결국 그녀는 다시 아르바이트를 했다. 다른 대안이 없었다. 자신의 매력을 팔면 쉽게 돈을 벌 수 있다는 사실은 알았다. 하지만 태서에게 당당한 엄마가 되기 위해서는 그럴 수 없었다.

편의점, 카페, 패스트푸드점, 레스토랑, 닥치는 대로 일을 했다. 주어진 시간에 누구보다 열심히 했고, 항상 미소로 손님들을 맞이했다. 그럼에도 그 어느 일자리 하나 두 달을 넘기지 못했다. 절대 게으르거나 일머리가 부족해서가 아니었다. 엄마였기 때문이다. 그녀는 아르바이트생 이전에 태서의 유일한 핏줄이자 하늘 아래 하나뿐인 태서의 가족이었다. 태서가 아플 때면 혜지는 어떤 불이익이 있더라도 득달같이 태서에게 달려갔다. 그럴 때면 고용주들은 그녀에게 온갖 불이익을 언급하며 불같이 화를 냈다. 그들은 각자의 입장에서 모두 옳았지만 양립할 수 없었다.

엄마와 함께하는 시간이 적었음에도 태서는 밝고 건강한 아이로 자라났다. 키도 또래보다 컸고, 사랑스러운 외모도 단연 돋보였다. 인정하기는 싫었지만 어릴 적 철민의 모습이 보였다. 심지어 태서는 유치원에서 받은 쿠키와 초콜릿을 아꼈다가 혜지에게 주기까지 했다. 피가 이렇게 진하구나, 생각했다. 혜지는 태서가 삐뚤어지지 않도록, 철민의 장점만 가질 수 있도록 엄마의 사랑으로 키워내야겠다고 더욱 다짐했다.

태서가 자라면서 둘만의 놀이가 생겨났다.

숨어 있다 자기를 찾는 엄마의 목소리에 뒤에서 살금살금 다가와 몰래 안는 장난은 엄마와 아들에게 절대 질리지 않는 장난이었다. 태서는 어디서 구해왔는지 들꽃이나 꽃잎을 엄마 어깨위에 올려두는 장난도 좋아했다. 그렇게 어깨 위 꽃잎을 보면 하루의 피로가 싹 가셨다. 그럴 때마다 혜지는 자신이 세상에서 가장 행복한 엄마라 생각했다. 부족한 형편에 살림살이는 늘 제자리였지만 혜지는 누구보다 행복했다.

그렇게 태서를 위해 7년을 쉼 없이 달려온 세월. 2017년이 어느덧 마지막 달에 접어들고 있었다. 그 무렵 그녀는 아르바이트를 늘렸다. 여의도의 한 식당에서 새벽까지 일했다. 주인의 배려로 태서를 곁에 두고 늦게까지 일할 수 있게 해주었기 때문이다.

밤 10시가 되면 태서는 식당 구석의 방에 들어가 먼저 잠이 들었다. 매일 같은 자리에서 엄마를 향해 새우잠을 자는 아들을 보면 마음이 아팠다. 몸의 피로보다 더 힘든 정신적 고통이었지만 이듬해에 태서가 초등학교에 입학해야 했으므로 엄마는 견뎌야 했다. 내년에는 아르바이트를 줄여야 하기 때문이다. 혜지는 태서의 입학식은 물론이고 학교의 모든 행사에 다 따라가리라 마음먹었다. 최소한 1년 동안은 현장 체험 학습에 가도, 준비물을 안 들고 가도, 갑자기 아파서 조퇴를 해도 곁에 있어주리라 다짐했다.

2017년 12월 2일, 새벽 2시 15분.

문제의 그날, 식당을 마무리 한 시간이었다. 손을 재게 놀려 다급히 식당 일을 마무리했다. 잠든 태서를 안아 뒷자리에 눕히고 마티즈 운전석에 몸을 실었다. 마포대교를 지나던 혜지는 룸미러로 뒷자리에서 새근새근 잠든 태서를 바라보며 말했다.

"초등학교에 입학하면 엄마가 옆에 꼭 붙어 있을게. 그때까지 조금만 참자."

히터를 켜고 운전하자니 피곤이 일시에 몰려들었다. 그러나 창문은 열 수 없었다. 12월 찬 바람에 태서가 감기에 걸릴까 염려되었다.

그녀는 손을 번갈아 뺨을 때리며 잠을 쫓았다. 저 사랑스러운 아이를 대우고 가는 길에 졸음운전은 안 된다. 정신 차려야 한다고 생각하며 오른발을 브레이크에서 엑셀 쪽으로 옮겼다. 바로 그때였다. 커다란 충돌음과 함께 차가 빙글 돌며 미끄러졌고, 혜지는 정신을 잃었다.

눈을 뜬 곳은 하얀 천장, 하얀 벽으로 된 방이었다. 당연히 그녀가 가장 먼저, 애타게 찾은 것은 태서였다. 태서가 옆에 없었기 때문이다. 의사는 태서가 더 이상 그녀와 함께할 수 없다고 말했다. 무슨 말이냐고 되묻는 혜지에게 의사는 태서가 죽었다고 했다.

태서의 죽음.

믿을 수 없었다. 혜지는 의사의 멱살을 잡았다. 멱살을 잡고 흔들며 소리 지르다 쓰러졌다. 일어나면 울부짖다 혼절하기를 수차례 반복했다. 팔뚝의 링거 줄도 뽑아버리고 맨발로 복도를 뛰어다니며 태서를 불렀다. 그렇게 발톱 하나가 들려 뽑히고, 양발 뒤꿈치가 찢어지고 나서야 태서의 시신을 확인할 수 있었다. 그녀는 그 자리에서 또다시 혼절했다.

상대 차량은 쉰네 살 선동하라는 남자가 운전하던 1톤 트

96 | 죽어도 죽지 마

럭이었다. 선동하는 토요일 새벽까지 고교 동창들과 술자리를 가졌다. 술자리를 파하고 헤어질 시간이 되자 그는 직접 핸들을 잡았다. 친구들이 만류했지만 선동하는 친구들에게 도리어 소리쳤다. 찬바람 쐬며 운전하면 술이 다 깬다고. 돈이 아까운 게 아니라 대리기사 올 때까지 기다리는 시간이 아깝다고. 이 정도는 끄떡없다고.

호기롭게 소리쳤지만 선동하는 쏟아지는 졸음을 어쩌지 못했다. 창문을 끝까지 내렸지만 감기는 눈을 어쩌지 못했다. 엑셀 위에 놓인 오른발이 의식의 통제를 받지 못한 채 눌러지고 있었다. 자신의 트럭이 앞 차량에 바싹 붙어 있다는 것을 미처 알아채지 못했다. 잠깐 꾸벅거린 사이 그의 트럭은 앞서던 검정 마티즈의 우측 후방을 그대로 들이받았다.

마티즈는 뒷부분이 빈 깡통 찌그러뜨리듯 압착되면서 빙글 돌았다. 마포대교에서 살인이 일어난 순간이었다. 사고 직후 음주 측정 결과 선동하의 혈중 알코올 농도는 0.192%. 면허 취소 수준이었다.

마티즈 안에서 평온히 자던 아이는, 엄마 무서워요, 엄마 아파요, 라는 말 한마디 해 볼 여지 없이 세상을 떠났다. 어미는 아들의 마지막 순간을 보지 못하고 떠나보내야 했다. 누구보다 애틋했던 모자, 살아가는 이유가 서로 밖에 없었던 어미와 자식은 그렇게 이별했다.

장례식은 천주교식으로 치렀다. 장례 미사까지 했지만, 혜지는 그것이 천주교 방식인지 불교 방식인지도 몰랐다. 멍하고,

멍하고, 멍했다.

"태서야, 태서야, 태서야…."

숨었던 태서가 배시시 웃으며 나타날 것 같아 허공에 이름을
불러댔다. 눈을 감고 태서가 안기 좋은 자세로 쪼그려 앉아 태서
를 불렀다. 제발 나타나다오. 뒤에서 달려와 엄마를 와락 안아
다오. 도저히 못 찾겠으니 이제 제발 나와 다오. 그러나 아무리
불러도 태서는 나타나지 않았다.

혼자 살아남은 자신이 너무나 죄스러웠다. 작은 일 하나하나
떠오를 때마다 아픈 후회가 켜켜이 쌓여갔다. 뒷좌석에 재우지
않고 앞에 앉혀 안전벨트를 매주었다면. 새벽 식당 일을 지난달
에 그만뒀더라면. 애초에 식당 일을 하지 않았더라면. 못난 아
빠지만 철민이를 받아 줬더라면. 아르바이트 내내 추근대던 남
자들 중 괜찮은 놈 하나를 골라 함께 살았더라면. 몸이라도 팔
아 돈이라도 많이 벌었더라면. 그때 30만 원을 더 주더라도 검
은색 차가 아니라 은색 차를 샀더라면…. 혜지는 수많은 지난날
의 결정들이 태서를 죽음으로 몰고 간 것 같아 자신을 더욱 용
서할 수 없었다.

그 후회의 끝자락에 하지 말아야 할 생각까지 했다. 차라리
미혼모 시설에서 태서를 보육원으로 보냈어야 했다고. 그랬다
면 불행 속에 살았겠지만 이처럼 어린 나이에 죽는 일은 없었을
텐데. 애초에 자식을 키울 능력이 없었다는 생각에 이르렀다. 그
래도, 그래도…. 혜지는 태서와 함께해 너무 좋았고 다시 돌아가
도 포기할 수 없을 것 같았다.

장례식장은 한산했다. 몇몇 경찰 관계자, 유치원 선생님, 유치원 학부모, 집주인과 이웃들, 아르바이트 고용주, 김호영만이 장례식장에 참석했다. 당연히 철민에겐 알리지 않았다. 호영은 혜지가 보낸 몇 년 만의 메시지에 곧장 달려와 장례를 도왔다. 혜지의 눈은 반쯤 감긴 채 먼 하늘만 바라보고 있었다.

그러던 그녀가 벌떡 일어나 섰다. 선동하의 가족이라고 소개하는 사람이 그녀 앞에 절을 했을 때였다. 혜지는 깨달았다. 가해자 가족이 찾아왔을 때 기껏 엎어져 울거나 물이나 끼얹는 것은 어디까지나 드라마일 뿐이라는 것을. 아니면 더 살아야 할 이유가 남아 있는 사람들이나 하는 행동이라는 것을. 모든 것을 잃은 그녀는 달랐다. 혜지는 연좌제가 얼마나 불합리한 제도인지 생각해보지 않았다. 가방에 숨겨뒀던 칼을 꺼내 달려들었다.

"죽어, 이 개새끼들아. 다 죽어버려!"

서슬 퍼런 칼을 들고 절규하며 달려들었다. 호영이 말리지 않았더라면 장례식장에서 또 하나의 살인이 일어났을 것이다. 필사적이었지만, 그간 제대로 먹지도 자지도 못한 혜지가 건장한 남자의 힘을 이길 순 없었다. 선동하의 가족은 신발도 신지 못한 채 뛰쳐나갔다. 혜지는 그 자리에서 또다시 기절했다.

그렇게 태서를 보낸 뒤로 혜지는 휴대폰만 손에 쥐고 살았다. 방구석에 쪼그려 앉아 태서의 사진과 동영상을 수없이 반복해 보고 또 봤다. 고통스러웠다. 온종일 가슴이 쓰리고, 괴로웠다. 그런 절망의 시간 끝에 혜지는 태서를 따라 죽는 것만이 이 아픔을 씻을 수 있는 유일한 방법이라 생각했다.

그녀는 죽기로 결심했다. 태서를 보낸 100일 뒤. 태서를 위해 100일간의 연미사를 마무리하고 태서를 따르리라 마음먹었다. 그렇게 마음먹은 뒤로 혜지는 이상하게 마음이 편안해지는 것을 느꼈다.

세상과의 인연도 앞으로 100일이면 끝이다. 부모의 사랑을 받아 본 적도 없고, 그렇게 꿈꾸었던 아이돌이 되지도 못했다. 행복한 결혼은커녕 하나뿐인 자식마저 지켜내지 못했다. 매 순간 옳다고 믿는 일에 최선을 다했건만 현실은 늘 그녀를 패배자로 만들었다. 그녀에게 행복은 쉬이 허락되지 않았다. 이제 스스로 죽음을 선택함으로써 패배의 끈을 놓고 싶었다. 태서와 함께하고 싶었다.

태서의 목숨 값으로 받은 돈은 모두 천사의 언덕에 익명으로 기부했다. 태서의 목숨 값 한 푼도 자신을 위해 사용할 수 없었다. 어차피 곧 태서를 따를 터, 쓸 곳도 시간도 없었다. 경제적 궁핍이 지금까지 그렇게 악착스럽게 괴롭혀 왔지만 마침내 그녀는 그 궁핍을 이겨냈다. 죽음을 앞두고 비로소 승리감을 느꼈다. 결승선을 알고 달려가는 일이 이렇게 편안하구나.

더 이상 현실의 고통은 없을 것만 같았다. 그럴 줄로만 알았다.

17

태서가 떠난 지 한 달이 지날 즈음 어둠이 내려앉은 시간. 혜지는 휴대폰에 들어 있던 태서의 사진을 몇 장 인화해 집으로 돌아가고 있었다. 사진을 보는 혜지의 눈에 한없이 눈물이 흘렀다. 한 장 한 장의 사진에 태서와의 행복했던 순간들이 선명하게 새겨져 있었다. 집으로 향하는 내내 혜지는 태서와의 추억을 그리며, 태서에게 말을 붙이며 걸음을 옮기고 있었다. 주변에 다가오는 그림자를 눈치 챌 겨를은 없었다.

어두운 그림자들은 무언가에 빠져 홀로 중얼거리며 더듬더듬 걸어가는 혜지를 범행 대상으로 지목했다. 술에 취한 듯 고개를 숙이고 질척이는 모습이 사냥꾼들에게는 손에 쥔 먹잇감이었다.

한산한 골목에 이르러 12인승 검은색 승합차가 질척이는 자신의 걸음에 맞추는 동안에도 혜지는 무슨 일이 일어날지 알 수 없었다. 스르르 움직이던 승합차의 오른쪽 문이 조용히 열렸다. 얼핏 들리는 소리를 향해 혜지가 생각 없이 고개를 돌렸다.

그때였다. 어둠 속에서 남자의 억센 팔이 쑥 빠져나왔다. 반사적으로 뒤쪽으로 물러섰지만 한 발짝 뒤에서 다가서던 그림자가 그녀를 번쩍 들어 차에 태웠다. 납치범들은 순식간에 그녀의 눈과 입과 손을 무용지물로 만든 채 어디론가 달렸다.

차에 던져진 혜지는 이 차가 어떤 목적을 위해 개조되었는지 바로 짐작할 수 있었다. 혜지의 몸이 내동댕이쳐진 자리에 의자 대신 침대용 매트리스의 감촉이 느껴졌기 때문이다. 일반적인 이동 수단은 절대 아니었다. 매트리스의 용도가 무엇인지 깨닫는 순간 불안과 두려움이 몰려들었다. 한참을 달린 차량이 어디선가 멈췄다. 남자들이 매트리스 위의 혜지를 엎어놓고 누른 채 시시덕거렸다.

"이 년, 지금까지 잡은 년 중 최곤데."

"톰매 삭살난다. 다리 봐라."

"얼굴도 반반하더라. 오늘 대박이다. 빨리 시작하자."

팽팽하게 당겨진 안대가 시야를 막았지만 짐작조차 가릴 순 없었다. 가위, 바위, 보. 세상에서 가장 추악한 가위바위보였다. 한 남자의 환호성이 들렸다. 나머지의 아쉬운 소리들을 뒤로하고 흥분의 환호를 지른 남자의 손이 혜지의 바지를 벗겨 내렸다. 상의를 말아 올리고 브래지어의 후크를 풀었다. 어둠 속에 끔찍한 고통이 시작됐다. 거친 손이 가슴을 마구 주물렀다. 한 점의 애정이 있을 수 없는, 욕망으로 가득 찬 손길이었다. 불쾌한 살이 피부에 맞닿았다. 뜨끈한 호흡과 축축한 혓바닥이 목덜미를 괴롭혔다.

철민 이후 처음 하는 관계였다. 철민과의 관계와는 비교도 되지 않게 더럽고 고통스러웠다. 쓸려서 아팠다. 눈물이 났다. 살려달라고, 제발 그만하라는 말은 제대로 된 음절로 목구멍을 넘어서지 못했다. 재갈을 물린 입에서는 어떤 소리도 말이 되어 나오지 않았다.

남자는 그녀의 말을 궁금해 하지 않았다. 어쩌면 저항을 즐기는 듯했다. 소름 끼치도록 무섭고 더러웠다. 눈물만 흘렀다. 가려진 시야가 공포를 키웠다. 그녀는 안대만이라도 벗고 싶었다. 엎어진 상태로 고통에 젖은 혜지가 안간힘을 다해 매트리스에 얼굴을 쓸어 안대를 이마로 올렸다. 노란색 어둠이 서서히 눈에 들었다.

힘겹게 고개를 뒤로 돌렸다. 승합차의 노란 실내등 아래 벌거벗은 세 몸뚱이가 똑같은 하얀 가면을 쓰고 있었다. 한 가면이 혜지의 양 팔을 꽉 붙든 채 뒤에서 헐떡이고 있었고, 두 가면은 쪼그려 앉은 채 휴대폰으로 그 모습을 촬영하고 있었다.

뒤에 있던 두 명 중 하나의 팔뚝에 유난히 핏줄이 솟아 있었다. 나머지 한 명은 가슴에 털이 수북한 고도 비만이었다. 전혀 다른 두 몸뚱이가 똑같은 가면을 쓰고 있는 모습이 징그러웠다.

한참을 들썩거리던 첫 번째 가면이 순간 동작을 멈췄다. 뜨뜻미지근한 것이 그녀 안으로 들어왔다. 이제 그것이 무엇을 의미하는지 아는 혜지의 눈에 더 뜨거운 눈물이 흘렀다.

"안녕, 이쁜이!"

징그러운 말과 함께 곧바로 두 번째 가면이 덮쳐왔다. 그는 한참을 그녀의 목, 등, 허리, 엉덩이를 핥았다. 당장 샤워를 하고 싶었다. 참지 못할 불쾌감이었지만, 그녀의 마음이 가면에게 전해질 수는 없었다. 두 번째 가면은 그렇게 한동안 타액과 입김을 혜지의 몸에 아로새겼다. 동작 하나하나에 새겨진 끈적한 정성이 혜지의 비위를 처참하게 긁어냈다.

정성을 다하던 그가 기합 소리와 함께 헐떡이기 시작했다.

두 번째 가면은 혓바닥으로 쏟아 부은 장시간의 정성과 달리 고작 몇 번의 짧은 헐떡임 끝에 윽, 하는 소리와 함께 움직임을 멈췄다. 문제는 짧은 고통이나 '윽' 소리의 역겨움이 아니었다. 두 번째 가면 역시 그녀 안에 뜨뜻한 불쾌감을 밀어 넣었다는 것이다. 말할 수 없는 비참함이 밀려왔다.

"벌써 끝났냐?"

"씨발, 얘가 너무 예뻐 참을 수가 없어. 내 이상형이야."

"지랄하네. 비켜 등신 새끼야. 내 차례야."

세 번째 가면이 혜지를 품었다. 세 번째 가면에 이르러 혜지는 비로소 눈을 떠 주변을 살폈다. 혹시라도 살아나간다면 신고를 해야 한다. 어차피 죽을 목숨이었다. 증거를 하나라도 더 살피고자 했다. 뒤에서 세 번째 가면이 만들어내는 반동에 들썩이며 주변을 살폈다.

그러나 오판이었다. 차라리 눈을 감았어야 했다. 보지 말았어야 했다. 역겨움이 견딜 수 없는 참담함으로 변했다. 혜지의 눈에 사진이 들었던 것이다. 엄마의 품에 안겨 환히 웃고 있는 태서의 모습.

사진 속 태서와 눈이 마주쳤다. 순간 찌릿한 고통에 심장이 멎었다 미친 듯 뛰었다. 비처럼 흐르던 눈물이 폭풍처럼 쏟아졌다. 어떤 수를 써서라도 태서 눈을 가려야 했다. 지난날 노랑머리 불륜녀에게 등을 돌렸던 것처럼 1초라도 빨리 사진을 뒤집어야 했다.

손은 묶였고 입엔 재갈이 물려 있다. 사진을 뒤집기 위해 무엇이라도 해야 했다. 생각할 겨를이 없었다. 지금 상황에서 스스로 할 수 있는 움직임은 하나 밖에 없었다. 고개를 들어 침대 매트리스에 머리를 박았다. 박고 또 박았다. 사진을 뒤집기 위해 만들어낼 수 있는 유일한 운동에너지는 매트리스의 진동밖에 없었다. 돌침대였다 해도 머리를 박았을 혜지였다.

쾌락에 빠진 세 번째 가면은 한 여성이 엄마로서 지키고자 하는 마지막 자존심을 이해하지 못했다.

"얘 완전 미쳤다. 진짜 좋아해. 걸레야, 내가 제일 좋지? 오빠가 최고지? 이 걸레 같은 년아."

걸레. 걸레 같은 년.

그 말이 귓가에 맴돌다 머리와 가슴에 낙인으로 박혔다. 억울했다. 혜지는 철민과 헤어지고 단 한 번도 다른 남자와 관계를 가져본 적이 없었다. 그런 자신에게 더러운 가면이 걸레라고 했다. 치욕스러웠다.

그 치욕스러움에도 혜지는 멈추지 않고 매트리스에 머리를 박았다. 목뼈가 부러져도 상관없다. 머리가 깨져도 상관없다. 제발 사진만 뒤집자. 태서야 제발…. 목숨을 건 박치기가 얼마나 지속되었는지 혜지는 몰랐다. 그런 사투의 끝자락에 사진이 뒤집혔다. 그녀의 몸에 남아 있던 모든 기력이 빠져나갔다.

세 번째 가면의 격한 움직임이 외마디 신음과 함께 멈췄다. 참기 힘든 불쾌한 뜨뜻미지근함. 이제 끝났나 싶을 때였다.

"이 년이 완전 이상형이어서 그런데 한 번만 더 할게. 이쁜아, 오빠랑 한 번만 더 하자."

두 번째 가면이 다시 혜지를 덮쳤다. 하지만 아까와 똑같았다. 짧은 움직임 끝에 '으윽' 하며, 다시 그녀 안에 불쾌감을 밀어 넣었다. 나머지 두 가면의 낄낄대는 웃음소리가 들렸다. 두 번째 가면을 향한 그 비웃음에 정작 비참해지는 사람은 혜지였다.

"걸레 년아. 오빠랑 한 번 더 하자. 또 대가리 처박게 해줄게."

세 번째 가면의 입에서 나온 걸레라는 말이 혜지의 분노를 끌어 올렸다. 배서가 봐서는 안 된다는, 그래서 죽음을 무릅쓰고 사진을 뒤집어야 했던 행위에 걸레라는 화인이 씌워지는 것만은 참을 수 없었다. 그때 눈앞으로 혜지의 머리를 만지기 위해 핏줄 돋은 팔뚝이 다가왔다. '나는 걸레가 아니야!' 혜지가 남아 있는 모든 기력을 턱에 집중하여 핏줄 돋은 손목을 물었다.

"크악! 이 미친년이!"

재갈 때문에 턱이 온전히 닫히지는 않았지만, 살점을 파내겠다는 각오로 머리와 턱에 무게를 실으며 물어뜯었다. 그녀는 주먹으로 얼굴을 두 번 가격당하고 나서야 다물었던 입을 벌렸다.

세 번째 가면의 날카로운 비명이 한동안 고막을 때렸다. 하지만 연이어 울려 퍼진 비명은 훨씬 길고 짙었다. 비명의 주인공은 혜지였다.

손목을 물어뜯은 죄로 혜지는 돌아 눕혀졌다. 뺨과 기슴에 번갈아 손이 날아들었다. 혜지의 비명이 승합차 안을 가득 채웠지만 핏줄이 유난히 도드라진 남자는 멈추지 않았다. 뺨이 뜨겁게 부풀어 오르고, 터진 입에서 비릿한 피가 침과 뒤엉켜 흘렀다. 양손이 등 뒤로 묶여 가려볼 수도 없이 맞고 있는 뺨과 젖가슴에 검붉은 피멍이 번져갔다. 세 번째 가면은 다른 곳을 때리지 않았다. 오직 뺨과 가슴만 때렸다.

얼마나 맞았을까? 혼미해진 정신에 비명마저 나오지 않을 때가 되어서야 승합차는 출발했다.

가면 쓴 남자들이 인적 드문 어둡고 한적한 폐철로변 쓰레기 더미 속으로 그녀를 밀어 넣고는 쏜살 같이 떠났다. 그렇게 한참을 추위와 고통에 신음하던 혜지를 쓰레기를 버리러 나왔던 할머니가 발견했다. 산전수전 다 겪은 듯한 노인은 묶여 쓰러져 있는 혜지를 보자 놀라 하면서도 앞뒤 재지 않고 급하게 혜지를 묶었던 줄부터 풀었다. 노인이 당황하면서도 한편으로는 걱정스러움에 혜지의 상처 입은 얼굴을 만지며 무슨 말인가를 연거푸 건네 왔으나 혜지의 귀에는 말이 되어 들어오지 않았다.

혜지는 그저 빨리 집에 가고 싶을 뿐이었다. 얼른 몸을 깨끗이 씻어서 세 가면의 흔적을 지워내고 싶었다. 콧구멍과 입술 주변에 흉측하게 굳어 있는 선혈을 닦으며 힘겹게 일어섰다. 할머니가 만류하며 또 무슨 얘긴가를 건넸다. 경찰…, 병원…. 띄엄띄엄 몇 개의 단어가 귀에 부딪혔지만 혜지는 부어오른 눈으로 노인을 가만히 바라보며 고개를 좌우로 힘없이 저을 뿐이었다. 그런 혜지를 노인조차 가만히 바라볼 뿐 어찌할 도리가 없었다.

안타까이 발을 구르며 바라보는 노인에게 가볍게 목을 꺾은 혜지가 터벅터벅 큰길로 나가 택시를 잡았다. 다행히 가면들은 혜지의 옷가지와 지갑은 그대로 두었었다. 흉하게 일그러진 혜지의 모습에 놀란 택시기사가 섣불리 말을 붙이지 못하고 룸미러로 흘낏거렸다.

혜지는 집에 들어오자마자 욕실로 들어갔다. 태서를 만나기 위해 깨끗이 씻어내야 했다. 더러운 새끼들과 접촉했던 흔적을 씻어내기 위해 보디클렌저의 절반을 한 번에 썼다. 온몸을 구석구석 닦아냈다. 몸속 깊은 곳까지 씻고 또 씻어냈다. 그렇게 한동안 샤워기 물줄기를 맞으면서 자신에게만 왜 자꾸 이런 불행이 닥치는지, 어떻게 이런 슬픔이 한꺼번에 몰려오는지 세상을 원망하며 울었다.

바닥에 주저앉아 샤워기 물줄기를 뒤집어쓴 채 오열하던 혜지가 갑자기 욕실 한 편에 아무렇게나 벗어 쌓아둔 옷가지를 헤집기 시작했다. 안돼…, 안돼…. 거칠게 떨리는 손으로 아무리 찾아도 그것이 보이지 않았다. 비로소 혜지는 입술이 터지고 얼굴과 가슴에 피멍이 든 아픔보다 더 큰 슬픔이 자신을 기다리고 있음을 알았다.

휴대폰을 놓친 것이다. 그놈들의 승합차에서 미처 챙겨오지 못한 것이다. 태서의 사진과 영상을 더 이상 볼 수 없다는 사실에, 하늘이 무너지는 것보다 더한 슬픔에 짐승처럼 울부짖었다.

그렇게 한참을 넋 놓고 울던 혜지의 눈빛이 일순 차갑게 변했다. 악다문 입술이 선혈이라도 뿜어낼 듯했다. 차갑게 일어서서 옷을 챙겨 입었다. 경찰서에 가야 했다. 세 가면에 대한 복수심이나 다른 여성들에 대한 추가 범행을 막아야 한다는 생각은 자리할 틈이 없었다. 가면들을 찾아 휴대폰을 돌려받아야 했다. 태서와의 추억을 돌려받아야 했다.

근처 경찰서를 찾았다. 서러워하거나 아파할 틈이 없었다. 독한 마음으로 입술을 앙다물고 차분히 자초지종을 설명했다.

"강간을 당하셨는데 깨끗하게 샤워를 하고 오셨다고요? 정혜지 씨, 신안군 여교사 성폭행 사건 안 보셨어요? 증거 보존을 위해 몸을 안 씻고 경찰에 갔던 그 사건 말이에요."

처음에는 혜지의 말을 안타깝게 들으며 위로하던 사각 턱의 여경이 몸을 깨끗이 씻고 왔다는 말에 한심하다는 듯 말했다. 짜증이 일었다. 알았다면 샤워를 하고 왔겠는가? 온몸에 퍼진 피 냄새, 침 냄새, 정액 냄새를 어떻게 견디란 말인가? 여형사의 질타에 울화가 치밀었다.

질문이 이어지고 조사가 계속될수록 답답하고 화가 나는 건, 그들의 범죄에 대한 추적이 매우 어렵다는 사실이었다. 우선 차량 번호를 몰랐다. 자동차 모델조차 정확히 알 수 없었다. 다른 형사들이 혜지의 진술을 듣고 범행 장소에 대한 정보를 여기저기 조회했다. 애초에 납치당한 골목과 그녀를 버려둔 폐철로변은 한적한 곳이었고 몇 개 없는 CCTV마저 고장 나 있었다. 형사들은 범인들이 미리 손을 써둔 것 같다고 했다.

아무리 애를 써도 눈이 가려진 상태에서 차량이 멈추고 자신을 그렇게 짓밟던 장소가 어딘지 알 수 없었다. 게다가 모든 행위가 그들의 차 안에서 이루어졌으므로 증거랄 것도 없었다. 가면을 쓰고 있어 나이조차 짐작할 수 없었고, 쪼그려 앉아 있어 키조차 가늠할 수 없었다.

한 남자는 팔뚝에 핏줄이 유난히 솟아 있었는데, 그 남자 손목을 제가 깨물어 상처가 남았을 거예요, 또 다른 남자는 비만인데 가슴에 털이 많았어요, 라는 말은 아무런 도움도 되지 못했다. 강간범들의 몸에는 문신도 없었다. 혜지가 할 수 있는 일이라고는 범행 당시 입었던 옷을 제출하고, 성폭력 응급 키트로 검사를 실시하는 것뿐이었다.

"제가 씻고 오지 않았다면 범인을 잡을 수 있었을까요?"

"설령 정액에서 DNA를 채취했다 해도 전과가 없는 사람이라면 잡기가 쉽지는 않아요. 향후 수사에 도움이 되기는 하겠지만."

혜지는 죽기 전까지 범인을 잡기는 힘들겠다고 생각했다. 범인을 잡기만 한다면 폰을 찾을 수도 있을 텐데.

"저기, 그리고 이런 말씀 굉장히 드리기 어려운데요."

연신 각진 턱을 만지며 여자 경찰이 말을 이었다.

"다음 달쯤 검사를 받아보세요. 그게 한 달은 지나고 받아야 정확한 결과가 나오거든요. 범인들이 질내 사정을 했다고 해서 드리는 말씀입니다. 콘돔을 안 끼고…."

"고맙네요."

"그리고 성폭력을 당한 여성을 위한 심리 치료…."

"필요 없어요."

혜지는 끝까지 듣지 않고 경찰서를 나와 버렸다.

성폭행을 당한 다음 날에도 혜지는 연미사를 계속 이어갔다. 그녀가 아직 살아 있어야 할 유일한 이유였기 때문이다. 어떤 이유든 100일을 채우지 못할 거라면 진작 죽었어야 했다. 연미사를 마치고 성당에서 돌아오는 길에 그녀는 성병 검사를 받을지 말지 고민했다. 어차피 곧 죽을 몸인데 그런 검사를 받아 뭐 하나 싶기도 했다. 하지만 깨끗한 몸으로 태서를 만나고 싶었다. 그때의 일은 사고였다고, 그러니까 지진처럼 예상할 수 없었던 일이라고 설명해야 했다. 그렇게 말하려면 아무래도 검사를 받아야겠다고 생각했다.

한 달 뒤, 연미사를 마치고 돌아가는 길에 혜지는 산부인과에 들렀다. 그리고 일주일 후, 자신이 성병에 걸리지 않았음을 확인했다.

태서를 보낸 지 100일째 날. 그녀는 마지막으로 성당에 다녀왔다. 아들의 옷가지, 장난감, 책들을 모두 기부했다. 집안을 깨끗이 정리했다.

새벽 3시. 혜지는 마포대교에서 한강을 내려다보고 있었다. 곤히 잠들었던 태서의 마지막 숨결이 남아 있는 마포대교. 태서만 있었더라면 절대 자살을 선택하지 않았을 것이기에 태서를 잃은 곳에서 생을 마무리하려 했다.

하늘이 보내준 태서를 키웠던 시간은 혜지 인생의 전성기이자 가장 찬란한 순간이었다. 하버드 출신의 엘리트들이 행복의 조건을 뭐라고 했건 태서만 있으면 행복했다. 그 기쁨이 영원하리라 생각했다. 언제든 만질 수 있고, 언제든 사랑할 수 있을 것이라 생각했다. 작지만 따뜻했던 품을 죽도록 다시 안고 싶었다. 어깨에 꽃잎을 올려놓던, 뒤에서 달려와 안기던 태서의 장난이

미치도록 그리웠다. 태서 없는 세상은 견딜 수 없었다.

난간이 오르기에 번거로웠지만 그녀의 의지를 막지는 못했다. 자꾸 그날이 떠올라 마포대교 위에서 달리는 차들을 보고 있자니 구역질이 일었다. 심호흡을 하고 천천히 머리를 쓸어 넘겼다. 미련 없이 검은 강물에 몸을 던졌다. 오로지 태서만을 생각하고. 그렇게 그녀는 죽음을 택했다.

얼마가 지났을까.

눈을 떴다. 새하얀 방이었다.

"왜 내가…."

"잘 잤어?"

"누, 누구세요?"

"나? 태서가 보낸 천사."

"네?"

"그나저나 코코아는 좋아하나?"

제 2 장

—

해청도

1 2018년 4월 11일, 군산 여객 터미널

4월 11일 08시까지
군산 여객 터미널.
사계절 옷만 챙겨 오면 됨.

메시지를 받은 시우는 지난번 돼지국밥 집에서 받은 쪽지를
다시 펼쳤다.

전라북도 군산시 해청도

해청도.

살면서 해청도라는 섬은 한 번도 들어보지 못했다. 그러니 그 섬이 전라도에 있다는 것을 모르는 것도 당연했다. 일 년 동안 모르는 사람들과 낯선 섬에서의 생활이라니. 돈 많은 노친네의 장난에 놀아나는 건 아닌지 걱정이 됐다.

인터넷에서 해청도를 검색했다. 행정구역은 전라도지만 충청도 사투리가 공존하는 곳. 낚시로 유명하고 아름다운 등대가 있는 섬. 초등학교도 있었다. 하지만 중요한 것은 그런 것이 아니었다. 군산에서 80km나 떨어진, 육지와 아주 멀리 떨어진 섬이라는 것이었다. 한숨이 나왔다.

4월 11일, 7시 40분.

시우는 무거운 마음으로 군산 여객 터미널 앞에 서 있었다. 평일 아침이어서 그런지 사람들의 발길이 뜸했다. 가끔씩 보이는 남자들은 월척의 꿈을 담은 커다란 가방을 몇 개씩 짊어지고 있었다. 낚시를 해본 적이 없던 시우의 눈에는 낚시 가방의 크기와 잡는 물고기 크기가 비례한다고 믿는 바보들처럼 보였다.

그렇게 낚시꾼들을 구경하는데 멀리서 부르는 소리가 들렸다. 아이처럼 반갑게 손을 흔드는 노인과 속세에 미련 없는 늙은이 표정의 수호였다.

"일찍 왔네. 그런데 무슨 짐이 그렇게 많아?"

"사계절 옷을 챙기려니 줄이고 줄여도 많더라고요."

"여행 못 가는 놈들이 짐만 많은 법이지."

노인의 빈정거림에 수호가 필요 이상으로 고개를 끄덕였다. 시우는 기분이 나빴다. 수호는 겨우 책가방 하나 들고 있었다.

"너는 일 년치 옷을 그 책가방 하나에 다 넣을 수 있는 재능이 있구나."

시우의 비꼬는 말투에 수호는 눈도 깜빡하지 않고 말했다.

"택배로 부쳤거든요."

"뭐, 택배? 주소는 어떻게 알고?"

"저는 할아버지랑 같이 살았잖아요. 물어봤는데요?"

"어르신, 제게도 주소 좀 알려주시지 그러셨어요!"

"네가 물어보지 그랬어?"

노인이 한심하다는 표정으로 말했다. 그때 노인의 어깨 뒤로 낯익은 여자가 걸어왔다. 정혜지는 오지 않겠다고 했었는데. 하윤영과 실루엣이 비슷한 저 여자는⋯.

"혜지야! 하하하. 여기야, 여기!"

노인이 바보 같이 웃으며 세차게 손을 흔들었다. 시우도 반가운 마음에 손을 흔들 뻔했지만 다행히 주머니에서 손을 빼지 않았다.

"안 온다면서요?"

시우가 혜지를 보며 빈정거렸다.

"당신 때문에 온 거 아니야. 수호가 걱정돼서 왔지."

"제가 그렇게 못 미더워요?"

"어."

"제가 어때서요?"

"아, 몰라."

"뭘 몰라요. 말해보세요. 제가 어떤데요?"

시우의 끈질긴 물음에 혜지가 선글라스를 벗었다. 부산에서 봤을 때보다 더 빛이 났다.

"야 인마. 발정 난 말새끼 마냥 왜 자꾸 말꼬리를 잡아. 어?"

"뭐, 뭐라고요?"

혜지가 대답 대신 선글라스를 다시 썼다.

"근데 짐이 그것밖에 없어요?"

"넌 택배노 모르니?"

"어르신, 이 아줌마한테도 주소 가르쳐 준 거예요? 나만 빼고?"

"이놈아. 혜지는 메시지를 보내서 물어보던데? 넌 안 물어봤잖아! 너는 문자 답장도 할 줄 모르나?"

"저는 번호가 하도 이상해서 보내봤자 안 받…."

"또 의심병 도졌네, 저 불치병 환자 새끼. 쯧쯧"

노인이 고개를 외로 꼬아 시우를 일별하며 혀를 찼다.

잠시 후 네 사람은 배에 올랐다. 배는 큰 흔들림 없이 미끄러지듯 나아갔다. 날씨는 맑았고 바람도 잔잔했다. 낚시꾼으로 보이는 비쩍 마른 중년의 남자가 바람을 품에 안으며 말했다.

"오늘 운이 좋은 편이에요. 지난번에는 풍랑주의보 때문에 해청도에 들어가지도 못했다니깐."

어금니를 다 드러내며 밝게 건네는 낚시꾼의 말에도 시우의 표정은 어둡기만 했다. 시우는 그저 배가 만들어내는 거품이 이는 바다만 바라볼 뿐이었다. 파란 바다에 그려진 하얀 거품이 곧 파란색으로 돌아갔다.

푸른 하늘을 오려내는 비행기도, 푸른 바다를 가르는 배도 흔적을 남긴다. 시우의 푸르른 청춘을 찢은 고통도 아픈 흉터를 남겼다. 하지만 비행기가 오려내고, 배가 가른 푸르름과 달리 청춘의 고통은 메워지지 않았다. 일 년 뒤에 돌아갈 때는 상처들이 거품처럼 사라질 수 있기를 조용히 기도했다.

배는 세 시간을 달려서야 해청도에 도착했다. 선착장으로 들어서는 동안 비친 해청도는 한눈에도 자그마한 섬이었다. 섬은 붕어빵 몸통을 한 입 크게 베어 문 것처럼 가운데가 안쪽으로 동그랗게 들어가 있었는데 그곳을 메운 바닷물이 마치 호수 같았다.

배에서 내린 노인은 시우의 짐 때문에 택시를 불렀다. 이런 조그마한 섬에 콜택시가 있다는 게 놀라웠다. 잠시 후 네 사람 앞에 택시가 도착했다.

"그럼 그렇지, 이런 곳에 택시가 있을 리가…."

이곳에선 짐을 옮겨주는 1톤 트럭을 택시라고 부른다고 했다. 시우는 커다란 택시에 짐을 싣고 올랐다. 혜지와 수호는 타지 않았다.

"혜지야. 아직 트럭을 타기가 좀 그렇지?"

무슨 이유에선지 혜지는 트럭을 타지 않겠다고 했다. 시우를 뺀 나머지 세 사람은 걸어가기로 했다. 노인은 이사 갈 집의 주소가 적힌 종이를 기사에게 건네고는 혜지와 수호를 챙겼다.

신호등 하나 없는 섬이건만 필요 이상으로 천천히 달리는 차 안에서 시우는 바깥을 주의 깊게 살폈다. 해안선을 따라 민박집,

식당, 슈퍼마켓, 해양 경찰서, 군부대 등이 보였다. 육지에서 멀고 작은 섬인데 유독 민박과 식당이 많아 보였다.

"새로 이사 온 사람인데요, 뭐 좀 여쭤도 될까요?"

"뭐여?"

택시 기사는 낯선 서울말로 하는 질문이 달갑지 않은 듯했다.

"저 많은 민박이랑 식당이 다 장사가 되나요?"

"단께 있지유."

대답에서 경계의 감정이 묻어났다. 시우는 묻고 싶은 것이 많았지만, 외지인이 섬에 대해 캐묻는다는 인상을 줄까 봐 참았다.

언덕 쪽으로 약간 올라가자 민가가 있었다. 택시는 그중 가장 위에 있는 집 앞에 멈춰 섰다. 시우는 신병 훈련을 마치고 자대 배치 받은 이등병의 심정으로 대문을 열었다.

널찍한 마당이 있는 아늑한 전원주택이었다. 시우는 낯선 곳에 들어선 강아지마냥 구석구석 둘러봤다. 이름 모를 들꽃과 나무들이 있었다. 작은 텃밭도 있었다. 빨랫줄에는 배 가른 생선들이 꾸덕꾸덕 말라가고 있었다. 지붕 위로 올려다본 하늘에 뜬 금없는 드론이 날았다. 그것만 빼면 전형적인 어촌 마을이었다.

집안을 살폈다. 방 두 개에 거실, 부엌, 화장실이 하나씩 있는 평범한 구조였다. 옷만 들고 오면 될 정도로 다 갖추어진 세간살이에 시우는 적이 놀라며 한편으로 흡족해 했다. 냉장고, TV, 세탁기, 컴퓨터, 책상, 침대, 이불은 물론 수저에 칫솔까지 있었다. 누군가 살았던 느낌은 조금도 없었다.

그렇게 한동안 집을 살피는데 혜지와 수호가 노인과 함께 들어왔다. 두 사람도 방금 시우의 느낌 그대로인 눈치였다. 조용히 바라보던 노인이 세 사람의 반응에 만족스러워 했다.

　"이곳에서 생활하면서 알아야 할 것들을 알려줄 테니 잘 들어. 우선 시우는 만선민박이라는 곳에서 일하면 돼. 거기서…."

　"일을 하라고요?"

　"그럼! 일 년 동안 집에서 놀고먹으려고 했어? 5천만 원이나 받아먹고?"

　"바로 일을 한다는 건 좀 당황스럽잖아요. 설마 손님 없을 때 배를 타거나 막 그러진 않겠죠?"

　"배도 타는데."

　"저보고 마도로스가 되라고요?"

　흥미와 적성을 전혀 고려하지 않은 일방적 취직에 뾰로통해진 시우가 잔뜩 인상을 썼다. 시우는 수호와 혜지에게 도움의 눈빛을 보냈다. 수호는 무관심했고, 혜지는 기분 나쁜 표정이었다.

　"마도로스는 무슨. 고작 30분 정도 배 타고 나가는 건데. 겁먹지 마."

　"겁먹기는 누가 먹는다고 그래요?"

　"지금부터 끼어들지 말고 들어. 시우는 하루 쉬고, 모레부터 만선민박에서 일한다. 얼마 전 사모님이 돌아가시고 홀로 지내셔. 게다가 다리가 불편하시니 네가 잘 챙겨드려."

　"아…."

　다리가 불편하다는 말에 시우의 말문이 막혔다. 잠시 굳어

버린 시우의 표정을 살피던 천사 노인이 혜지를 보며 말을 이었다.

"수호가 내일부터 학교에 가야 하는 거 알지? 네가 함께 가서 전학을 도와줘. 혜지는 당분간 집에서 쉬면서 텃밭을 가꿔. 그러고 나서…."

"어르신 매번 불공평한 거 아세요?"

"이런 불평불만으로 가득한 새끼를 봤나. 대체 뭐가 불공평한데?"

"저는 일하고, 이 아줌마는 놀아요?"

"너는 워낙 소극적인 새끼라 직업을 안 구해주면 혼자 구하지도 못할 거잖아! 혜지는 두고 보면 알아서 취직할 거야. 제발 너는 남을 의심하고 불평하는 태도 좀 바꿔. 너는 다 안 좋은데, 그게 제일 안 좋아 이 새끼야."

"더 필요한 정보는 없나요?"

가만히 듣고 있던 혜지가 숨을 깊이 들이마시며 물었다. 더 이상 시우의 불평을 들어주기 힘들다는 말도 함께 들이마신 표정이었다.

"필요한 식료품은 알아서 택배로 보내 줄 거야. 사는 데 불편이 없도록 하지. 이 섬은 유입 인구가 극히 적어. 주민들 대부분이 여기서 나고 자란 사람들이라 유대감이 깊지. 하지만 걱정하지 마. 다들 친절하니까. 그게 이 섬을 고른 이유기도 하고."

노인이 얼굴을 찡긋하며 웃어 보이더니 수호의 손을 잡고 말했다.

"할아버지가 제일 미안한 사람은 수호란다. 다른 친구들은 수학, 영어 학원은 물론 태권도, 합기도 등도 배울 텐데 네게는 기회 자체가 없겠구나."

"저는 괜찮아요."

수호가 노인의 걱정을 덜어주려는 듯 당당하게 말했다.

"약속해주럼, 열심히 공부하겠다고. 할아버지가 인터넷 강의를 신청했으니 열심히 들어. 알았지?"

"약속해요. 할아버지."

"기특하기도 하지. 요리는 시우가 맡아주면 좋겠어. 아무래도 경험이 많잖아."

시우가 말없이 고개만 끄덕였다. 노인은 몇 마디를 더 일러주고 얼마 후 떠났다. 오늘은 더 이상 배가 들어오지 않는다는데도 집을 나섰다. 천사라니 어련히 알아서 가겠지 했다. 방은 성별에 따라 혜지가 하나를 쓰고, 시우와 수호가 함께 쓰기로 했다. 졸지에 같은 내무반을 쓰게 된 시우와 수호는 서로의 눈을 마주하지 않았다. 훈련소 입소 첫날의 분위기처럼.

혜지는 손이 빨랐다. 수호부터 도와주고 자신의 짐을 정리했다. 어색한 정적 속에 각자의 일을 마친 뒤, 혜지가 먼저 귀에 이어폰을 꽂고 방으로 들어갔다. 수호는 거실 책장에서 책을 한 권 골라 혜지 방으로 따라 들어갔다.

혼자 남게 된 시우는 벌러덩 누웠다. 도안도 모르는 퍼즐이 쏟아져 버린 것처럼 답답했다. 앞으로 이 섬에서 어떻게 지내야 할까? 눈을 감고 고민에 빠졌다. 그때였다. 밖에서 소름 돋친 여자의 목소리가 들렸다.

"세상에, 죽다가 살아난 사람들이 이사를 왔네!"

2

'죽다가 살아난 사람들'이라는 말을 들은 시우가 벌떡 일어섰다. 아무리 노망난 노친네라 해도 이사 온 첫날부터 마을 사람들에게 사정을 다 말하지는 않았을 것이다. 이 집에는 노인이 아끼는 혜지도 있고, 수호도 있지 않은가? 두 사람이 마을에서 적응하려면 마포대교에서의 일은 절대 알려지면 안 됐다.

시우가 버선발로 뛰쳐나가며 현관문을 신경질적으로 열었다. 웬 낯선 여자가 마당에서 담벼락을 만지고 있었다. 긴 머리, 마른 몸, 큰 키. 여유 있는 동작으로 보아 도둑은 아닌 듯했다. 설마 또 다른 천사일까?

시우가 다소 날카롭게 물었다.

"누구신데 남의 집에 들어와 있는 거죠?"

"옆집 살아요."

이웃이라. 아무리 친한 이웃 주민들이리 할지라도 이렇게 허릭 없이 불쑥불쑥 찾아오는 건 불편했다. 노인이 말한 해청도 주민의 깊은 유대감이 이런 것이라면 유대감 없이 살고 싶었다. 뒤도 돌아보지 않은 채 무엇인가에 빠져 있는 초면의 이웃에게 시우가 다시 물었다.

"옆집 사는 누구시죠?"

목소리가 너무 컸을까. 표정 가득 경계를 숨기지 않은 채 혜지가 수호의 손을 잡고 나왔다. 마당에 선 수상한 이웃이 돌아보며 오히려 신경질적으로 소리 질렀다.

"그냥 옆집 사는 여자라니까!"

까랑까랑한 목소리의 이웃은 170cm도 넘어 보이는 키에 30대 초반으로 보였다. 헐렁한 옷으로 몸을 감추고 있는 그녀의 안색은 창백했다. 턱은 왼쪽 위로 약간 들려 있었고 두 눈의 초점은 맞지 않았다. 갈지자 걸음걸이가 스산한 분위기를 풍겼다.

"반가워요. 우리는 오늘 이사 왔답니다. 어제까지는 집이 비어 있어서 들어오셔도 괜찮았는데요, 이제는 허락을….''

혜지가 다정하게 말했다.

"아들 죽인 년이 친절도 하지."

"뭐라고…요?"

친절하게 응대하던 새로운 안주인의 표정이 상대의 일갈에 싸늘하게 굳었다.

"대체 누구신데 그런 말씀을 하시는 거죠?"

왠지 모를 불안감에 싸인 시우가 목소리에 한층 힘을 주며 위협적인 말투로 물었다.

"내가 누군지 말해도 너희들은 이해 못 해."

"아까 죽다가 살아난 사람들이라고 한 말…. 그게 무슨 뜻이죠?"

"나는 모르는 게 없어. 다 알지. 저 꼬맹이 아빠가 자살한 것도."

수호의 아빠가 자살을 했다고? 시우는 도무지 이 상황이 이해되지 않았다.

"너 뭐야? 당신 도대체 누구냐고?"

혜지가 수호를 숨기며 악다구니를 썼다.

"으아악! 소리치지 마!"

수상한 이웃은 기가 죽기는커녕 갑자기 울부짖었다. 눈이 뒤집히더니 사시나무 떨 듯 손을 떨었다. 그러다 갑자기 고함을 질렀다.

"운 좋게 두 번째 삶을 사는 주제에, 어디서 큰 소리야?"

"그게 무슨….".

"흐어, 흐어…. 하안, 한강이야."

수상한 이웃은 주저앉더니 가래 끓는 소리를 내며 헐떡였다. 눈은 흰자위로 덮였고 턱은 더 들렸다.

"하아, 하아…. 마, 마포…대교."

호흡이 점점 거칠어졌다. 말을 잇기 힘들어 보였다.

"어어어…. 죽은 사람이 산 사람을 살렸어."

공포의 분위기가 절정을 향해 치닫고 있었다. 육지와 한참 떨어진 외딴섬, 낯선 집, 과거를 알고 있는 무속인. 시우는 사람이 이렇게 무서울 줄 몰랐다. 그때였다. 대문을 열고 커다란 뿔테 안경을 낀 남자가 다급히 뛰어 들어왔다.

"여보!"

여자보다 머리 하나는 족히 큰 남자가 재빨리 여자를 끌어안왔다. 운동으로 다져진 듯 탄탄한 몸이었고, 소매를 걷어 올린 팔뚝엔 유난히 핏줄이 도드라졌다.

남자의 얼굴에 긴장한 기색이 역력했다. 그는 검정색 손목 보호대를 찬 손목으로 이마의 땀을 닦으며 아내의 귀에 대고 속삭였다. 여자가 남편의 품에서 발작을 하다 데쳐진 낙지처럼 바닥에 늘어졌다.

"죄송합니다. 정말 죄송합니다. 많이 놀라셨죠?"

여자가 진정되자 남자가 재빠르게 고개를 숙이며 연신 사과했다. 사과란 모름지기 머리를 조아리는 속도로 표현해야 한다고 생각하는 사람처럼.

"이게 대체…. 어떻게 된 일이죠?"

차분한 목소리와 달리 혜지의 손은 여전히 떨고 있었다. 수호는 혜지 뒤에 바짝 붙어 있었다. 남자는 탈진한 듯 쓰러져 있는 여자의 팔과 다리를 쉬지 않고 주무르며 말을 이었다.

"우리 부부는 바로 옆집에 삽니다. 서울에서 한 달 전에 이사 왔어요. 갑자기 아내가 좀 이상해졌거든요. 지금 보신 것처럼요. 유명하다는 병원을 찾아 다녔지만 아직 원인을 알지 못합니다. 부모님은 아내가 신내림을 받은 것 같다고 합니다만."

"저런."

"믿을 수 없었어요. 아내는 누구보다 강했거든요. 그런데 이유도 없이 어느 날 이렇게 변했어요. 약에 의존해봤지만 나아지지 않았습니다. 그래서 마지막으로 선택한 방법이 요양이었습니다. 되도록 육지에서 멀리 떨어진 섬으로 오게 되면 좀 나아질까 해서요."

남자가 주무르는 손을 멈추지 않은 채 기계처럼 말을 이었다. 또 다른 누군가에게 수차례 반복 설명해야 했을 그의 모습이 그려졌다.

"많이 힘드시겠습니다."

"괜찮습니다. 저는 아내가 신내림을 받았다고는 생각하지 않습니다. 곧 나을 거라 믿어요. 살면서 한 번쯤 아프기도 하잖아요."

"꼭 회복하실 겁니다. 앞으로 우리도 유연하게 대처하겠습니다."

"그렇게 말씀해주시니 정말 고맙습니다."

"이사 온 뒤로 차도가 있나요?"

"많이 좋아졌습니다. 혼자 산책도 하고, 음악도 듣습니다."

"빨리 낫길 바랍니다."

"고맙습니다. 오늘 일은 정말 사과드립니다. 이런 일이 자주 있는 건 아니에요. 평소 때는 보통 사람들과 정말 똑같답니다. 크게 걱정하지 않으셔도 됩니다."

"알겠습니다."

"이사도 축하할 겸, 사과도 드릴 겸 언제 한 번 집으로 초대하고 싶은데 괜찮겠습니까?"

"아내 분 건강도 안 좋으신데 우리가 부담을 드릴 수는 없죠."

시우가 옆집 여자 건강을 걱정하는 척 정중하게 거절했다.

"부담이라뇨? 이웃끼리 잘 지내야죠. 바로 저 집이 저희 집이니 언제든 찾아주세요. 제 이름은 추정우, 아내는 명미희입니다."

추정우가 손가락으로 옆집을 가리키며 첫 만남에 과장되게 소개했다.

"저는 강시우고, 옆에 있는 여성분은 정혜지 씨, 이 아이는 한수호입니다."

시우는 추정우가 아내를 데리고 얼른 돌아가 줬으면 하는 마음에 서둘러 두 사람을 소개했다. 그런 시우의 마음을 눈치 챘는지 추정우가 곧바로 아내를 부축해 나섰다.

"소개 한 번 기가 막히게 하네."

혜지가 빈정대며 시우에게 눈길 한 번 주지 않은 채 집 안으로 들어갔다. 시우는 혜지의 말을 듣고 나서야 깨달았다. 방금 전 추정우에게 한 소개가 얼마나 어이없던 것이었는지.

옆에 있는 여성분은 정혜지 씨….

소개 하나로 시우와 혜지가 부부도 친구도 아닌 어정쩡한 관계라는 걸 대놓고 알려준 것이다. '옆에 있는 여성분은 저도 이름 정도만 알고 있는데 정혜지 씨라고 한답니다. 아직 친해지지 못했어요'라고 굳이 알려준 것이나 다름없었다. 아무리 되새김질해봐도 이상한 소개였다.

한편으로 시우는 추정우가 그러한 어설픈 소개를 듣고도 아무런 반응을 보이지 않았다는 데 오히려 이상한 느낌을 받았다. 뭔가 이상한 것을 느꼈음에도 초면이라 캐묻지 않은 것인지, 아내의 상황 탓에 긴장해 그 어색함을 못 느낀 것인지. 하긴 모든 것을 알고 있을 것 같은 아내에게 물으면 되기에 굳이 물을 필요가 없었던 것인지도 모를 일이었다.

어찌 되었건 시우는 추정우라는 옆집 남자가 범상치는 않다고 느꼈다. 병 있는 아내 때문에 느끼는 그런 유의 연민이나 동정은 아니었다. 지금으로서는 딱히 뭐라 설명할 수 없는 느낌이 본능적 감각에 불안과 위험을 새기고 있었다.

'조심해야겠어. 만만한 섬이 아니야.'

시우는 옆집 부부와 가깝게 지내지 않아야겠다고 생각했다. 그때까지만 해도 그 이웃과 어떤 일을 겪을지 전혀 알 수 없었다. 혜지를 보는 추정우의 눈빛이 흔들린 것은 더욱 눈치 채지 못했다.

3

오후 9시 35분. 명미희는 소파에서 자고 있었다. 밤새 뒤척이느라 깊은 잠을 못 잤다더니 음악을 듣다 잠에 빠진 모양이었다. 추정우는 그녀가 깊게 잠든 것을 확인하고 조심스럽게 2층 창가에 섰다. 커튼을 살짝 열어 정혜지가 있는 집을 바라보며 오른손 손목 보호대를 만지작거렸다. 명미희는 알지 못하는 몇 달 전 정혜지에 대한 자신의 감정을 떠올리며.

추정우는 이웃집에서 발작을 일으킨 명미희에게 달려가다 숨이 멎을 뻔했다. 명미희 때문이 아니었다. 거기에 서 있던 여

자. 그 여자가 바로 정혜지였기 때문이다.

몇 달 전, 정혜지를 처음 봤을 때, 그녀를 안았을 때, 그리고 그녀의 벗은 몸을 봤을 때를 회상했다. 추정우는 그녀를 처음 본 순간 자신이 본 여자들 중 가장 아름다운 여자라 생각했다. 꿈꾸던 이상형의 모습에 가슴에 이는 사심을 주체할 수 없었다.

좁은 승합차에서 그녀의 얼굴을 한참이나 바라봤던 그였다. 그 만남 이후 오늘 이렇게 그녀를 다시 만나게 될 줄은 꿈에도 몰랐다. 이렇게 멀리 떨어진 섬에서…. 다른 사람들과 연락을 끊고 지내던 섬 생활이었다. 그가 이 섬에 있다는 것을 아는 사람은 손에 꼽을 정도였다. 외롭고 지겨웠다.

물론 그에게는 명미희가 있었다. 그녀는 아름다웠고 추정우를 아꼈다. 추정우 역시 명미희를 아꼈다. 하지만 추정우는 명미희에게 말 못할 비밀이 있었다. 게다가 추정우는 명미희에게 지금은 그 어떤 섹슈얼한 감정도 느끼지 못했다. 그의 가슴을 뛰게 만든 여인은 오로지 정혜지였다.

추정우는 정혜지를 향한 자신의 마음이 잘못되었다는 것을 알고 있었다. 지금으로서는 마음을 접어야 하는 것도 알고 있었다. 하지만 정혜지를 본 이후 그녀의 아름다운 알몸이 머리를 떠나지 않았다. 그 생각만 떠올리면 정혜지를 안았던 그 느낌이 직전의 일처럼 생생하게 살아나곤 했다. 그 날의 일을 생각해서는 안 된다고 다짐할수록 생각의 소용돌이에 더 깊이 빠질 뿐이었다.

며칠 전, 곧 이사 올 이웃에 대해 미리 들었다. 이사 올 이웃이 모두 마포대교에서 자살을 시도했다 구조된 사람들이라는 것, 그들 각자에게 아픈 과거가 있었다는 것, 그들은 일 년 동안 한 집에서 지내야 한다는 것, 그렇게 일 년만 지내면 큰돈을 받고 돌아갈 것이라는 것까지.

하지만 그 이웃에 정혜지가 포함되었다는 것은 상상조차 하지 못했다. 복잡한 심사에 눈을 감았다. 일 년 뒤 정혜지의 손을 잡고 함께 섬을 나가는 모습을 상상하며 추정우는 열린 커튼을 닫았다.

4

오전 5시 50분. 해청도에 온 뒤 첫 아침을 맞이하는 알람이 울렸다. 혜지는 조용히 눈을 뜨고 주변을 살폈다. 머리맡에 손을 뻗어 식칼의 손잡이를 확인했다. 눈 뜨면서 이곳이 해청도라는 것을 자연스레 받아들이는 데는 며칠이 더 걸릴 것이다. 아침부터 몸이 무거웠다.

추정우. 그의 팔뚝에 선명하게 도드라진 핏줄을 보는 순간 혜지는 심장이 내려앉을 뻔했다. 그토록 선명하게 도드라진 핏줄은 살면서 딱 한 번 밖에 보지 못했었다. 유린당했던 승합차의 노란 불빛 아래서.

쓸데없는 생각일지 몰랐다. 그렇게 팔뚝에 핏줄이 튀어나온 사람이 한둘일까? 고작 그 작은 공통점으로 처음 보는 사람을 의심하는 자신이 이상하다고 생각했다. 추정우에게는 아내가 있었고, 그녀를 진심으로 사랑하는 것처럼 보였다. 혜지는 당분간 이웃과 그놈을 동일시하지 않기로 마음먹었다. 아무리 생각해도 그놈을 이 섬에서 만날 확률은 제로에 가까웠다.

혜지는 문 앞을 막은 탁자를 끌어 제자리에 두고 부엌으로 향했다. 식사는 강시우가 하기로 되어 있었으나 자신이 준비하기로 했다. 그따위 밥 하나로 상대에게 마음의 빚을 지는 게 싫었다.

부엌에는 식재료가 풍부하게 있었다. 선반에는 각종 양념이, 냉장고에는 각종 김치와 밑반찬이 가득했다. 손질된 생선과 고기가 냉장고에 자리를 차지하고 있었다. 서울 생활보다 먹을 것 걱정 없이 지낼 수 있을 거라 생각했다. 밥을 안치고 밑반찬들을 꺼냈다. 프라이팬에 기름을 두르고 냉장고에서 꺼낸 도다리에 밀가루를 곱게 입혀 구워냈다. 하얀 속살이 익어가는 소리가 맛깔났다.

그때 시우가 나왔다. 눈이 통통 부어 있었다. 그가 무슨 말인가 하려 했지만, 혜지는 고개를 돌렸다. 혜지는 시우가 이렇고 저렇고 말을 거는 게 싫었다. 남은 인생 더 이상 남자와 얽히고 싶지 않았다. 혜지는 시우와 둘만 있는 시간이 싫어 얼른 수호를 깨웠다.

"수호야, 전학 첫날이니까 많이 먹고 기죽지 말자."

수호가 혜지를 보고 조용히 웃었다.

아침을 먹고 혜지는 수호를 데리고 학교로 향했다. 전날 저녁에 미리 가봤지만, 아침 햇살을 맞으며 가는 등굣길의 느낌은 또 달랐다. 시간이 지나면 익숙해져 그냥 지나치게 될 시멘트 사이에 핀 들꽃과 담벼락의 이끼도 눈에 담았다. 이상하게 마음이 떨렸다. 보호자 입장에서 학교를 향하는 첫 번째 날이었다. 아이를 학교에 보내는 엄마의 마음이 이런 것일까?

교문을 지나며 자신의 초등학교 입학식을 떠올렸다. 친구들이 꼭 붙잡고 있던 엄마의 손과 내밀어 의지할 곳 없던 자신의 손. 처음으로 느꼈던 불평등과 결핍. 혜지는 수호에게 그런 감정을 느끼게 해주고 싶지 않았다. 손을 뻗어 수호의 손을 꼭 잡았다. 그리고 자신도 모르게 준비되지 않은 말을 뱉었다.

"내가 일 년 동안 엄마가 되어도 될까?"

초등학교는 아이가 가정을 떠나 살면서 필요한 지식과 기능을 익히는 첫 번째 공교육 기관이다. 그곳은 자녀의 독립심을 길러주기도 하지만, 역설적으로 부모의 지원이 절대적인 영향을 미치는 곳이기도 했다.

물론 5학년인 수호에게 부모의 도움이 그다지 필요하지 않을지 모른다. 곧 시작될 사춘기에 어설프게 엄마인 양 나서는 게 더 상처가 될지도 모를 일이다. 하지만 조금이라도 수호에게 엄마가 필요한 상황이라면, 그녀는 수호에게 도움이 되고 싶었다.

착한 사마리아인이 되고자 하는 것이 아니었다. 수호를 보며 태서의 빈자리를 채워나가고 싶었다. 그게 솔직한 마음이었다. 태서가 살아 있었더라면 혜지는 그 어떤 아이에게도 손을 내밀지 않았을 것이다.

수호가 대답 없이 터벅터벅 걸었고 혜지는 수호의 눈치를 살폈다. 수호의 침묵이 길어지면서 혜지는 무언가 잘못되었음을 직감했다. 수호에 대한 자신의 권유가 교만했음을 깨달았다.

만약 어떤 남자 애가 갑자기 태서의 빈자리를 채워주겠다고 하면, 자신은 쉽게 받아들일 수 있을까? 참으로 오만했다.

"마음이 불편하면 거절해도 괜찮아."

혜지가 수호를 바라보며 말했다. 거절한다 해도 마음 상해서는 안 될 일이었다. 그런데 예상치 않은 수호의 대답이 그녀의 염려를 싹 씻어줬다.

"저는… 좋아요. 정말로…. 진짜 엄마처럼 생각해도 될까요?"

수호의 입가에 웃음이 피더니 이내 혜지에게로 번졌다. 건방지고 불손한 제의를 받아준 수호가 고마웠다. 그 대답 하나로 가슴 속 응어리가 풀렸다. 혜지가 기쁜 마음을 숨기며 심술궂게 말했다.

"안 돼. 엄마처럼 생각하지 마."

"왜죠, 아까는…."

"엄마처럼 생각하지 말고, 엄마로 대해 줘. 진짜 엄마."

혜지가 다시 배시시 웃었다. 혜지의 미소를 보던 수호가 천천히 말했다.

"엄…마."

엄마. 엄마라는 말을 다시 들었다. 혜지는 팔을 벌렸고, 수호가 조심스레 안겼다. 가슴이 뛰며 체온이 올랐고 눈에는 눈물이 차올랐다. 거센 심장의 펌프질이 눈물샘까지 흔든 모양이었다.

하지만 울 수 없었다. 새로 생긴 아들 앞에 지나치게 감성적으로 보일 수도 없었거니와 혜지에게는 해야 할 일이 있었다. 허락을 구해야 했다. 혜지는 눈을 감고 마음속으로 물었다.

'태서야, 엄마가 다시 엄마가 되어도 될까? 엄마의 보살핌과 사랑이 필요한 이 형에게…'

"괜찮아요."

"뭐, 뭐라고?"

혜지의 눈이 두 배로 커졌다.

"네?"

"방금 뭐라고 했어…?"

"아, 괜찮다고요. 슬프면 울어도 돼요."

놀란 혜지가 대답 없이 조용히 수호를 다시 안았다. 가슴을 쓸며 다시 눈을 감았다.

'태서야, 엄마가 이 형에게 사랑을 나눠줘도 괜찮을까…?'

"정말 괜찮아요."

"뭐?"

"눈물을 흘리는 건 부끄러운 일이 아니래요, 엄마."

수호의 대답이 훌쩍 자란 태서의 속삭임으로 들렸다. 태서가 그날의 눈물까지 보듬어 주는 듯했다. 어디선가 태서가 보고 있는 것만 같았다. 자신의 목숨을 살린 천사가 안내한 섬이라면 태서를 만난다 해도 이상할 것이 없었다.

두리번거리던 혜지에게 정말 태서의 흔적이 나타났다. 그녀의 가녀린 어깨 위로 벚꽃 잎 하나가 내려앉아 있었다. 어깨 위

꽃잎, 태서였다. 아직 가지가 꽃잎을 놓아주지 않아 꽃비가 내리기엔 이른 시점인데, 벚꽃 잎 하나가 어깨에 내려앉았다는 건 태서가 다녀간 것이 확실했다.

갑자기 등 뒤로 따뜻한 봄바람이 느껴졌다. 수호를 안고 있는 혜지의 등을 태서가 안아주는 것 같았다. 더 이상 눈물을 참을 수 없었다. 자신의 인생에서 가장 찬란하고 행복했던 순간이 떠올랐다. 다시 엄마의 삶으로 돌아갈 수 있어서, 그 대상이 혜지의 사랑을 절대적으로 필요로 하는 아이여서, 그 아이의 엄마가 되는데 태서가 허락해줘 혜지의 가슴은 벅차올랐다. 한동안 수호를 안고 울던 혜지는 수호가 눈물을 닦아주고 나서야 일어설 수 있었다.

손을 꼭 잡은 두 사람은 2층 교무실로 향했다. 학교가 작아 그런지 교무실은 행정실과 함께 쓰이고 있었다. 교무실 안에 들어가 이런저런 생각으로 주변을 둘러보는데 40대 후반으로 보이는 남자가 다가왔다. 허리띠의 버클을 가릴 만큼 쳐진 배를 긁적이면서 그가 물었다.

"어떻게 오셨슈?"

"전학 온 5학년 한수호입니다."

"반갑습니다. 지는 기재호유. 이봐, 박 선생. 전학생 왔어. 아따 얼마 만에 전학생이야, 글씨."

혜지의 시선이 교사의 떡 진 머리로 향했다. 왠지 게을러 보였다. 이곳의 선생님들은 다 이렇게 안일할까?

"안녕하세요. 저는 5학년 담임을 맡은 박정호입니다."

수호의 담임 선생님이 될 남자가 예의를 갖춰 인사했다. 30대 초반으로 보이는 이 남자는 다행히 아침마다 머리를 감는 사람으로 보였다. 아니, 그 이상의 깔롱쟁이였다. 감청색 슬림핏 캐주얼 정장에 짙은 오렌지색 니트 넥타이가 돋보였다. 투블럭에 아이롱펌을 C컬로 연출한 헤어스타일도 잘 어울렸다. 해청도 지드래곤이 담임 선생님이라니. 이런 멋부림 요정이 선생님이면 수호를 잘 사르칠 수 있을까? 해청도 8학군 학부모는 이래도 걱정, 저래도 걱정이었다.

"안녕하세요, 한수호 학생의 보호자입니다."

"어머니께서 상당히 미인이시고 동안이시네요."

혜지는 달갑지 않은 외모 칭찬에 고개를 돌렸다. 능숙한 서울말로 봐 이곳 사람이 아니라는 걸 알 수 있었다.

"학교에 대해 좀 여쭤고 싶은데요. 전교생이 몇 명이죠?"

"4명입니다. 5학년 2명, 3학년 2명."

"정말 적군요."

"학생이 공부하기에 좋은 환경은 아니죠."

"아이들은 학교 마치면 뭘 하나요? 학원도 없다던데."

"하하하, 어머니. 학원이라뇨. 이 작은 섬에."

"그러면 방과후 프로그램은 있나요?"

"그런 건 없습니다. 수호 어머니. 무슨 이유로 전학을 오셨는지 모르겠지만, 이 섬에서 그런 교육을 기대할 수는 없어요."

"너무 열악해요."

"어쩔 수 없는 부분이에요."

수호뿐 아니라 섬마을 아이들이 모두 불쌍하다고 생각됐다.

"혹시 제가 수업을 마치고 아이들을 가르쳐도 되나요?"

"무슨 말씀이세요?"

"남는 교실이 있다면요."

"유휴 교실은 넘칩니다만…. 어머님, 뭘 전공하셨어요?"

"전공이요?"

"대학교 때 전공이요. 아니면 강사 경력이라도 있나요?"

"대학은 안 나왔고, 대신 20대 초반에 BY 엔터테인먼트 연습생 생활을 했어요."

혜지가 다급한 나머지 약간의 거짓말을 보탰다.

"대단하신 분이군요. 어머니."

박정호가 놀란 표정으로 말을 이었다. 수호의 얼굴에도 놀라움이 묻어났다. 수호도 BY 엔터테인먼트를 아는 모양이었다. 혜지는 이 섬에 올 때, 자신의 과거를 밝히지 않겠다고 다짐했었다. 조용히 일 년만 지내다 갈 생각이었다. 하지만 불과 십여 분 전, 수호의 엄마가 되면서 혜지의 다짐은 이미 없던 것이었다. 맹모에 빙의해 아들의 교육에 발 벗고 나선 것이다.

"어떤 것을 가르치고 싶으세요?"

"댄스나 보컬도 가능하고, 피아노나 기타 같은 악기도 가능합니다."

"아이들이 너무 좋아하겠어요. 학부모님들도요. 언제부터 가르치실 수 있으세요?"

"당장 가능합니다. 오늘부터도 돼요."

"그렇게 급하게요?"

혜지는 차마 제가 여기서 일 년 밖에 안 지낼 거라 시간이 없거든요, 라고 말할 수는 없었다.

"가능할까요?"

"글쎄요. 잠시만 기다려주세요."

박정호가 선배 교사의 자리로 가더니 무언가를 의논했다. 자신이 시선을 눈치 채지 못할 거라는 착각을 하며 혜지의 다리를 힐끔거리던 행정실 안경잡이도 함께였다.

짧은 의논 끝에 배로 버클을 가린 기재호가 인스턴트커피를 타 들고 왔다. 환경 호르몬 따위는 걱정이 없는지 커피 봉지를 컵에 함께 넣은 채였다.

"박 선생한테 얘기 들었어요. 그게 쪼깨 어려울 것 같아요."

"제가 대학을 나오지 않아서 그런가요? 웬만한 전공자보다 못 하지는 않을 텐데…."

"애들은 적지만 여기도 엄연한 학굔디, 절차란 것을 지켜야 쥬. 방과후 수업을 하려면 운영위원회 심의를 통과해야 되구면요. 엄니 일자리만 생각해가지고 글케 할 수 있는 일은 아녀요."

"제 일자리라뇨? 저는 월급이 없어도 되요. 제가 취직을 원하는 것 같아요?"

"학교 입장에서는 방과후 선생님께 돈을 안 줄 수가 없슈. 난중에 엄니께서 또 말을 바꾸면 어쩐대요. 사람 맴이 거시기 들어갈 때랑 나올 때가 틀린께."

"말 안 바꿀게요. 계약서를 쓰면 되잖아요."

"요가 암만 시골이라도 공교육 기관인디, 노동법을 거시기 할 수는 없쥬."

"무료 재능 기부나 봉사도 안 되나요?"

"정 재능 기분가 뭐시긴가를 원하시믄 댁에서….."

혜지는 자신의 마음을 몰라주는 학교가 짜증났다.

"저는 그냥 아이들에게 뭐라도 해주고 싶은 마음뿐이라고요!"

"어머님의 심중을 인자 잘 알것네요. 시방 교장 선생님께서 교육청에 출장 가셨으니 돌아오시면 의논해서 연락드릴게요."

혜지는 기재호가 전통적인 수법으로 대화를 빠져나가려 한다고 생각했다. 내게는 결정권이 없으니 상의 후 연락을 주겠다는 말. 이 말은 본인 소관이 아니니 다른 부서로 연결하겠다는 말과 함께 민원 처리의 대표적인 발뺌 수단이라는 것을 그녀는 알고 있었다.

"기 선생님은 이곳 아이들이 더 나은 교육을 받는 게 싫으세요?"

혜지가 날카로운 목소리로 말했다.

"아, 아녀요."

"정말이세요?"

"참말이죠. 엄니가 맘 써주신 거 참말로 고마워요. 하지만 당장 어떻게 할 수 없다는 걸 이해해주세요."

너희 공무원들의 그깟 절차 때문에 손해 보는 것은 아이들이라는 말을 내뱉고 싶었지만 참았다. 혜지는 수호의 담임 선생님과 몇 마디를 더 나누고 교무실을 나섰다. 박정호는 시종일관 다정하고 따뜻하게 그녀를 대했다.

교무실을 나온 혜지는 한참을 운동장에 멍하게 앉았다. 만감이 교차했다. 갑자기 엄마가 된 일, 학부모로 열악한 교육 환경을 탓한 일, 학생들을 가르치겠다고 한 일, 모든 것이 예상에 없었다. 충동적 행동의 연속이었다. 하지만 그 어떤 것도 후회되지 않았다.

'잘한 일이야. 옳은 일을 한 거야.'

혜지는 스스로를 타이르며 교정에서 일어났다. 교문을 지나치는데 문득 이 모든 것을 천사 노인이 의도하지 않았을까, 하는 생각이 들었다.

"무슨 생각을 그리 골똘하게 해?"

천사 노인이 교문 옆에 몸을 기대어 있었다. 혜지가 깜짝 놀라 소리를 질렀다.

"깜짝이야. 아직 섬에 계셨네요?"

"섬에도 있었고, 섬이 아닌 곳에도 있었지. 전학은 잘 시켰어?"

"네."

혜지의 대답은 긍정이었으니 표정에는 그림자가 비쳤다.

"걱정하지 마. 수호는 잘 지낼 거야."

"솔직히 염려가 돼요. 저 어린 것이 외로움을 느끼지는 않을지."

"그래도 수호에게 좋은 엄마가 생겼잖아."

혜지의 눈이 커졌다.

"그걸 어떻게?"

"혜지야, 잘했어. 참 잘했어."

"저기…, 제가 좋은 엄마가 될 수 있을까요?"

"음…. 좋은 엄마가 되고 싶어?"

"꼭 좋은 엄마가 되고 싶어요. 그래야 하고요."

"두렵니? 좋은 엄마가 되지 못할까 봐?"

혜지의 발걸음이 멈췄다. 뾰족하게 깎아낸 질문이 명치에 박혔다. 분명 행복해야 했다. 어깨 위 벚꽃 잎도 봤고 봄바람에 실려 온 태서의 응답도 들었다. 그런데 마음속에는 알 수 없는 감정이 남아 있었다. 두려움일까?

그랬다. 엄마로서 한 번 실패한 자신이 또 실패하지는 않을지, 태서와는 전혀 다른 수호에게서 태서의 모습과 사랑만을 기대했다 실망하지나 않을지, 그래서 서로에게 상처만 남기지는 않을지, 수호도 자신의 곁을 떠나게 되지는 않을지, 혜지는 두려워하고 있었다.

걸음을 멈추고 생각에 잠긴 혜지에게 천사 노인이 어깨를 다독였다. 그 다독임은 느렸지만 결코 가볍지 않았다.

"지난날 상처는 네 잘못이 아니었어. 불운한 사고였잖아. 그 아픔들로 너를 채워두지 말아. 이젠 행복해야지."

"또 잘못해낼까 봐 두려워요."

"여유를 가져. 여유를."

"그게 무슨 말이죠?"

"너무 잘하지 않아도 된다는 말이야."

"잘하고 싶어요."

"너무 잘하려고 기준을 높게 세우면 말이다, 부담감이 커지지. 필요 이상의 부담감은 내일을 두렵게 만들 뿐이야."

"무슨 말인지 모르겠어요."

"수호에게는 좋은 엄마가 되어야 한다는 강박관념을 가진 엄마가 필요한 게 아니야. 고민을 공유하고, 함께 밥 먹고, 편하게 옆에 있어 줄 수 있는 그런 엄마면 충분해."

"그러니까 지금보다 더 편하게 마음을 가지라고요?"

"부담을 덜어내. 그러면 혜지도 행복해질 거야."

"진짜 그럴까요?"

노인이 걸음을 멈췄다.

"날 믿어봐. 천사잖아."

혜지가 고개를 돌려 노인의 눈을 마주했다. 노인이 어깨를 으쓱거렸다. 날개 대신 날갯죽지가 힘차게 들썩였다.

"넌 누구보다 잘 해낼 거야."

5

수호와 학교에 갔던 혜지는 점심때가 되어서야 돌아왔다. 오자마자 밥을 챙겨 먹더니 곧장 밖으로 나갔다. 그러는 동안에도 시우에게는 한 마디 말도 없었다. 눈길조차 한 번 건네지 않왔다. 몇 시간 뒤 혜지가 돌아왔을 때 시우가 조심스럽게 말을 꺼냈다.

"저기, 할 말이 있는데요."

"뭐?"

"혜지 씨와 제가 어느 정도 사이좋게 지내는 게 수호에게도 좋지 않을까요?"

시우는 수호를 미끼로 삼았다. 비겁했지만 확률이 높을 거라 생각했다.

"우리가 사이좋게 지내는 것이 왜 수호에게 좋지?"

예상한 대답이었다. 시우는 혜지가 미끼를 물었다고 생각했다.

"두 어른이 늘 싸우는 집에서 수호가 지내길 바랍니까? 그게 아이의 정서에 도움이 될까요?"

"그냥 아무 말도 하지 말고 지내줘. 우린 가족도 아니잖아."

"수호는 아직 어려요. 어른들이 서로 양보하고, 잘 지내는 모습을 보고 배워야 한다고요."

"난 엄마의 마음으로 수호를 보살필 거니깐 걱정하지 말고 너나 똑바로 해."

엄마의 마음이라. 시우는 엄마 없이 자라 그게 무슨 마음인지 모른다는 말을 하려다 말았다. 대신 거짓말을 했다.

"나는 우리 어머니가 다른 사람에게 다정한 모습이 참 좋던데요. 혜지 씨 어머니도 그랬지 않나요?"

시우는 있지도 않은 어머니에 대한 기억을 언급했다. 그런데 그녀가 아무 말도 하지 못했다. 고개를 젖히더니 눈만 깜박였다.

"나 보육원 출신이야. 엄마는… 없었어. 한 번도."

"죄송해요. 제가 함부로 말했네요."

놀란 시우가 서둘러 사과했지만 이미 혜지 눈에 뜨거운 눈물이 떨어진 뒤였다.

"그러니까 제발 아는 척 끼어들지 말고 꺼져!"

신심으로 사과를 하고 싶어도 상대가 너무 화가 난 상태라면 한발 물러나게 되는데, 지금이 그랬다. 몰랐다고는 하지만 보육원 출신에게 어머니 운운한 말이 너무 미안해 시우는 입을 닫았다. 그때 수호가 학교에서 돌아왔다.

"학교 다녀왔습니다. 엄마."

시우는 수호가 하는 말을 잘못 들은 줄 알았다. 엄마라니, 저 녀석이 미쳤나? 그런데 혜지는 전혀 놀라는 기색 없이 오히려 수호를 품에 가득 안았다.

"아들, 학교는 잘 갔다 왔어?"

아들? 혜지도 미친 것 같았다. 그럼 아까 엄마의 마음으로 수호를 대한다는 말이 진짜 아들로 삼았다는 뜻이란 말인가? 겨우 이틀 만에? 이거야말로 속도위반이지. 아니, 아버지도 없이 모자 관계가 성립되었으니 신호 위반인가?

"친구들은 친절하고 선생님도 재밌었어요."

"선생님이 친절하고 친구들이 재밌어야 하는 거 아냐?"

"그런가?"

"아무렴 어때? 우리 아들이 잘 배우고 왔으면 됐지."

꿀이 뚝뚝 떨어졌다. 수호는 새엄마의 스킨십을 아무렇지 않게 여겼다. 엄마와 아들, 그리고 낯선 아저씨의 동거라니. 사랑손님과 어머니라도 되는 건가. 시우는 도저히 더 이상 지켜볼 수 없어서 방으로 들어가 누웠다.

앞으로의 섬 생활이 더 외로워질 것 같았다.

6

일주일이 지나자 수호가 친구를 데리고 집으로 왔다. 전날 밤, 수호는 저녁을 먹는 자리에서 친구를 데리고 와도 되는지 물었다. 시우는 곤란해 했고, 혜지는 흔쾌히 승낙했다. 혜지는 시우가 이해되지 않았다. 본인 집도 아니고 셋 다 잠시 거쳐 가는 곳인데 마치 진짜 본인의 집인 양 착각하는 건가. 게다가 그 시간에 본인은 정작 민박집에 있을 거면서. 어린 수호가, 그것도 갓 전학 온 초등학생이 친구를 초대한다는데 그걸 고민하는 모습이 인정머리 없어 보였다.

수호는 같은 반 친구 모두를 데리고 왔다.

"안녕하세요. 바다초등학교 5학년 1반 양지희여요."

해청도 특유의 억양이었지만 촌스럽지 않았다. 고양이를 연상시키는 귀여운 여학생이었다. 다만 본인은 내색하지 않으려 했겠지만 쓸쓸함이 표정에 어렸다. 거울 속에서 누구보다 그 쓰라린 표정을 많이 봤던 혜지는 어린 친구의 얼굴에 어린 쓸쓸함을 단번에 잡아냈다.

"저는 수호 친구 홍진수여요. 오늘 5학년 전교생이 한 집에 싹 다 모였네요."

특유의 쾌활함이 있는 아이였다. 햇볕에 그을린 피부 톤은 감기라고는 생전 모르고 산다고 말하는 것 같았다. 혜지는 그 남자 아이가 마음에 들었다.

매시는 간장 떡볶이, 토마토 파스타, 찹쌀 탕수육, 리코타 치즈 샐러드를 내놓았다. 아들의 기를 살려주고 싶어 아침나절부터 부엌에 매달렸다. 해산물이야 원 없이 먹었을 테니, 차별화된 메뉴로 마음을 얻고 싶었다. 결과는 대성공이었다. 셋은 연신 엄지를 치켜세웠다. 아이들의 칭찬에 웃음이 일었고 손님맞이 준비에 쏟은 부산스러웠던 정성이 뿌듯했다.

혜지는 수호에게 좋은 친구들이 생긴 것 같아 마음이 놓였지만, 한 가지 마음에 걸리는 것이 있었다. 왠지 모르는 슬픔이 어린 지희의 얼굴 때문이었다. 낯설지 않은 표정이었다. 두 친구가 돌아가고 난 후 수호에게 물었다.

"지희에게 무슨 일이 있니?"

"잘 모르겠는데요. 왜요?"

"아니. 그냥."

혜지는 더 이상 자세하게 말하지 않았다.

며칠 뒤 혼자 책을 읽는데 전화가 울렸다.

"어머님, 수호 담임입니다."

가슴이 덜컹 내려앉았다. 학교에서 집으로 전화할 일이 뭔가 있을까? 수호가 다치기라도 했나? 사고를 쳤나? 짧은 시간 만 가지 걱정이 스쳤다.

"무슨 일이죠?"

"일이 있어서 전화 드렸는데요."

"네…."

"방과후 수업 때문에 연락드렸습니다."

혜지가 참았던 숨을 낮게 내뱉었다.

"저는 또…. 어떻게 되었나요?"

"다음 주부터 방과후 수업을 할 수 있습니다. 축하드려요."

"뭐라고요? 정말요?"

"교장 선생님께서도 무척 반기시네요. 사실 운영위원장님의 전폭적인 지지가 큰 역할을 했어요."

"운영위원장님이요?"

"당장 시작하자고 강조하셨거든요."

"뭐라 감사의 말씀을 드려야 할지."

"기 부장님께서도 꼭 해야 한다고 많이 주장하셨어요."

"정말 고맙습니다."

"빈 교실은 많지만 당장 전신 거울을 붙이거나 악기를 살 수는 없을 것 같아요. 이 부분은 천천히 해결해 드리겠습니다."

"믿어지지 않네요."

"BY 엔터테인먼트 출신 강사의 수업인 걸요. 기대가 큽니다."

혜지는 뜨끔한 마음이 들었다.

"잘 부탁드립니다."

"내일 시간 되시면 학교에 잠시 들려주시겠습니까? 필요한 서류가 있어서요."

"서류요?"

잠시 혜지의 눈동자가 흔들렸다. BY 엔터테인먼트 연습생 활동 기록을 증명하는 서류일까? 그런 것은 없다. 거짓말이 탄로 날까 봐 겁이 났다. 온몸을 휘감았던 기쁨이 순간 사라지고, 은폐하던 불안감이 고개를 들었다.

다음날, 혜지는 학교를 찾아 아동 학대 및 성폭력 조회 동의서에 이름과 주민등록번호를 써 제출했다. 연습생 경력 관련 증명서가 아니어서 다행이었다.

박정호는 여전히 한껏 멋을 내고 있었다. 오늘도 머리의 컬이 살아 있었다. 발목이 드러나는 회색 슬랙스 팬츠와 풍뎅이 자수가 새겨진 하얀 와이셔츠가 잘 어울렸다. 셔츠는 어디 하나 구김이 없었고, 슬랙스 바지는 라인이 예뻤다. 양말은 갓 뜯은 흰 물감으로 색칠한 것처럼 하얬다. 혜지는 그가 오지 섬마을에서 명품 셔츠를 입고서 왜 이렇게까지 멋을 부리는지 이해가 되지 않았다.

혜지는 집으로 곧장 가지 않고 교실에 들러 창문으로 몰래 수호를 살폈다. 짝꿍과 장난을 치다가도 신생님 말씀에 손을 번쩍 들고 발표도 했다. 집중할 때는 눈에 별을 담은 듯 반짝거렸다. 그 모습이 사랑스러워 눈물이 날 것 같았다. 두근대는 가슴을 안고 집으로 향했다.

"혜지야, 축하해."

교문을 나설 때 천사 노인이 혜지를 불러 세웠다. 지난번 그 자리였다.

"깜짝이야. 어떻게 또 여기에…."

"생각보다 취직이 이르네."

"취직이라고 말하기는 쑥스럽네요."

"정말로 즐거워 보여."

"그래 보여요?"

"한강에서 구했을 때는 볼 수 없었던 얼굴이야."

천사 노인의 말에 혜지가 가볍게 웃었다.

"두 번째 삶을 살 수 있게 도와주셔서 고마워요."

"내가 더 고맙지. 이렇게 조금씩 행복을 찾아줘서."

"제가 행복을 찾아가고 있나요?"

"네 꿈이 조금 이루어졌잖아."

"제 꿈이요?"

혜지가 동그란 눈으로 노인을 쳐다봤다. 그 표정이 제 꿈이 뭔 줄 알고 그런 말씀하시는 거죠, 라고 묻고 있었다.

"비록 무대 위는 아니지만, 아이들과 춤추고 노래하게 됐잖아."

내가 그것도 모를까 봐, 라고 천사 노인의 눈이 대답했다.

"그러고 보니 꿈이 조금이나마 이루어졌네요. 고맙습니다."

"고맙긴. 이번 일은 혜지 스스로 한 일이야."

"할아버지가 도와주신 게 아닌가요?"

"난 아무것도 안 했어. 기억 안 나? 네가 먼저 나섰잖아."

"제가요?"

"그럼. 아이들에게 춤과 노래를 가르쳐주고 싶어 했잖아."

"운이 좋았어요."

"네가 노력한 결과지. 혜지야, 우리 전에 행복에 관해 이야기를 나눴잖아."

"마음의 여유를 가지라고 하셨죠."

"오늘은 행복에 관한 다른 이야기를 해줄까 해. 혹시 무라카미 하루키의 《상실의 시대》 읽어 봤니?"

"아뇨."

"그 책에서 미도리가 이런 말을 해. 인생을 비스킷 통이라고 생각하라고."

"비스킷 통이요?"

"비스킷 통에 여러 가지 비스킷이 가득 들어 있어. 그 통엔 좋아하는 것과 그렇게 좋아하지 않는 것도 있는데, 좋아하는 것을 먹어 버리면 좋아하지 않는 것만 남게 되잖아. 인생도 괴로운 일을 미리 겪어두면 나중에 편안해진다고 믿는 내용이지."

"아…. 힘든 일을 많이 겪었던 제게 앞으로는 좋은 일이 많이 생길 거란 말씀이신가요?"

"왜, 마음에 들지 않아?"

"그냥 좀 슬프네요."

"네가 좋아할 줄 알았는데."

"사람마다 비스킷 통에 들어 있는 비스킷이 다른가 봐요. 저는 아무리 꺼내고 꺼내도 좋아하는 비스킷이 잘 나오지 않았어요. 계피 향을 싫어하는 제가 남들보다 훨씬 많은 시나몬 비스킷을 미리 먹었는데도요. 미도리 말이 맞다면 제 비스킷 통에는 남들보다 초콜릿 비스킷이 적게 들어 있나 봐요. 그래서 슬퍼요."

"흐음…."

"아시잖아요? 보육원에서 자라고, 아이 아빠는 바람나고…, 아들을 먼저 떠나보내야 했죠. 그 후 성폭행까지 당했어요. 제게 초콜릿 비스킷이 있기나 한 걸까요?"

"오늘 하나 나오지 않았니? 방과후 수업 말이다."

혜지의 눈이 흔들렸다.

"오늘요? 그런 것 같네요."

"수호가 네 아들이 된 날은? 그날도 초콜릿 비스킷이 나온 날 아닐까?"

"맞아요."

"한강에서 구조됐던 날도 마찬가지야. 오늘이 있게 해줬잖아."

"그럴 수도 있겠네요."

"혜지야. 네 말대로 사람들은 각자 다른 비스킷 통을 가지고 있는 건지 몰라. 하지만 네게도 초콜릿 비스킷이 나오고 있잖아? 특히 오늘은 혜지 스스로의 힘으로 달콤함을 맛봤고… 사람들은 저마다의 비스킷을 만들어 자신만의 통에 넣어두는 것은 아닐까?"

"저마다의 비스킷을 만든다고요?"

"매 순간의 선택과 그로 인한 감정들로."

"그건 아닌 것 같아요."

"왜?"

"저처럼 아무리 발버둥을 쳐도 행복을 얻기 어려운 사람들도 있지만 부모를 잘 만나 쉽게 행복을 누리는 사람도 많이 있어요. 그 사람들은 태어날 때부터 초콜릿 비스킷이 가득하잖아요. 심지어 그걸 자신이 이룬 성공인 줄 알고 사는 사람들도 있다고요."

"베리 스윗처가 그랬지. 3루에서 태어났지만 스스로 3루타를 쳤다고 생각하며 인생을 사는 사람들이 있다고."

"정말이지 불공평해요."

"하지만 그건 단지 재료의 차이일 뿐이야. 부와 권세를 가진 부모 밑에서도 불행한 사람들은 얼마든지 있어. 그들은 단지 남들보다 재료가 많을 뿐이란다. 남들보다 많은 재료를 가졌다고 항상 맛있는 초콜릿 비스킷을 만들 수 있는 건 아니야."

"재료가 많으면 유리한 게 사실이잖아요."

"유능한 파티셰는 좋은 재료를 많이 가진 사람이 아니야. 그것을 다루는 능력이 출중한 사람이지."

"유능한 파티셰…."

"최고의 초콜릿 비스킷을 만들 때 재료만 중요한 건 아니잖아. 재료만큼이나 레시피와 굽는 과정도 중요하니까."

"허울 좋은 말로 들리네요."

"행복이란 원래 그리 복잡한 게 아닌 걸."

"그럴까요?"

"물론이지. 너도 너만의 비스킷 통을 채워 나가봐."

"음…. 아직 제게는 말뿐인 위로 같아요."

"혜지야. 너는 말의 힘을 모르는구나. 때로는 한 마디의 좋은 말이 그 무엇보다 삶을 위로해준단다. 실연의 아픔을 위로해주고, 좌절에서 벗어날 용기도 주고, 죽을 것 같은 고통에서 끄집어내주기도 하지. 말의 힘은 네가 상상하는 것보다 훨씬 커. 지금 네가 내 말에 위로 받고 있는 것처럼."

"지금 제가요?"

"그럼. 오늘은 물론이고 앞으로도 더 많은 초콜릿 비스킷을 맛볼 수 있을 것 같지 않니?"

"그렇게 되고 싶어요."

"앞으로 넌 초콜릿 비스킷을 더 많이 맛보게 될 거야. 그런데 혜지야."

"네?"

천사 노인이 혜지에게 눈을 찡긋하며 말했다.

"나는 말이다. 시나몬 비스킷이 더 좋구나. 초콜릿은 너무 달아."

7

박정호는 관사에서 혼자 생각에 잠겨 있었다. 한쪽 턱을 괴고 책상에 앉아 연습장에 똑같은 이름만 반복해서 쓰고 있었다. 정혜지, 정혜지, 정혜지….

그의 앞에 나타난 정혜지는 미스터리한 여자였다. 도저히 초등학생을 둔 엄마로는 보이지 않는 얼굴과 몸매를 지녔다. 아니, 그 이상의 매력과 생기를 뿜어내는 여자였다. 몇 번이나 나이를 물어보려했지만 묻지 못했던 그는 과연 정혜지가 한수호의 친모일지 궁금했었다.

그러던 중 오늘 성폭력 범죄 경력 조회서에 쓴 정혜지의 주민등록번호를 봤다. 그리고 고민 끝에 결론을 내렸다. 정혜지는 한수호의 친모가 아니다.

주민등록번호로 살펴본 정혜지의 나이는 서른 살이었다. 그녀가 한수호의 친모라면 열두 살인 한수호의 나이를 감안할 때, 열아홉에 출산을 했다는 말이었다. 그런데 그녀는 20대 초반에 아이돌 연습생을 했다고 했다. 어린 아기가 있는 엄마가 연습생 활동을 할 수는 없는 일. 그것도 대한민국 최대의 기획사인 BY 엔터테인먼트에서. 불가능했다.

하지만 해결되지 않는 부분이 있었다. 왜 정혜지란 여자는 저렇게 젊은 나이에 한수호의 엄마를 자청하고 나섰을까? 어떤 사연이 있기에 이 머나먼 외딴 섬까지 찾아들어 한 아이의 엄마 노릇을 하는 것일까?

사실 박정호에게 섬마을 초등학교 교사 생활은 무료함 그 자체였다. 주변 사람들은 그가 승진을 위한 가산점 때문에 해청도에서 근무하고 있는 줄 알지만, 사실 유부녀인 교무실무사와 스캔들이 터져 도망치듯 도서 벽지로 빠져 나온 것이었다.

그런 와중에 정혜지의 등장은 그의 호기심을 자극하기에 충분했다. 정혜지의 미모는 박정호의 잠자던 욕망을 불러일으킨 확실한 기제였다. 박정호는 그녀에 대해 자세히 알아봐야겠다고 생각했다. 그러기 위해서는 그녀와 많은 대화를 나눠야 했다. 담임교사로서 학부모와 접점을 만드는 일은 그리 어려운 일이 아니었다. 학생 상담을 핑계로 한다면 말이다. 학부모가 교육에 열의가 있을수록 쉬운 일이었다.

그런 의미에서 그녀는 접근이 쉬운 학부모였다.

8

혜지는 방과후 강사 일에 어렵지 않게 적응해갔다. 혜지의 방과후 수업은 인기 강좌였다. 5학년 양지희와 홍진수를 포함, 3학년 이우석과 진수 동생 보민까지 수업에 참가했다. 전교생이 모두 참여하는 수업이었다. 아이들은 텔레비전에서만 보던 가수들의 춤과 노래를 따라하는 재미에 흠뻑 빠졌다.

그런데 단 한 명, 지희의 표정은 늘 좋지 않았다. 수업한 지한 달이 넘었지만 나아지지 않았다. 친구들 앞에서는 밝은 척 웃었지만 혜지 눈에 비친 지희의 그늘은 사라지지 않았다. 결국 혜지는 방과후 수업을 마치고 지희만 따로 불렀다.

"지희야, 혹시 무슨 일 있니?"

"아뇨, 없어요."

혜지가 지희의 손을 잡으며 말을 이어갔다.

"아픈 사람을 알아보는 건 아파봤던 사람이라는 말이 있어.

마찬가지로 슬프고 외로운 사람을 알아보는 것도 슬프고 외로 웠던 사람이거든. 요즘 지희가 조금 슬프고 외로워 보여. 혹시 안 좋은 일 있니?"

"선생님도 슬프고 외로웠어요?"

지희는 대답 대신 질문을 했다.

"무척…. 견딜 수 없을 만큼."

별이 된 태서가 떠올랐다. 차마 지희에게 태서 이야기를 할 수는 없었다.

"음…."

"지희가 말할 수 없는 일이라면 더 이상 묻지 않겠지만, 내 가 알아도 된다면 말해줄래? 너만 허락한다면 같이 고민하고 위 로해주고 싶어."

"사실은 아빠가 많이 아파요. 서울에 있는 큰 병원에 입원해 서 시방 할매랑 같이 있어요. 엄마는 일해야 되니께 바빠서 못 가고, 저도 학교 다녀야 되니께 못 가보고 있어요."

혜지는 더 이상 말하지 않고 잡고 있던 손을 쓰다듬었다. 천 사 할아버지가 자신에게 그리 했던 것처럼.

"저런, 아빠가 많이 보고 싶겠구나."

"아빠도 보고 싶고, 엄마도 불쌍허고."

"엄마가 왜?"

"아빠가 아픈 뒤로 엄마가 아빠 일까지 한다고 바빠졌어요. 주말만 되면 손님이 쏟아져 엄마 혼자 너무 힘들어 하셔요."

"일하는 사람을 구하면 되지 않을까?"

"섬에서는 일할 사람을 구할 수 없대요."

혜지는 사정을 듣고 마음이 저렸다. 식당에서 바쁘게 일하는 어머니를 바라보고 있을 지희의 모습이 그려졌다. 태서가 여의도 식당에서 자신을 기다리다 새우잠 자던 모습이 떠올랐다. 지희를 돕고 싶었다. 태서를 잃고 나서부터인지, 죽고자 했으나 살아난 뒤부터인지, 아이들이 힘들고 슬퍼하는 일에 적극적으로 나서게 된 혜지였다.

"그럼 내가 좀 도와줄까?"

"어떻게요?"

"주말에는 방과후 수업을 안 해서 시간이 많아. 그때 지희 어머니를 좀 도와줄 수 있을 것 같은데."

"선생님이 우째 그런 일을…."

"예전에 식당 일을 한 적이 있어."

"진짜여요?"

"그럼. 아마 지희 어머니의 절반 정도는 할 수 있을 걸."

혜지가 자신 있게 웃었다. 그날 혜지는 지희 손을 잡고 고향 식당으로 향했다. 자초지종을 설명하고 혜지는 주말에만 식당 일을 돕겠다고 했다. 지희 어머니는 몇 차례 거절하다 혜지의 진심이 담긴 부탁을 수락했다.

"참말로 고마워요. 대신에 지가 일한 값은 꼭 드릴게요. 그래야 지 맘이 편혀요. 이 부탁은 꼭 들어줘요."

"음…. 알겠습니다."

"참, 그라고 방과후 수업은 진짜 고마워요. 애들이 겁나게 좋아해요. 수호 어머님이 아니면 우리 애들이 언제 이런 걸 배워 보겠어요."

"제가 좋아서 하는 일인데요, 뭘."

"박 선생님 전화 받고, 제가 참말로 좋았구만요."

"담임 선생님이 학부모님들께 그런 일까지 일일이 말하나요?"

"지가 운영위원장 일을 맡고 있응께 먼저 말해 준 것 같아요."

"지희 어머님이 운영위원장님이라고요?"

"지가 운영위원장 남복순이여요."

"방과후 수업을 지지해주셨다던 그분이라고요?"

"지가 방과후 수업하자고 강력하게 밀어 붙였쥬."

남복순의 활짝 웃는 얼굴에서 정겨움이 느껴졌다. 혜지는 고향식당에서 일을 도울 수 있어 다행이라고 생각했다.

9

주말에 해청도에 낚시하러 온 김인기는 별 생각 없이 고향식당 문을 열었다. 친구가 다른 집을 가자고 했지만, 이런 섬마을 식당은 다 거기서 거기라며 친구의 손을 잡고 이끌었다. 낚시 가방을 구석에 세워놓고 메뉴판을 받았다. 그때 김인기의 눈에 종업원이 들었다. 일이라고는 전혀 모르고 자란 것 같은 예쁘장한 얼굴의 젊은 여자였다.

"여기 활어회 대자랑 우럭탕 하나 주세요."

"금방 갖다 드릴게요. 3번 테이블 회 대자 하나, 탕 하나요."

김인기는 그녀를 유심히 살폈다. 종업원은 주문을 받으며 음식도 내오고, 뒷정리와 설거지도 도우며 계산까지 척척해내고 있었다. 예쁜 데다 일까지 잘했다.

"저기 봐봐. 서빙하는 여자 진심 예쁘지 않냐?"

그녀를 이리 살피고 저리 살피던 김인기는 산삼이라도 발견한 양 앞에 앉은 일행에게 속삭였다.

"대박. 몸매 끝장인데? 완전 내 스타일이야."

"저런 여자가 왜 이런 식당에서 일하지?"

고개를 처박고 스마트폰만 보던 남자가 고개를 들어 종업원을 쳐다봤다.

"내가 그걸 어떻게 아냐? 근데 진짜 예쁘긴 예쁘다."

"안 되겠다. 저 여자 나오게 식당 사진 좀 찍어야겠다."

"또 블로그에 올리게? 그 인생을 낚는 자들인지, 인생이 낚인 자들인지."

"인마, 이 형님이 이쪽 세계에서 얼마나 유명한지 아직 모르지? 내가 조만간 최고의 파워 블로거가 될 거다."

"그렇게 잘나신 분께서 낚시 블로그에 여자 사진은 왜 올리실까? 등신같이."

"이런 게 고급 정보거든. 등신아."

"잘났다, 이 등신아."

김인기는 투덜거리는 친구를 무시하고 폰을 꺼냈다. 식당 사진을 찍는 척 몰래 종업원의 뒷모습과 옆모습을 담았다. 그리고 그녀의 모습에 초점을 맞춘 사진 몇 컷을 자신의 블로그에 올렸다. '해청도 맛집, 고향식당'이라는 제목으로 올렸지만 사진의 중심에는 종업원이 있었다.

"뒤태 봐라. 찐다, 쩔어."

김인기는 얼른 친구 폰을 뺏어 자신이 방금 올린 글에 댓글을 달았다.

바람돌이
와, 맛집인 듯! 종업원도 예쁘고요.

"이렇게 하면 무탈하지. 식당을 홍보하는 척 사진을 올리면 사장이나, 종업원이나 찍소리도 못 하거든."

김인기는 사악한 웃음을 지으며 숟가락으로 우럭탕을 휘휘 저었다. 그의 얼굴에 몰카 사진에 대한 죄책감 따위는 없었다.

그 사진이 몰고 올 엄청난 파장을 전혀 예상하지 못했다.

10

시우는 언젠가부터 배만식 사장을 볼 때마다 아버지를 떠올렸다. 다리가 불편하다는 것, 아내가 없다는 것, 외동아들이 있지만 서로 표현에 낯설다는 점까지. 그래서인지 그와 함께하면 마음이 편안했다.

배만식 사장은 시우가 왜 이 섬에 오게 되었는지, 서울에서는 어떤 일을 했었는지, 가족 관계는 어떻게 되는지 등에 대해 먼저 묻지 않았다. 시우가 섬에 잘 적응할 수 있도록 배려했고, 시우가 궁금해 하는 것에 대해서는 자세히 설명해줬다.

시간이 지날수록 시우는 아버지에게서 받기만 했던 정을 배만식 사장에게 돌려주고 싶은 마음이 일었다. 그래서 배만식 사장을 아버지처럼 여기기로 마음먹었다.

문득 자칭 천사라는 노인이 떠올랐다. 만선민박에 취직시켰던 이유가 이것이었을까? 부자의 정을 다시 느껴보라고. 소름이 돋았다.

배만식 사장이 하는 일 중 가장 힘들어 보이는 일은 조업이었다. 시우가 함께 나가겠다고 몇 번이나 말했으나 배만식 사장은 늘 불편한 다리로 혼자 배에 올랐다. 이유를 캐묻는 시우에게 원래는 함께 배를 탈 생각이었지만 마음이 바뀌었다고 말했다. 시우는 그 이유를 한참이 지나서야 들을 수 있었다. 아들이 생각난다는 것이었다.

아들.

배만식 사장에게는 서른네 살의 외동아들이 있었다. 결혼은 하지 않았고, 창원에 있는 기업에서 일한다고 했다. 멀리 살다 보니 자주 만나지 못한다고 했다. 원래도 서로 서먹했지만 아내가 죽고 나서는 더 멀어졌다고 했다. 아들이 평생 어머니를 바다로 내몰았던 아버지를 미워하는 모양이었다. 해청도와 창원의 물리적 거리보다 심리적 거리가 더 먼 부자 사이였다.

배만식 사장의 아내는 살아생전 절대 아들이 조업을 하지 못

하도록 부탁했었다. 아들만은 해청도를 벗어나 살기를 간절하게 기원했다. 엄마 말을 듣고 자란 아들은 한 번도 조업을 나가지 않았었다. 심지어 낚싯대조차 잡지 않았다.

"아들허고 낚시 한 번 가봤으면 좋았을 텐디. 영 아쉽지. 낚시도 다니고 했으면 요 모양 요 꼴로는 안 됐을까 싶기도 허고."

배만식 사장은 아들과 낚시를 다녔다면 더 많은 대화를 나눴을 기라고 했다. 그 말을 듣는 시우의 머리에 아버지와 한 번도 낚시를 해보지 않은 것이 떠올랐다.

"그럼 저와 낚시 가실래요?"

시우의 제안은 배만식 사장을 활짝 웃게 만들었고, 그 웃음은 다시 시우에게 전염되었다. 두 사람은 곧바로 낚시 떠날 준비를 했다. 배만식 사장이 꺼내 보여준 낚시 장비들은 상당히 많았다. 해청도 주민이면 다들 이 정도는 가지고 있는지, 그의 낚시 장비가 유난히 많은지는 알 수 없었다. 다만 낚시에 문외한인 시우의 눈에도 그가 낚시를 무척 좋아한다는 것만은 확연히 알 수 있었다. 배만식 사장의 분주한 손놀림과 잘 관리된 낚시 장비를 보는 시우의 가슴 한구석이 아렸다.

"제가 낚시를 안 해봐서요."

"괜찮여. 내가 섬에서 최고로 고기 잘 잡히는 곳만 델꼬 다닐게."

단기간에 낚시를 배우는 게 쉬운 일은 아니었다. 낚시는 생각보다 섬세한 스포츠였다. 낚고자 하는 어종별로 낚싯대와 릴은 물론 원줄, 목줄, 바늘, 봉돌, 찌 등 채비도 각기 달랐다. 찌낚시를 할 때는 조류, 풍향, 바다의 날씨까지 고려해야 된다고 했다. 어종과 채비를 설명하는 배만식 사장이 여느 때보다 즐거워 보였다. 시우의 마음이 따뜻해졌다.

낚시는 두 사람에게 서로를 알아갈 수 있는 시간을 선물했다. 배만식 사장이 자신의 어린 시절, 결혼, 다리를 다친 사연, 아들에 대해 먼저 말했다. 시우도 가출한 어머니, 가난했던 삶, 장애가 있었던 아버지, 혜지와 수호에 대해 말했다. 세 사람이 일년만 같이 가족처럼 지내기로 한 사실까지도 조심히 설명했다.

물론 모든 것을 말한 것은 아니었다. 천사 노인의 존재, 아버지의 자살, 세 식구가 자살로 이루어진 가족이라는 것은 말할 수 없었다.

"시방 그러니께 느들 세 사람은 진짜 가족이 아니라고?"

"여기 와서 알게 된 사람들이에요."

"근디 넘들이 보기에 가족처럼 지내는 거고?"

"가족처럼 지내야 하는 건 아니에요."

"그라믄 시우 니가 먼저 가족이라고 생각을 혀."

"네?"

"진짜 가족처럼 지내보라고."

진짜 가족처럼 생각하라. 배만식 사장의 말에 시우는 고개를 들고 목 뒤로 깍지를 꼈다. 그리고 한참을 이런저런 생각에 빠졌다. 낚시가 끝나고 돌아와서도 배만식 사장의 말이 귓가에 맴돌았다.

11

수호는 밤마다 인터넷 강의를 들으며 혼자 문제집을 풀었는데, 오늘은 어려운 문제가 있는 듯했다. 혜지가 도와줄 거라 생각했는데, 어찌 된 일인지 혜지도 설명해주지 못했다. 좀처럼 수호와 친해질 기미가 보이지 않던 시우는 직감했다. 곧 수호가 도움을 요청할 것이라고. 그리고 문제를 풀어주면서 친해질 수 있을 거라고.

하지만 아무리 기다려도 수호는 시우에게 오지 않았다. 학교에 가 선생님에게 물어보려고 하는 것일까? 조바심이 났다.

"문제가 어렵나 봐? 내가 풀어줘?"

수호는 시우를 한 번 쳐다볼 뿐 아무 대답도 하지 않았다. 시우는 수호의 무시하는 듯한 표정을 보았지만 묵묵히 문제를 연습장에 베꼈다.

가은이 모둠 학생들은 사랑 목걸이를 만들기 위해 각자 사랑을 가지고 왔습니다. 다섯 명이 각자 사랑의 양을 계산해 선생님께 말씀드렸는데, 가은이는 전체의 1/4, 나연이는 전체의 1/5, 다희는 전체의 1/6, 라영이는 전체의 1/7, 마음이는 전체의 1/9이라고 했습니다. 선생님은 사랑이 모두 100개가 안 되는 걸 확인하시고는, 두 명 이상의 학생이 잘못 계산했다고 하셨습니다. 확인 결과 두 명이 잘못 계산한 것으로 확인되었습니다. 선생님께서는 틀린 사람이 두 명이라는 말만

들으시고는, 이 학생만큼은 제대로 계산했다며 먼저 칭찬해
주셨습니다. 먼저 칭찬을 받은 학생은 누구일까요?

시우는 가슴이 답답했다. 혜지가 곁눈질로 쳐다보고 있었다.
반드시 풀어내야 했다.

"이게 답이니?"

한참의 시간을 들여 푼 답을 수호가 받아들었다. 채점의 시
간이 길게만 느껴졌다. 수학 풀이가 틀렸을까 봐 이렇게 떨렸던
적이 언제였던가?

"와, 맞았어요. 어떻게 풀었어요?"

시우는 참았던 숨을 소리 없이 내뱉었다.

"그리 어려운 문제는 아니지. 답지에 풀이 과정이 없어?"

"봐도 잘 이해가 안 돼요."

"그래? 그럼 내가 푸는 걸 잘 봐. 제시된 분모는 4, 5, 6, 7, 9
야. 이 중 세 개만 맞는 숫자지. 예를 들어 4, 5, 6이 맞는 숫자라
고 치자. 그럼 전체 사탕은 4, 5, 6의 공배수가 돼."

"와. 맞네요."

"이런 식으로 맞는 숫자의 짝을 찾고, 그 최소공배수를 써보
자. ① (4, 5, 6):60, ② (4, 5, 7):140, ③ (4, 5, 9):180, ④ (4, 6,
7):84, ⑤ (4, 6, 9):36, ⑥ (4, 7, 9):252, ⑦ (5, 6, 7):210, ⑧ (5,
6, 9):90, ⑨ (5, 7, 9):315, (6, 7, 9):126. 이렇게 열 개를 찾을 수
있어."

"더 있지 않나요?"

"이게 전부야."

시우는 수호의 눈빛이 바뀌는 걸 곁눈으로 흘낏 확인했다.

"그런데 사탕이 총 100개가 안 된다고 했지? 열 가지의 최소공배수 중 100 미만인 것은 ① (4, 5, 6):60, ④ (4, 6, 7):84, ⑤ (4, 6, 9):36, ⑧ (5, 6, 9):90이 전부야. 네 개뿐이지."

"맞아요."

"이 중 유일하게 반복되는 숫자를 찾았니?"

"6이 모두 포함되어 있어요."

"정답! 6만 모두 포함되지. 그래서 선생님께서는 두 명이 틀렸다는 말만 들으시고 한 명은 제대로 계산을 했다는 걸 아신 거야. 분모가 6, 즉 전체의 1/6이라고 말한 사람은 누굴까?"

"다희."

"맞았어."

"우와, 진짜 대박! 완전 대박!"

수호가 뱉은 감동이 거실을 울렸다. 시우의 오른쪽 입꼬리가 살짝 올라갔다.

"아저씨 수학 좀 하네요."

"수학은 좀 좋아했거든."

"그럼 모르는 것 있으면 또 물어봐도 돼요?"

시우는 속으로 쾌재를 불렀다. 넌 이것도 모르느냐, 이게 이해가 되질 않냐, 답답하게 못 알아듣네. 이런 말을 적절히 섞어가며 가르쳐줄 생각에 웃음이 절로 일었지만 짐짓 태연하게 대답했다.

"뭐, 귀찮긴 하지만 식구가 물어보는 거니깐 가르쳐줄게."

"다음에 모르는 것이 생기면 또 물어볼게요. 그리고….."

"뭐?"

"고…, 고맙습니다."

수호의 고맙다는 인사에 시우의 가슴이 뿌듯함으로 데워졌다. 정혜지가 학창 시절 공부를 열심히 하지 않았던 게 참 다행이었다.

그날 밤, 잠자리에서 시우가 수호에게 물었다.

"너 왜 그렇게 열심히 공부하니?"

"할아버지와 약속했잖아요."

"정말 그것 때문에 이렇게 열심히 해?"

"그것도 있고, 커서 꼭 되고 싶은 게 있기도 해서요."

"그게 뭔데?"

"안 알려줄 거예요. 안녕히 주무세요."

그날 이후, 시우는 수호와 매일 저녁 시간을 함께 보냈다. 가정교사까지 되고 싶은 것은 아니었는데, 어느 순간 매일 수학을 가르치고 있었다. 지루할 만도 한데 수호는 힘들어 하지 않았고, 하루도 빼먹지 않았다. 시우는 이렇게 의지력이 좋은 아이가 왜 자살을 시도했을지 궁금했지만 물어볼 수 없었다.

시우가 과외를 하고 있을 때면 혜지는 수호 옆에 다가와 과일 접시를 내밀었다. 수호만을 위한 것이었겠지만 시우도 슬쩍 하나씩 입에 넣곤 했다.

"그런데 아저씨."

"어?"

"제가 계속 아저씨라고 불러야 해요?"

"왜? 싫어?"

"한 집에 사는데, 아저씨라고 부르는 건…."

"좀 그렇긴 하네."

"그럼 뭐라고 부를까요?"

"보자…, 삼촌이라고 부를래?"

"그럼 엄마, 삼촌, 아들이 함께 사는 건가요?"

"왜? 이상해?"

"정상적이지 않아 보이는데요."

"외삼촌은 어때?"

"그럼 두 분이 남매가 되는 건가요?"

"그게 그렇게 되나?"

오누이는 어울리지 않았다. 게다가 성도 다르다. 배다른 누나란 말인가? 아니, 성이 다르니 씨 다른 누나인가?

"생각해보니 그것도 좀 이상하긴 하네. 좋은 생각 있어?"

"그냥 아빠라고 부르면 안 될까요?"

"뭐? 아빠?"

"엄마한테는 엄마라고 부르는데 시우 아저씨를 아저씨나, 삼촌, 외삼촌이라고 부르는 건 좀 이상하잖아요."

"암만 그래도 내가 네 진짜 아빠가 아니잖아?"

"누가 진짜 아빠 해 달래요? 그냥 이 섬에서 나갈 때까지만 아빠 역할을 해 달라는 거죠. 그냥 상황극이라고 생각하세요."

"상, 상황극?"

"역할놀이 같은 거요."

"엄마라고 하는 것도 상황극인 거야?"

"아닌데요. 엄마는 진짠데요."

"그런데 왜 나는?"

"그럼 진짜 제 아빠 할 거예요?"

"그건 아니지만…."

시우는 수호의 대범함과 뻔뻔함에 혀를 내둘렀다.

"이건 싫다, 저건 좀 그렇다. 남자가 그게 뭐예요."

"뭐라고?"

"계속 아저씨라고 불러요? 동네 사람들하고 친구들 있는 데서도요?"

"나야 뭐 상관없지만, 너는 좀 그렇겠지?"

"당연하죠. 그냥 일 년만 상황극 해요. 연기라고 생각하자고요. 저도 진짜 아빠의 모습은 바라지도 않아요. 사람들 눈에 이상하게 보이고 싶지 않아서 그래요."

"음…."

"동네 사람들이나 친구들이, 너는 왜 엄마랑 아저씨랑 사냐고 물으면 뭐라고 답해요? 자살하려다 살아나서 돈 때문에 잠깐 같이 살게 된 사람들이라고 말해요? 엄마는 무슨 죄예요? 이렇게 먼 섬까지 와서 남편도 아닌 남자와 산다고 소문나면요? 그렇다고 천사가 시켰다고 말하면, 믿어나 줄까요?"

"수호, 너 말이 청산유수구나. 정치를 해야겠는데?"

"지금 그게 중요한 게 아니잖아요. 엄마를 위해서도 좀 허락해줘요. 소심하게 거절하지 말고요."

"뭐? 소심?"

"아, 몰라요. 엄마! 엄마! 잠깐 와 보세요."

수호가 갑자기 방에 있는 혜지를 불렀다.

"낮에 말했던 대로 시우 아저씨를 아빠라고 불러도 돼요?"

둘은 미리 상의했었던 모양이었나.

"수호가 아빠라고 불러도 괜찮겠어?"

"네. 까짓것."

시우는 소심해 보이지 않기 위해 흔쾌히 받아들였다.

"나도 듣기 싫지만 수호의 부탁이니깐 그렇게 하기로 해. 대신 여보, 당신이라는 호칭은 하지 마. 죽여 버릴 테니깐."

"그럼 뭐라고 불러요? 혜지 씨라고 불러요?"

"그렇게 불러."

"그게 더 이상하다는 거 잘 알잖아요."

"그럼 수호 엄마라고 불러."

"싫습니다."

"뭐?"

"젊은 부부니깐 자기라고 부르죠."

"자기? 미쳤냐?"

휘발유에 불꽃을 던진 듯 혜지가 금세 타올랐다. 시우는 혜지의 감정을 가지고 노는 불놀이에 묘한 재미를 느꼈다.

"뭐 어때요? 수호 말대로 상황극인데. 설마 진짜 부부로 생각하는 건 아니죠?"

"이런….'

"그리고 결혼도 안 해봤는데 아빠로 불려야 하는 게 슬프니 부탁 하나만 들어주세요."

"무슨 부탁?"

"나이를 알려줘요."

"뭐?"

"저는 계속 존댓말하고, 혜지 씨는 제게 늘 반말하잖아요. 결혼도 했었고 애도 낳았었으니 당연히 저보다 나이가 많겠지만 얼마나 많은지는 알고 싶어서요."

혜지는 잠시 뜸을 들이다가 말했다.

"난 서른 살이야."

"뭐? 서른? 그럼 나보다 어리네요?"

"그래서?"

"이런. 그런데 왜 지금까지 반말했어요?"

"한 살 차인데 굳이 존댓말 써야 해?"

"당연하죠!"

"너도 그럼 반말해."

시우는 머리에서 뚜껑이 열리는 듯했다. 지금까지 꼬박꼬박 존댓말을 써왔다. 욕을 들어도 참았다. 그건 당연히 정혜지가 나이가 더 많을 거라고 생각했기 때문이다. 도대체 이 여자는 몇 살에 결혼을 하고, 몇 살에 애를 낳았다는 말인가?

"지금부터는 나도 반말한다."

"뭐 저런 병…, 아니다."

시우는 듣고 있을수록 화가 났다. 아무래도 전세의 역전이 필요했다.

"아까 여보, 당신이라는 말을 쓰지 말라고 했지?"

"어."

"알았어. 그럼 마누라라고 불러도 돼?"

"들었나?"

"그럼 아가야라고 부를까?"

"이거 완전 미친놈이네."

"와, 그건 진짜 심하네요."

가만히 듣고 있던 수호도 못 참겠는지 거들었다.

"아들, 이것 봐. 이런 미친놈은 말이 안 통한다고 했잖아."

"아니, 애 아빠한테 미친놈이 뭐야? 말조심해요, 부인."

시우가 일부러 다정한 척 웃으며 말했다.

"뭐? 부인?"

혜지의 눈에서 쌍심지가 켜졌다. 치켜 올라간 눈썹 모양으로 봐 약이 오르다 못해 독까지 오르는 것 같았다.

"수호는 방에 들어가 있어."

혜지가 목소리를 깔며 말하자 수호가 조용히 방으로 들어갔다. 수호가 들어가자 혜지는 시우를 깔아뭉개고 싶은 표정으로 낮게 말했다.

"똑똑히 들어. 내 아들이 친구들 앞에서 곤란해질까 봐 아빠라고 부르라고 한 거지, 네가 진짜 내 남편이라도 된 줄 알아?

한 번만 더 역겨운 소리 지껄이면 5천만 원이고 나발이고 당장 수호 데리고 서울로 뜰 거야."

혜지의 검지가 시우의 얼굴 앞에서 춤췄다. 시우도 이번만큼은 물러날 수 없었다. 그간 여자라서, 또 나이가 많다고 생각해서, 그리고 무엇보다도 자신의 이상형에 가까운 여자여서 강하게 말하지 못했지만 오늘은 더 이상 참을 수 없었다.

"이것 봐, 정혜지. 당신이야말로 똑똑히 들어. 당신이 수호를 데리고 이 섬을 나가든 말든 아무 관심 없어. 난 당신이 있든 없든 일 년을 채울 거니깐. 수호가 남는다면 아빠 역할도 착실히 하겠어. 그러니깐 앞으로 말조심해. 진지하게 경고하는 거야."

시우는 혜지에게 위협적으로 말하고 현관문을 거칠게 밀며 나가버렸다. 빤하게 쏘아보는 혜지의 독기가 뒤통수로 다가왔다.

마당에 나오니 맑은 밤바람이 상쾌하게 몸을 감쌌다. 하늘의 별이 유난히 반짝였건만, 시우는 근심을 씻어내지 못했다. 졸지에 아빠가 된 데다 덤으로 얻은 아내는 어찌 이리 남편을 싫어하는지….

메밀꽃이 필 무렵도 아닌데 어디선가 청정한 방울소리가 들리는 듯했다. 수호가 친자식일 리 없고, 두 사람이 왼손잡이도 아니건만 달은 어지간히 기울었다. 그때 시우는 담벼락에 붙어 대화를 듣고 있는 그림자를 미처 보지 못했다.

12

박정호가 좀 전의 그 대화를 들은 건 정말 우연이었다. 박정호는 한껏 멋을 내고 골목길을 서성이고 있었다. 길에서 정혜지를 만나 이런저런 대화라도 나눠볼 요량으로. 이곳은 오며 가며 마주친다 해도 전혀 이상할 것 없는 작디작은 섬마을이었다.

늦은 시간도 아닌데 길에는 왕래하는 이가 아무도 없었다. 보는 사람도 없겠다 조심스레 정혜지 집 앞까지 갔다. 그때 집 안에서 고성으로 오가는 대화가 들려왔다. 살짝 엿들은 대화의 내용은 충격적이었다. 아빠라고 불러도 되느냐, 여보라고 부르지는 마라. 아빠 역할도 잘하겠다. 보통의 집이라면 오고 갈 대화가 아니었다. 차라리 연극 연습이라면 믿기 쉬웠을 터였다.

박정호가 정혜지와 한수호의 사이를 의심하지 않았다면 상황을 이해하기 더 힘들었을지 모른다. 그는 새어 나오는 대화를 통해 정혜지와 함께 살고 있는 남자가 남편이 아니라는 사실을 확신하게 되었다. 게다가 두 사람의 사이가 매우 나쁘다는 사실까지. 이제 정혜지에게 한 발 더 가까이 갈 수 있는 명분을 얻었다.

한수호가 정혜지의 친아들이 아님은 이미 예상했지만 같이 지내는 남자가 남편이 아닐 것이라는 생각엔 이르지 못했었다. 박정호는 이 집에 얽힌 사연이 궁금해졌다. 그 비밀을 풀어보고 싶어졌다.

엿들은 대화만으로는 얼핏 이해되지 않는 부분이 있었다. 수호는 세 사람이 자살을 하려다 모인 사람들인 것처럼 말했다. 수호가 말하는 자살이 사전적 의미의 자살을 뜻하는지, 아니면 세 사람 사이에 통하는 또 다른 의미의 자살인지 확인할 필요가 있었다. 아무리 생각해도 자살을 하려던 세 사람이 모여 가족을 이룬다는 일은 박정호로서는 도저히 납득이 가지 않았다.

다음 날 박정호는 수업 시간에 글쓰기 활동을 했다. 칠판에 커다랗게 주제를 썼다.

부모님과 나의 소중한 추억.

그는 아이들에게 되도록 어릴 적 추억을 바탕으로 글을 쓸 것을 강조했다. 교실을 돌며 양지희와 홍진수를 지도하고 마지막으로 한수호에게 다가갔다. 한수호는 한 글자도 쓰지 못하고 있었다. 예상대로였다.

"수호는 부모님과 어떤 소중한 추억이 있어?"

"부산에서 돼지국밥을 먹었던 거요. 진짜 맛있었거든요."

"그게 언제 적 일이지?"

"올해 4월요."

"오늘 글쓰기는 부모님과의 오랜 추억을 되새겨 보는 활동이야. 그러니깐 더 어릴 때 기억을 한 번 떠올려 봐."

"네…."

"꼭 부모님 두 분과 함께한 추억이 아니라도 괜찮아. 어머니와의 추억도 괜찮고, 아버지와 둘만의 추억도 괜찮아. 그래, 아빠와 둘만의 좋았던 기억에 대해 떠올려보자. 어떤 것이 생각나니?"

"아빠요…. 음…."

박정호가 다정하게 말했지만 수호는 아무런 대답도 하지 못했다. 박정호는 한수호의 얼굴을 유심히 살폈다. 작은 표정 변화도 놓칠 수 없었다. 한수호는 결국 수업이 끝날 때까지 글을 쓰지 못했나.

박정호는 퇴근 후 관사로 돌아와 정혜지에게 전화를 걸었다. 그리고 수업 시간에 있었던 일을 설명했다. 다른 친구들과 달리 수호만 글을 쓰지 못했으며, 수업 시간 내내 표정이 안 좋았는데 걱정이 된다고. 특히 아버지에 대한 질문에서 수호가 불안해 하는 것을 느꼈다고 했다.

수화기 너머로 정혜지는 잠시 뜸을 들일 뿐 통화가 끝날 때까지 별다른 말을 하지 않았다. 수호가 돌아오면 학교에서의 일에 대해 자세히 물어보겠다, 알려줘서 고맙다는 말만 했다.

박정호는 그걸로 만족했다. 수화기 너머로 흔들리는 정혜지의 감정선을 놓치지 않았다. 게다가 자신이 한수호를 꼼꼼하게 살피고 있다는 인상을 주는 데 성공했다고 생각했다. 앞으로 조금씩 비밀에 대해 알아 가리라 생각했다.

그때 누군가 관사의 문을 두드렸다.

"누구세요?"

"박정호 선생님. 드릴 말씀이 있어요. 잠시 들어가도 될까요?"

박정호는 의아해하며 문을 열었다. 문 앞에 30대로 보이는 남자가 서 있었다. 영화 〈슈퍼맨〉의 클락 켄트 같은 뿔테 안경을 쓴 남자가 자신의 이름을 밝혔다. 추정우. 찾아올 이유가 없는 손님의 방문이 유쾌할 리 없었다. 박정호는 최대한 긴장감을 감추고 추정우를 맞았다.

"무슨 일로 오셨죠?"

"박정호 선생님. 수호에게 특별한 관심이 있나요?"

"그게 무슨….."

"어젯밤에도 수호네 담벼락에서 한참을 서성이시던데요."

"아닙니다. 그냥 지나가던 길이었어요."

"그러면 혜지 씨에게 왜 자꾸 접근하죠?"

"네?"

"혜지 씨에게 관심이 있나요?"

"그걸 제가 왜 답해야 하죠?"

"혜지 씨에 대한 관심은 접는 게 좋을 겁니다."

당황한 기색의 박정호를 강렬하게 쏘아보며 추정우가 말했다. 박정호는 이 남자가 자신의 마음을 어떻게 알았는지, 알았다고 한들 왜 이렇게 찾아와 엄포를 놓는지 이해가 되지 않았다.

"제게 왜 이러시는 거죠?"

"다 알고 있으니까."

"뭘 안다는 말입니까?"

"당신의 과거. 그리고 지금 당신의 생각까지."

"뭐요?"

"이전 근무지에서 교무실무사와의 추문이 사실이라는 것, 그리고 당신이 혜지 씨에게 사심이 있다는 것."

"뭐, 뭐라고?"

"당신은 학교를 옮기는 데서 끝났지만, 그 교무실무사는 직장을 그만둬야 했지. 게다가 당신이 일방적으로 연락조차 끊었고."

박정호는 입을 다물지 못했다. 아니라고 잡아떼도 소용없다는 것을 직감했다. 당신 대체 누구냐고, 멱살이라도 잡고 흔들고 싶었지만 추성우에게 넘빌 엄두가 나지 않았다. 추정우가 낮은 목소리에 힘을 실어 말했다.

"저도 당신의 과거가 밝혀지길 원치 않습니다. 앞으로 혜지 씨에 대한 관심을 접으세요. 수호에게 별다른 차별도 하지 않길 바랍니다. 그러면 당신의 과거가 밝혀지는 일은 없을 테니."

"대체 어떻게 그런 걸 다…"

"아내가 남다른 능력을 가졌습니다. 거기까지만 알려드리죠."

"이렇게 약점을 잡다니…. 뭐 좀 물어봅시다."

"말씀하세요."

"결혼도 하신 분이 혜지 씨를 위해 왜 이렇게까지 나서죠? 혜지 씨도 이런 당신의 행동을 알고 있나요?"

"제가 이렇게 나서는 데는 이유가 있지만 선생님께는 알려드릴 수 없습니다. 그리고 혜지 씨는 지금 제 행동을 전혀 모릅니다. 그러니 당신도 말하지 않는 게 좋을 겁니다."

"그러면 한 가지만 더 묻죠. 그 집에 어떤 비밀이 있죠? 왜 결혼도 하지 않은 남녀가 부부 행색을 하고, 직접 낳지도 않은 아이의 부모 역할을 하는 거죠? 이 먼 해청도까지 와서."

"그건 곧 알게 될 겁니다."

"곧 알게 된다고요?"

"네."

"언제 알게 되죠?"

"일 년 뒤요."

13

호칭 정리의 다툼이 있고 사흘이 흘렀다. 그 동안 집안 분위기는 냉랭했다. 애초에 애정이 없었으니 애매한 감정을 에둘러 말할 필요가 없는 사이라 이 분위기는 한동안 더 지속될 듯 했다. 그럼에도 시우는 수호와 저녁 시간마다 함께 공부를 했다. 물론 그 후로 과일 접시를 보지는 못했다. 과외가 끝나면 수호만 따로 챙기는 모양이었다.

수호는 여전히 시우에게 아빠라고 불렀다. 수호의 호부 행위는 오로지 혜지 때문일 것이다. 녀석은 생각이 깊은 아이였다. 그런데 그렇게 속이 깊은 수호가 말도 없이 사라졌다.

일찍 잠자리에 든 시우는 요의를 느껴 잠에서 깼다. 화장실을 가려는데 옆자리에 누워 있어야 할 수호가 보이지 않았다. 거실에도 부엌에도 화장실에도 마당에도 없었다. 곧 돌아오겠지, 하고 잠을 청했으나 시우는 잠이 들지 못했다. 12시가 넘은 시간이었다. 한 시간 가까이 기다렸다. 그동안 전화를 열 번도 넘게 했다. 수호의 전화기는 계속 꺼져 있었다. 불안한 마음을 지울 수 없었다.

속이 아무리 깊어 보여도 한 번 자살을 시도했던 아이다. 분명 남들보다 상처를 잘 받고, 예민할 터. 학교에서 어떤 일이 있을지 몰랐다. 섬마을에서의 생활이 힘들었을까? 내색하지 않았지만 혜지와 갈등이 있었던 건 아닐까? 불안한 생각이 꼬리늘 물었고, 시우는 점차 초조했다.

자신에게 처음으로 아빠라고 불러줬던 아이. 그 아이가 사라지거나 나쁜 일이 생겼을지도 모른다는 생각에 미칠 것 같았다. 시우는 결국 주저하던 생각을 행동으로 옮겼다. 해청도에 와서 처음 해보는 일이었다.

"뭐야?"

시우가 혜지의 방문을 두드리자 혜지는 문도 열지 않고 짜증 가득 섞인 목소리로 답했다. 하지만 시우는 딱 한 마디면 혜지가 곧장 문을 열 것임을 알았다.

"수호가 없어졌어."

반사적으로 혜지가 뛰쳐나왔다. 그녀가 전화기를 붙들고 수차례 수호에게 전화를 했지만 전화기는 여전히 꺼져 있었다.

"언제부터 안 보였던 기야?"

"12시 좀 지나서부터."

"그럼 지금까지 뭐 한 거야?"

"곧 돌아오겠거니 했지."

"그게 말이 된다고 생각해? 12살 먹은 애가 오밤중에 안 보이면 바로 찾아야 하는 게 상식 아니야?"

혜지가 진심을 담아 짜증냈다. 그녀의 화와 불안이 극에 달했을 때, 시우와 혜지의 폰이 동시에 떨렸다.

서쪽 끝 등대 쪽으로.

천사 노인이 보낸 메시지였다. 두 사람은 의심의 여지없이 등대 쪽으로 달리기 시작했다. 그의 말이라면 믿을 수밖에 없었다. 필사적으로 달리던 혜지였지만 시우가 속도를 내 그녀를 앞질렀다. 허벅지의 팽창감이 더해지며 다리가 무거워졌지만 멈출 수 없었다. 흔들리는 휴대폰 불빛에 의지해 내처 달렸다.

섬의 서쪽 끝에 있는 등대에 다다를 즈음, 무릎 꿇고 앉아 있는 어린 아이의 실루엣이 보였다.

"한수호!"

시우의 고함을 들은 수호가 흠칫 뒤돌아봤다. 먼 거리였지만 적잖이 놀란 수호의 표정이 보이는 듯했다. 하지만 가까이 다가가면서 정작 더 놀란 사람은 시우였다. 그곳에는 수호 말고도 한 명이 더 있었기 때문이다. 명미희였다. 그녀는 바닥에 쓰러져 있었다. 수호가 숨바꼭질에서 들켜버린 아이처럼 눈을 크게 뜨고 물었다.

"제가 여기 있는 걸 어떻게 알았어요?"

시우는 수호의 물음에 대답하지 않고 명미희에게 따졌다.

"이게 뭡니까? 이 시간에 애를 왜?"

하지만 질문에 대답한 건 수호였다.

"제가, 제가 오겠다고 그랬어요!"

"뭐라고?"

"제가 오겠다고 한 거라고요!"

"네가 왜?"

"며칠 전에 학교에서 부모님과의 추억에 대해 글쓰기를 했었는데 쓸 내용이 없었어요. 담임 선생님께서 아빠와의 추억에 대해 물었을 때 아무 말도 못했죠. 친아빠가 그리웠어요. 그날 집으로 돌아오는 길에 미희 이모를 만났어요. 미희 이모는 보름달이 뜨는 밤 12시에 혼자 등대로 오면 아빠를 만나게 해주겠다고 했어요."

"그게 말이 돼?"

"미희 이모라면, 어쩌면 진짜 아빠를 만나게 해줄지도 모른다고 생각했어요!"

시우는 콧잔등이 시큰해졌다. 자신에게 아빠라고 부르고는 있었지만, 진짜 아빠를 저렇게 그리워했다는 사실이 마음 저렸다.

"아빠가 그렇게 그리웠니?"

"한 번만이라도 보고 싶었어요. 아빠는 사진으로만 봤어요."

사진. 시우에게는 가슴을 참 저미게 만드는 단어였다.

"나랑 똑같구나. 나도 엄마를 사진으로만 봤어."

"돌아가셨어요?"

"아니, 집을 나가셨거든. 여섯 살 때."

"슬프셨겠네요."

"슬펐지. 처음에는 엄마가 길을 잃었다고 생각했고, 나중에는 나 때문에 도망쳤다고 생각했거든."

"네…."

"엄마가 도망간 사람이 슬플까? 아빠가 죽은 사람이 슬플까?"

"그게 뭐예요? 그런 대결은 막상막하(莫上莫下)도 아니고, 완전 막하막하(莫下莫下)네요."

"그럴싸한데, 그래도 내가 더 슬프지 않을까?"

"여섯 살까지는 추억이 있잖아요. 아예 기억이 없는 제가 더 슬프죠."

"원래 줬다가 뺏는 게 더 슬픈 법이거든!"

"에이, 다시 데려가도 좋으니까 하루라도 아빠와 살아봤으면 좋겠다고 수천 번, 수만 번 빌었던 사람한테 할 소리는 아니죠."

"처음부터 없었으면 적응이라도 되지."

"하나도 적응 안 되거든요."

두 사람은 서로가 더 슬픈 사람이라고 우겨댔다.

"수호야, 수호야. 한수호!"

혜지였다. 멀리서부터 수호의 이름을 외치며 달려왔다. 혜지는 습식 한증막에서 숨 참기 시합을 하다 나온 사람처럼 땀에 젖어 있었다. 한눈에도 죽을힘을 다해 달려왔음을 알 수 있었다. 수호가 혜지에게 달려가 안겼다. 수호가 다시 한 번 자초지종을 설명했다. 설명을 다 듣고 혜지는 다시 수호를 안았다.

그때 명미희가 겨우 일어나 힘겹게 입을 열었다.

"다들 천사 노인의 문자를 받고 찾아 왔어?"

"맞아요."

"노인네, 오지랖하고는."

명미희가 쓴웃음을 지었다. 그런 명미희를 가만히 쳐다보던 혜지가 한결 안정을 찾은 얼굴로 수호를 바라봤다.

"그나저나 수호야, 아빠를 만났니?"

"만났어요."

수호가 한 장의 사진을 내밀었다. 사진 속에 갓난아이와 아빠가 함께 놀고 있었다.

"이 분이 아빠시니?"

"제가 어릴 때부터 가지고 있다 잃어버렸던 사진인데 미희 이모가 어떻게 구했는지 모르겠어요."

수호는 명미희가 마법을 부렸다고 했다. 수호의 머리카락에 피 한 방울을 묻혀 주문을 외었더니 사진이 나왔다고 했다. 시우는 그 말을 믿을 수도, 믿지 않을 수도 없었다.

얼마 뒤 추정우가 등대까지 쫓아와 명미희를 업다시피 부축해 데리고 갔다. 시우는 수호와 혜지와 더불어 집으로 향했다. 집으로 돌아오는 내내 혜지는 수호의 손을 꼭 잡고 놓지 않았다. 거의 다 내려왔을 무렵 수호가 혜지에게 물었다.

"세 살 때 아빠가 죽은 사람과 여섯 살 때 엄마가 가출한 사람 중 누가 더 슬퍼요?"

"세 살 때 아빠가 죽은 사람."

시우는 아무 말도 하지 않았다.

다음날 저녁, 식사를 마친 세 사람이 거실에 모여 앉았다. 전날 명미희로부터 받은 사진만 뚫어져라 쳐다보던 수호가 먼저 입을 열었다.

"그런데 두 분은 어쩌다 마포대교에서 뛰어내렸어요?"

기습 질문에 시우의 두 눈이 흔들렸다. 혜지도 마찬가지인 듯했다. 자살에 관한 이야기는 서로 묻지 않는 걸로 되어 있었다. 일종의 보이지 않는 약속이었다. 물론 더 친해지거나 가까워지면, 언젠가 누구라도 이 이야기를 꺼낼 수도 있을 거라는 생각은 했다. 하지만 그 순간이 지금일 줄은, 더욱이 그 사람이 수호일 줄은 몰랐다.

"그, 그게…. 다음에, 네가 좀 더 크면 말해줄게."

혜지가 더듬거렸다. 아무리 그렇다 해도 열두 살 아이, 그것도 연을 맺은 지 얼마 안 된 양아들 앞에서 스스로 생을 마감하려 했던 이야기가 쉬이 나오기는 힘들 터였다.

"그럼 제가 먼저 말할게요. 제가 왜 그때 마포대교에서…."

그렇게 자살의 사연을 처음 말한 사람은 열두 살 아들, 수호였다.

14 한수호의 과거, 그리고 마포대교

한수호.

그는 2007년 4월 2일, 부모의 사랑을 듬뿍 받으며 태어났다. 한동식은 아들이 태어나는 순간, 생명이 주는 벅찬 감동에 눈물을 참을 수 없었다. 작은 생명의 탄생을 위해 산고를 이겨낸 아

내, 그리고 좁은 문을 뚫고 나온 아들을 보는 순간 울지 않으려
했던 그의 다짐이 굳건할 리는 만무했다.

한동식은 서둘러 카메라를 꺼냈다. 그에게는 오로지 이 순
간을 위해 구입한 니콘 D2Xs가 있었다. 카메라에 대해, 특히
DSLR에 대해 별다른 지식이 없었던 한동식은 무조건 비싼 카
메라를 구입했다. 니콘 D2Xs는 보통 회사원 한 달 치 월급에
맞먹는 가격이었지만 개의치 않았다. 탯줄이 달려 있는 아들의
모습, 아내와 아들의 첫 만남, 아들의 첫 울음을 정성껏 카메라
에 담았다.

한동식은 언제나 카메라를 들고 다녔다. 수호가 처음 목을
가누었을 때, 처음 뒤집었을 때, 배밀이를 시작했을 때, 처음 앉
았을 때, 처음 기기 시작했을 때, 처음 거실장을 짚고 섰을 때,
처음 걸음마를 내딛었을 때, 처음 엄마라고 말했을 때도 니콘
D2Xs로 아들의 모습을 담았다. 뷰파인더 안에서 아들은 하루
가 다르게 자라고 있었고, 그 안에서 그의 가족은 항상 웃고 있
었다.

한동식의 아내 이성희는 누구보다 아름다웠고 남편을 깊이
사랑했다. 부부 동반 모임이 있을 때면 언제나 가슴이 한껏 파인
옷과 짧은 치마로 몸매를 자랑했다. 그럴 때면 다른 부부의 질투
어린 시선이 쏟아졌고, 그 시선에 담긴 부러움의 깊이만큼 한동
식의 어깨는 올라갔다.

수호가 태어났을 때 이성희는 스물여덟 살이었지만 20대 초
반으로 보였다. 그녀는 가슴이 처질까 봐 모유 수유도 하지 않았

고, 요가와 헬스를 매일 할 만큼 자기 관리에 지독했다. 한동식은 그런 아내에게 늘 결혼 전의 매력을 느낄 수 있어 만족했다.

한동식은 여의도의 유능한 증권맨이었다. 지난 몇 년간 주가를 예상하고, 그에 따라 투자자들의 돈을 굴려 수익을 만들어내는 데 탁월한 능력을 보였다. 연봉은 1억이 넘었다. 사내 지점장 후보 1순위라는 말은 자연스레 따라붙었다. 거기에 사랑스러운 아들의 탄생으로 집안에 웃음이 끊일 날 없었으니 더없이 행복해 보였다. 겉으로는….

하지만 세상은 한동식을 그렇게 놔두질 않았다. 늘 넘치는 웃음으로 가족을 카메라에 담았던 사진작가 한동식과 달리 뷰파인더 밖의 증권맨 한동식은 하루하루 웃음을 잃어가고 있었다. 상황이 빠르게 나빠지고 있었다. 결국 수호가 자랄 때까지 세 가족의 모든 추억을 사진기에 담아두고자 했던 그의 바람은 미국발 쓰나미에 산산이 흩어졌다.

2008년 미국발 금융 위기는 전 세계적 파장을 일으켰다. 이미 세계 시장의 중심에 깊숙이 발 디딘 한국 역시 쓰나미에서 비켜갈 수 없었다. 한국은 2006년 후반기 이후 몇 년간 주식 시장을 매우 낙관했었다. 실제로 코스피지수는 2007년 4월 1,500선을 터치하더니 그해 7월 들어 처음으로 2,000선을 돌파했다. 수많은 낙관적 예견이 실현되는가 싶었다. 경제 전문가들은 2008년 코스피지수가 2,400선을 돌파할 것으로 내다보았다. 언론은 이를 놓치지 않고 연일 장밋빛 전망을 쏟아냈다. 빚을 내어 공격적으로 투자하는 사람들이 늘었다. 쉽게 돈 벌 기회로 보였고,

놓쳐서는 안 될 찬스로 여겼다.

하지만 고작 1년 뒤 코스피지수가 1,000선 아래로 치달았다. 주택을 담보로 주식에 투자했던 개미들은 메울 수 없는 상실감에 잇따라 목을 맸다. 전문가 집단으로 불리던 증권맨들 중에도 스트레스를 이기지 못해 목숨을 끊는 경우가 허다했다.

한동식은 아내에게 자신의 어려움을 털어놓지 않았다.

"네기 ㅜ구아? 바보 한농식이야. 당신을 지점장 사모님으로 만들어 줄 남자다, 이 말이야. 주식 시장에는 원래 사이클이 있어서 이런 위기도 오지만, 곧 극복할 테니 염려 마."

언론에서 쏟아지는 비관적인 뉴스를 본 아내가 걱정할 때마다 한동식은 아무 일 없는 듯 웃으며 말했다. 걱정하는 아내를 위해 더 자주 값비싼 명품을 선물했다.

그 무렵 한동식은 ELS 관련 상품에서 고액의 투자 손실이 발생하고 있었고, 정해진 수수료 수입을 달성 못 해 다음 달 월급까지 감봉 예정이었다. 하지만 그에게는 아내에게 말 못 할 더 큰 걱정이 있었다. 2006년에 아파트를 담보로 대출받아 주식에 투자했던 자금을 거의 다 잃은 것이었다.

한동식은 하루에 세 갑씩 담배를 피우고 있었다. 삶이 힘든 애연가들이 그러하듯, 빈 속을 연기로라도 채워야 살 것 같았다. 그렇지 않으면 당장 죽을 것만 같았다. 이 상황만 해결된다면 그깟 폐암에 걸려도 상관없다고 생각했다. 폐 끝까지 한껏 빨아들였던 담배 연기를 내뱉었다. 회색빛 연기가 눈앞을 가렸다.

"앞이 보이지 않네. 수호를 위해서 힘 좀 내보자!"

그는 한강을 바라보며 매일같이 다짐했다.

하지만 두 달 뒤, 마포대교를 지나던 한동식은 자신의 차를 세워둔 채 한강으로 몸을 던졌다. 세상에 졌다고 생각한 날이었다.

한동식은 유서도 남기지 않았다.

15

이성희는 남편이 자살을 택했다는 사실에 오열했다. 비틀거리는 다리를 겨우 붙잡고 버텼지만 이어 날아든 아파트 경매 처분 현실에는 더 이상 버틸 힘이 없었다. 그녀는 급하게 직업을 구했고, 작은 공장의 경리로 간신히 취직했다.

삶이 순식간에 바뀌었다. 누구보다 믿었고 건실했던 남편은 말 한마디 없이 물거품 속으로 사라졌고, 2007년식 그랜저 TG는 2002년식 누비라II로 바뀌었다. 한강을 조망하던 40평대 고층 아파트는 이끼 낀 담벼락에 가로막힌 10평대 연립주택이 되었다. 하루에 열 번씩 올라가던 체중계에 열흘에 한 번 오르기 힘들었고, 유기농 식재료 대신 유통 기한 임박 재료들이 냉장고를 채웠다. 요가와 헬스를 끊었고 친구들과의 만남도 끊었다.

이성희는 이렇게 살다가는 우울증에 걸리거나 자살을 택할지도 모른다고 생각했다.

"엄마, 엄마."

"엄마 힘들어. 저리 가서 놀아."

"엄마, 엄마."

"엄마 힘들다니깐."

"엄마, 엄마, 엄마."

"저리 가서 놀아, 제발 좀!"

그렇게 아끼고 사랑했던 수호마저도 귀찮게 여겨지는 순간
이 늘었다. 하루가 다르게 가라는 수호였지만 남편이 남기고 간
카메라로 사진 한 장 찍어줄 수 없었다.

나침반도 없이 망망대해에 떠 있는 그녀의 배는 너무 초라
했다. 나아갈 방향도 모르는데 뒤로는 거대한 해일이 덮쳐오고
있었다. 하루 종일 노를 저었지만 겨우 하루만큼 도망칠 수 있
을 뿐이었다. 그렇게 그녀는 평생 노를 저어야 하는 뱃노예가
된 기분이었다.

그런데 쪽배의 노예에게 관심을 둔 사람이 있었다. 이성희가
급하게 취업한 공장의 사장이었다. 마흔여섯 노총각이었던 염
봉화는 처음부터 이성희가 마음에 들었다. 허나 자수성가한 돈
많은 노총각들이 으레 그렇듯 그도 의심이 많았다. 거리를 두고
이성희를 지켜만 봤다. 그렇게 석 달하고 11일째 되던 날, 염봉
화는 이성희에게 사랑을 고백했다.

이성희는 그 제안을 거절할 수 없었다. 예전의 삶으로 돌아
갈 수 있는 유일한 기회였다. 더 이상 노를 젓기 싫었다. 큰 배에
올라타고 싶었다. 그래서 염봉화가 아들 수호를 친척 집에 보내
라는 제안을 할 때도 그녀는 고민하지 않았다.

그렇게 수호는 고모 집으로 보내졌다. 죽은 한동식의 여동생 한미영의 집으로. 한미영은 수호를 데리고 오던 날, 이성희에게 자신이 알고 있는 모든 욕을 퍼부었다.

"쓰레기 같은 년. 개만도 못한 년아. 불지옥에 떨어질 년. 아이고, 우리 오빠 불쌍해라. 아이고, 우리 수호 불쌍해라."

"엄마, 엄마…. 엄마아아!"

수호가 고모의 손에 끌려가며 엄마를 애타게 불렀지만, 이성희는 끝내 돌아보지 않았다.

16

수호가 커갈수록 고모부 조필준은 매일 수호에게 불평을 늘어놨다. 어린 수호의 눈에도 고모부는 그런 감정을 숨길 줄 몰랐고, 숨겨야 하는 이유도 모르는 사람이었다.

"오늘부터 퇴근이 늦을 거야."

"무슨 일로 늦어요?"

"없는 형편에 입만 하나 늘었잖아. 오늘부터 장사를 한 시간씩 더 해야지. 아이고, 내 팔자야."

어떤 날은 개도 은혜를 안다는데 저놈은 크면 자신의 노고를 갚기나 할까, 라고 했다. 저 놈은 귀신같이 비싼 반찬을 알아본다, 양치하고 입을 왜 그렇게 많이 헹구냐, 똥도 자주 싸는 놈이라고도 했다. 그의 다양한 래퍼토리에 수호는 숨어서 많이

도 울었다.

고무부의 갖가지 핍박 속에서 수호가 가장 참기 힘든 것은 사촌 도현과의 차별이었다. 도현이 여자였거나 나이 차이라도 있었다면 그러한 차별을 받아들이기가 한결 수월했을 것이다. 여자라면 여자라 더 아껴준다 생각했을 것이고, 형이라면 형이라 먼저 챙긴다고, 동생이라면 동생이라 양보해야 한다고 생각했을 것이다. 하지만 같은 성별에 동갑, 게다가 같은 학교에 다니다 보니 그 차별이 수호에겐 너무나 크게 와 닿았다.

도현은 25만 원짜리 영어 학원에 다녔고, 수호는 무료 방과 후 수강권으로 영어 수업을 들었다. 도현은 어린이 수영 교실에서 헤엄쳤고, 수호는 한 달에 한 번 목욕탕 냉탕에서 물장구쳤다. 도현은 보이스카우트 캠핑에서 침낭을 개었지만, 수호는 방에서 자기와 도현의 이불을 개었다.

지난 운동회 때는 고모부가 학부모 줄다리기에서 파란 깃발 앞에 서서 승리를 이끌었다. 고모는 학부모 달리기에서 파란 띠를 머리에 두르고 1등을 했다. 세 사람은 폴짝폴짝 뛰며 청군의 승리를 즐겼다. 그날 수호 혼자 백군이었다.

쌀밥을 먹으면 살이 늘고, 눈칫밥을 먹으면 철이 든다 했다. 수호는 그 말을 듣고 감탄했다. 또래 친구들보다 훨씬 빨리 어른이 되고 싶었고, 그래서 어른처럼 행동했다. 수호는 감정의 동요를 얼굴에 잘 나타내지 않는 게 얼마나 중요한지 이미 알았다. 책에서 읽거나 선생님께 배운 것이 아니다. 고모부의 생색과 차별로부터 배웠다. 그렇게 수호의 눈칫밥 생활은 계속되었다.

그 와중에도 엄마는 한 번도 수호를 찾지 않았다. 그것만으로 엄마는 나쁜 사람이 분명했다. 하지만 아빠는 달랐다. 사진 속에서 아빠는 언제나 수호를 보며 환하게 웃었다. 얼마나 자신을 사랑하는지 사진을 통해서도 느낄 수 있었다. 고모부보다 훨씬 잘생기고 멋진 남자였다. 수호가 태어나던 때 찍은 사진, 목욕하면서 찍은 사진, 기어 다닐 때 찍은 사진, 걸음마할 때 찍은 사진을 보며 수호는 자신이 아빠에게 얼마나 사랑받고 자랐는지 느낄 수 있었다.

아빠가 찍어준 사진은 세 살에서 멈췄지만 수호의 마음속에는 항상 아빠에 대한 그리움이 있었다. 그래서 크리스마스엔 산타에게, 추석이면 보름달을 보며 빌고 또 빌었다.

"제발 하루만 아빠와 지낼 수 있게 해주세요. 딱, 하루만요."

일주일이나 한 달 동안 있게 해 달라고 빌면 욕심이 지나쳐 안 들어 줄까 봐 딱 하루만 함께할 수 있도록 기도했다. 기도의 내용도 매년 같았다. 매년 바꾸면 헷갈릴까 봐. 그러나 소원은 이루어지지 않았고 실의는 커져갔다.

실망으로 축축해진 마음보다 더 크고 현실적인 문제가 눈앞에 있었다. 고모부의 핍박은 변하지 않았지만, 고모가 고모부에게 물들어가고 있었다. 집안에서 점차 고모부의 생색과 차별을 당연한 것으로 여겼고, 그 점이 수호를 힘들게 했다. 수호는 차라리 보육원에서 크는 게 더 좋겠다는 생각도 했다. 그곳에 가면 모두 부모가 없을 테니 최소한 차별은 없을 것 같았다.

'모두가 불행하면 나 혼자만 슬프지는 않겠군.'

수호는 보육원에 가면 누가 더 행복한지 막상막하(莫上莫下)
로 비교하지 않고 누가 더 슬픈지 막하막하(莫下莫下)로 비교되
겠다는 생각에 슬픈 웃음이 났다. 본인이 만든 사자성어가 재밌
어 언젠가는 꼭 한 번 써먹어야겠다고 생각했다.

　　보육원을 생각하던 수호는 아버지가 어떻게 하늘나라로 가
게 되었는지 궁금했다. 고모에게 물었다. 고모는 얼버무리며 알
려구시 않았다. 수호는 직감했다. 이럴 때는 고모부에게 물어봐
야 한다고.

　　"고모부."

　　"왜?"

　　"아빠는 어떻게 돌아가셨어요?"

　　순간 고모부의 표정이 굳는 것을 수호는 놓치지 않았다.

　　"정말로 알고 싶어?"

　　"네."

　　"흐음…. 5학년이 되는 날 알려줄게. 고학년이 되어야 이해
할 수 있을 거야."

　　"지금 말해 주시면 안 돼요?"

　　"안 돼."

　　수호는 5학년이 되기를 손꼽아 기다렸고, 3월 2일 5학년 시
업식 날, 고모부에게 다시 물었다. 고모부는 한참을 고민하다 마
침내 입을 열었다.

　　"너 자살이 뭔지 아냐?"

　　"스스로 죽는 거요."

"음…. 말뜻은 알고 있네."

수호의 눈동자가 흔들렸다.

"아빠가 자살했나요?"

"어, 어. 아니, 아니. 자살은 아니고."

"자살한 거죠? 어디서 자살했어요? 뭐 때문에요? 네?"

다급한 수호가 질문을 연이었다. 평소 수호가 이렇게 따지듯 묻는 것을 치를 떨며 싫어하던 고모부였지만, 이상하게 별말이 없었다. 평소 같았으면 차렷, 열중쉬어를 반복하며 잘못된 표정과 말투를 교정받았을 일이었다.

"네 아빠는 마포대교에서 자살했어. 내가 알려줬다는 거, 고모한테는 비밀이야."

충격적인 말에 수호는 다리가 풀려버렸다.

"뭐, 뭐 때문에요?"

"투자에 실패한 증권맨이었거든."

"증권맨이 뭐예요?"

"주식에 투자하는 사람."

"주식이 뭐예요?"

"아 씨, 인터넷 찾아봐. 네가 직접! 내가 백과사전이야?"

"죄송합니다."

"다시 말하지만 고모에게는 비밀이다. 말하면 알지?"

고모부는 수호 얼굴 앞에 주먹을 들이밀면서 침묵을 강요했다.

방에 들어온 수호는 충격에서 헤어 나오지 못했다. 학교에서 자살 예방 교육을 듣고, 생명 존중 캠페인 활동을 해도 자살은 다른 사람 이야기인 줄로만 알았다. 그런데 아빠가, 세상에서 가장 보고 싶은 아빠가 자살을 했다니. 믿어지지 않았다.

고모부의 말대로 인터넷에서 증권맨이 뭔지, 주식이 뭔지 찾아봤다. 그리고 증권맨과 자살이라는 단어도 함께 검색했다. 증권맨들이 10년 전에 한강에서 많이 자살했다는 기사를 어렵지 않게 찾을 수 있었다. 마음이 아팠다. 수호는 가장 아끼는 사진을 꺼냈다. 사진 속에 세상에서 가장 멋진 남자가 갓난아이와 함께 울고 있었다.

다음 날 학교에 가니 아이들이 가정통신문을 손에 쥐고 몰려들었다.

"이거 재밌겠는데? 우리 이거 같이 하자."

"뭔데?"

"아버지 캠프래."

"그게 뭐야?"

"아빠랑 캠핑하는 거지. 학교에서 텐트도 치고 밥도 하고."

"헐, 대박. 완전 재밌겠는데?"

친구들이 관심을 보였다.

"여기 보니까 아빠가 안 되는 사람은 삼촌, 고모부, 이모부, 할아버지와 신청해도 된다는데? 성별이 남자인 어른이기만 하면 다 되나 봐."

"혼자서 삼촌이나 할아버지랑 하면 불쌍하지 않냐?"

"좀 그렇긴 하겠다. 집에 가서 아빠에게 졸라야겠네."

수호는 아빠가 있는 친구들이 부러웠다. 아빠와 텐트도 치고, 김치찌개를 끓이고, 삼겹살도 구워 먹고, 야간 담력 훈련을 하면 너무 재밌을 것 같았다.

"수호야, 너도 같이 하자."

"난 재미없을 것 같아."

수호는 신 포도를 보는 여우처럼 말했다. 하지만 집으로 돌아오는 내내 아버지 캠프가 떠올랐다. 하다못해 고모부가 함께 해주면 좋을 것 같았다. 고모부는 참석만 하고, 나머지 시간은 친구들과 보내도 재밌을 것 같았다. 도현이 학원에서 돌아오자마자 같이 참석하자고 부탁했다.

"싫은데. 그런 거 유치하지 않냐?"

도현은 수호가 원하니까 더 싫어하는 눈치였다. 분명 지난 보이스카우트 캠프를 마치고 와서는 캠핑이 엄청나게 재밌었다고 했던 도현이었다. 수호는 조심스럽게 고모부에게 갔다. 한 번도 캠핑을 해본 적이 없는 수호는 아버지 캠프가 너무 하고 싶었다.

"저기, 이 가정 통신문 좀 봐주세요."

수호는 소파에 드러누워 심드렁하게 감자칩을 먹고 있는 고모부에게 가정통신문을 내밀었다. 고무부가 신경질적으로 가정통신문을 낚아챘다.

"우리 도현이는?"

"관심 없다고 했어요."

"그럼 나도 안 해."

"너무 가고 싶은데 같이 가주시면 안 될까요?"

순간 고모부가 자세를 고쳐 앉았다. 평소 이런 부탁을 하지 않던 수호가 이렇게 나오는 것이 낯선 모양이었다.

"이거 아버지 캠프지? 근데 왜 내가 이걸 너랑 같이 하나?"

"고모부도 된다고 적혀 있어요."

"여보, 그럼 좀 해주세요."

옆에서 듣고 있던 고모가 거들었다.

"내가 얘 친아빠도 아닌데, 왜 아버지 캠프를 가야 해?"

"고모부도 갈 수 있다고 되어 있잖아요."

"그럼 당신이 가."

"남자만 된다고 쓰여 있잖아요."

고모가 또 생트집을 잡는 고모부에게 말했다. 하지만 예전처럼 쏘아보는 눈빛이 아니었다. 수호는 예전 고모의 그 눈빛이 그리웠다.

"답답하네. 도현 엄마, 생각해봐. 학교에서 아버지 캠프를 해. 그러면 아버지가 없는 집에서 민원을 제기하겠지. 그래서 학교는 어떤 남자 어른이든 된다고 한 거야. 하지만 실제로 아버지가 아닌 남자가 얼마나 올까? 어? 안 온다고."

고모부가 한숨을 한 번 내뱉더니 말을 이었다.

"거기 가면 우리를 부자 사이로 볼 거 아냐? 만나는 사람마다 '저는 수호의 고모부 되는 사람이올시다'라고 말하고 다닐 수는 없잖아? 아니면 마빡에 써 붙이고 다닐까?"

"그래도 애가 부탁하는 거잖아요."

"아, 싫어! 싫다니깐! 내가 수호 아빠도 아닌데, 왜 아빠 역할을 해야 해? 내가 진짜 아빠도 아니잖아!"

내가 진짜 아빠도 아니잖아.

고모부의 말에 수호는 잠시 꾸었던 꿈에서 깨어났다. 더 이상 듣고 있기가 힘들었다. 도대체 무슨 잘못으로 아빠를 빼앗긴 건지, 고작 아버지 캠프에 같이 갈 아빠 역할을 할 남자 어른도 허락되지 않는지 답답하고 서러웠다. 신이 원망스러웠다.

17

주말이 되자, 고모는 친구를 만난다며 나갔다. 고모부도 나가고 도현도 나갔다. 수호는 세 사람이 따로 나갔지만 함께 지내다 올 것을 알고 있었다. 이렇게 각자 나갔던 셋은 늘 같은 냄새를 풍기고 들어왔었다. 고기 구운 냄새.

수호는 오히려 혼자 남게 된 집이 편안했다. 비로소 리모컨을 손에 쥘 수 있었기 때문이다. 고모부가 편안하게 드러누워 TV를 보던 소파에 몸을 기댈 수 있는 유일한 시간이었다.

수십 개의 채널을 오가며 TV 앞에서 시간을 보내던 수호는 빗방울이 창문을 때리는 소리를 들었다. 점차 빨라지는 박자감에 창밖을 내다보니 어느새 어둠이 짙어 있었다.

7시 41분. 세 사람이 돌아올 때가 되었다. 수호는 몸을 세워 소파 반대쪽 벽에 몸을 기댔다. 조금 더 편안하게 있고자 욕심

부리다가는 끝없는 꾸지람을 듣게 될 터. 소파의 온기를 지워내야 했다.

리모컨 타임이 얼마 남지 않았음을 알게 된 수호는 초조하게 채널을 돌렸다. 그때 우연히 무당이 나오는 프로그램이 눈에 들었다. 비 오는 저녁에 딱 어울릴 만한 방송이었다. 방송에 나온 남자 무당은 사람이라기보다는 차라리 귀신 같은 차림새였다. 깽마른 몸, 싶세 빼인 눈, 유난히 튀어나온 광대뼈, 그리고 창백한 피부. 다크서클은 얼굴 전체를 덮고 싶어 했지만, 광대뼈 봉우리가 너무 높아 차마 오르지 못하고 있는 듯했다.

방송 진행자는 그 폐가에서 여러 사람이 이유 없이 죽었다고 했다. 무당은 매우 기가 센 귀신이 있어 그렇다고 했다. 수호는 오싹한 마음에도 무릎을 감싸 안은 채 계속 지켜봤다. 무섭지만 왠지 채널을 돌리고 싶지 않았다.

"어떤 귀신이 보이세요?"

"엄마 귀신과 아들 귀신이 함께 있어. 아들 쪽이 기가 세군."

"둘은 어떻게 함께 죽게 되었나요? 사고를 당했나요?"

진행자의 질문에 무당이 한참 혼잣말을 되뇌다 말했다.

"둘은 함께 죽은 것이 아니야."

"그럼 어떻게 두 귀신이 함께 있죠?"

"엄마를 따라 아들이 같은 장소에서 같은 방법으로 죽었군."

"가족끼리 같은 장소에서 같은 방법으로 죽게 되면 죽어서 만나게 되나요?"

"이런 명청한 놈. 너는 진행자가 그런 것도 몰라?"

무당이 진행자를 호되게 꾸짖었다. 무당의 당당함은 시청자마저 혼내는 듯했다. 수호는 무당의 말을 듣자마자 컴퓨터 앞으로 뛰어갔다. 순간 스치는 생각이 있었기 때문이다. 서둘러 컴퓨터를 켜 검색했다. 같은 장소에서 같은 방법으로 죽으면 두 사람의 영혼이 만날 수 있다는 글이 간간이 있었다.

놀라웠다. 믿기 어려운 말이었지만 수호는 믿고 싶었다. 게다가 수호의 생각에 방송 프로그램이 거짓말을 할 리는 없었다. 수호에게 방송은 사실만 전달해야 하는 매체였다.

지금의 생활이 견디기 힘들었다. 집에 오면 웃을 일도 하등 없었다. 수호가 공부를 더 잘하자 도현이 노골적으로 시기했다. 도현은 시기와 질투하는 법만큼은 고모부에게 확실하게 물려받은 놈이었다. 이렇게 살 바에야 차라리 죽어서 아빠를 만나고 싶었다.

몇 년을 더 살다 마포대교에서 뛰어내릴까도 생각해봤다. 하지만 그럴 수 없었다. 고모 집에서 몇 년을 더 사는 것도 힘들지만, 그 사이 교통사고나 병으로라도 갑자기 죽게 된다면 영영 아빠를 못 만날 수 있다. 그런 생각이 들자 갑자기 두려워졌다. 죽는 것 자체가 두려운 것이 아니라 마포대교가 아닌 곳에서 예상치 못한 죽음을 마주하는 게 두려웠다.

당장 마포대교에서 뛰어내리기로 결정했다. 거실에 있는 돼지 저금통의 배를 갈라 3만4천3백 원을 챙겼다.

"마포대교에 가주세요."

세상만사가 귀찮다는 표정의 택시 기사는 열두 살짜리 아이가 무슨 일로 마포대교에 가는지 묻지 않았다. 수호가 마포대교에 도착할 때쯤 빗줄기는 훨씬 굵어져 있었다. 거친 비 때문인지 주변에 걷고 있는 사람들은 아무도 없었다.

마포대교 난간은 오르기 힘들었다. 두 번이나 미끄러져 떨어졌다. 세 번째 오를 때는 힘을 주기도 쉽지 않았다. 하지만 고모부의 얼굴을 떠올리는 것만으로도 힘이 났다. 고모부의 생색과 차별에 비하면 이런 것은 힘든 일로 아니었다.

하지만 막상 난간 꼭대기에 다다르자 수호는 애초 먹은 마음과 달리 손과 발이 거칠게 떨리고 있다는 것을 알았다. 마음을 다스려야 했다. 아빠를 만날 수 있는 유일한 방법이었다. 주머니에 있던 가정통신문 종이를 꺼냈다. 아버지 캠프 신청서였다. 거기엔 이미 자신의 이름과 아빠의 이름이 적혀 있었다. 한수호, 한동식. 초등학교 5학년 글씨로 꾹꾹 눌러 쓴 종이를 다시 주머니에 집어넣었다.

"아빠!"

수호가 눈을 질끈 감고 소리쳤다. 비에 홀딱 젖은 한 아이는 그렇게 애절하게 아빠를 부르며 한강으로 뛰어내렸다.

수호는 온통 하얀색으로 뒤덮인 방에서 눈을 떴다. 천장도, 벽도, 침대도, 베개도, 이불도 모두 하얀 곳. 도대체 어딘지 알 수 없었다. 고개를 돌려보니 옆에 저승사자처럼 검은 옷을 입은 남자가 등을 보이고 서 있었다.

"여기가 하늘나라인가요?"

온통 새까만 남자가 천천히 뒤돌아섰다. 평범한 할아버지였다. 그가 수호를 향해 온화한 미소를 띠며 말했다.

"아니, 서울이야."

"어떻게 저를…."

그 남자는 대답 없이 까만 페도라를 벗으며 새하얀 머리를 보였다. 그리고 수호를 보고 한쪽 눈을 찡긋하더니 커다란 컵을 앞으로 내밀었다.

18

노인은 수호에게 자신을 천사라고 소개했다. 그리고 수호를 혼자 돌려보내는 대신 자신이 직접 조필준의 집을 찾았다. 노인은 뱃속에서부터 북받쳐 오르는 격노를 애써 삼키고 조필준을 마주했다. 수호가 자신의 처지를 비관해 가출한 상태며, 자신이 책임지고 맡아 키우겠다고 했다. 자살 시도는 말하지 않았다.

"정식으로 입양을 하시는 건가요?"

"그건 아닙니다."

"장난칩니까? 그런 말도 안 되는 일에 누가 동의를 해요?"

일반적인 가정이라면 실로 말도 안 되는 제안이었다. 하지만 그 말도 안 되는 일이 현실이 되는 데 2천만 원이면 충분했다. 눈앞에 펼쳐진 현금 2천만 원에 조필준의 마지막 양심은 오븐에 넣은 치즈처럼 녹아내렸다.

노인이 소리 없이 뜨거운 숨을 길게 내뱉었다. 원하는 바를 이루었지만 노인의 눈에 형용할 수 없는 쓸쓸함이 비쳤다.

"여보, 미쳤어요? 이러고도 당신이 인간이에요?"

한미영은 끝까지 반대했다. 아니, 배팅액을 올리려 했다는 표현이 더 적확했다. 남편을 폄하하던 한미영이 돌변하는 데는 추가의 2천만 원이면 충분했다. 4천만 원에 그녀도 쉬이 오븐 속 치즈가 되었다.

노인은 허탈하게 조필준의 집을 나서며 한수호와 그의 아버지가 담긴 사진을 챙겼다. 그때 차라리 듣지 않았더라면 나았을 조필준의 비굴한 목소리가 들려왔다.

"기, 기왕이면 천만 원만 더 주시죠. 아니면 오백이라도."

수호가 모르는, 절대 몰라야 하는 그런 흥정이 있고 2주 뒤, 수호는 섬마을 학교로 전학 가는 길에 새로운 엄마 품에 안겼다.

19   2018년 7월 28일, 해청도, 세 사람의 집

수호는 자신이 아는 선에서 아버지의 죽음, 어머니의 재혼과 출가, 고모 댁에서의 설움, 마포대교에 뛰어든 이유에 대해 차분하게 말했다. 혜지의 품에 처음 안기던 날, 쑥스러웠지만 말로 표현할 수 없을 만큼 따뜻했다는 것도 말했다. 자신에게 엄마가 되어준 혜지에게 고맙다는 말도 잊지 않았다. 그렇게 수호는 꼼꼼했다.

다른 어른이라면 그딴 미신을 믿고 자살을 시도한 수호를 혼냈을 것이다. 목숨을 가지고 어떻게 그런 도박을 하냐고 비난하거나 꾸짖었을 일이다. 그렇지만 시우와 혜지는 수호를 탓할 수 없었다. 죽음을 앞둔 사람의 마음을 너무 잘 알기 때문이다. 혜지는 수호의 이야기를 끝까지 듣기 위해 휴지를 몇 장이나 적셔야 했다.

시우도 불우했던 자신의 어린 시절이 떠올랐다. 수호를 위해 무엇이라도 해주고 싶었던 그는 여름방학 동안 수호에게 바다 수영을 가르쳐주기로 마음먹었다. 배만식 사장에게 양해를 구해 오후에 한 시간만 빼달라 부탁했다. 바쁘지 않을 때 한 시간이면 된다고 했다.

시우는 수호에게 생존 방법부터 가르쳤다. 페트병이나 생활용품을 이용해 떠 있는 방법도 알려줬다.

"바다에 빠졌을 때 혼자서 빠져나오려다가 힘만 빼는 경우가 많은데, 체력을 아끼면서 가만히 떠 있는 게 더 좋아."

수호는 수영을 배우는 내내 기쁜 표정을 감추지 않았다.

두 번째 수영 수업을 마치던 날, 수호가 시우를 안으며 고맙다고 했다. 그 순간 시우는 가슴이 뛰었다. 설명하기 힘든 감정이 밀려왔지만 분명한 건 기뻤다는 것이다. 아빠 역할에 몰입할 수 있을 것 같았다. 혜지가 그토록 수호를 애지중지하는 까닭이 조금은 이해가 됐다.

여름 방학의 끝이 보일 무렵 수호는 혜지에게 그 동안의 수영 수업이 얼마나 재밌었는지 말했다. 혜지가 시우에게 과일 접시를 내밀며 말했다.

"고마워."

"내가 좋아서 하는 일이야."

시우는 짐짓 태연하게 말했지만 치솟는 광대까지 누를 수는 없었다.

그때 누군가 대문을 두드렸다. 추정우였다. 혜지는 추정우에게 가볍게 목례만 하고 방으로 들어갔다. 시우는 혜지가 늘 추정우를 피한다고 느꼈다. 추정우는 지난번 아내가 한밤중에 수호를 등대로 불러낸 일을 미안해 한다며 식사에 초대한다는 말을 남기고 돌아갔다.

"엄마는 어때요?"

불편해하는 혜지의 눈치를 살피며 수호가 말했다.

"엄마는 불편해."

"왜요?"

"음…, 그건 수호에게 자세히 설명하기가 좀 어렵네."

"수호는 어때?"

"엄마가 안 가면 저도 안 가려고요."

"평범한 식사 초대인데 뭘. 엄마 신경 쓰지 말고 다녀와."

"저는 엄마 옆에 있을래요."

수호가 혜지의 불안한 마음을 안아주려는 것 같았다.

"당신은 갈 거야?"

"갈까 해. 전에도 거절했었잖아."

"죄송해요. 혼자 가시게 해서."

수호가 시우를 보며 말했다.

"괜찮아. 가서 맛있는 거 혼자 다 먹고 올게."

"저기, 있잖아요."

수호가 시우 옆에 다가오더니 귀에 대고 나직이 속삭였다.

"아빠, 제 장래 희망은 증권맨이에요."

제 3 장

붉노랑상사화

1   2018년 8월 17일, 해청도, 혜지의 방

혜지의 불안이 나날이 커지고 있었다. 팔뚝에 유난히 핏줄이 솟은 옆집 남자 때문이었다. 분명 그 남자는 자신을 주시하고 있었다.

처음에는 가볍게 넘겼다. 2층 창가에서 자신을 바라보는 것도 우연이라 생각했다. 하지만 수호를 학교에 데려다준 날에도, 수호의 친구들이 왔던 날에도, 고향식당에 처음 출근하던 날에도, 추정우는 커튼 뒤에 몸을 숨기고 자신을 바라보고 있었다.

골목길에서 추정우와 몇 번 마주치기도 했다. 처음에는 작은 섬마을이니 그러려니 했다. 하지만 며칠 전에는 그가 담벼락 뒤로 다급히 몸을 숨기는 걸 분명히 봤다. 그에 대한 의심이 커질 수밖에 없었다.

그러던 중 추정우의 손목 보호대를 보고 등골이 오싹했다. 혜지의 의심은 확신으로 바뀌어갔다. 처음에는 유난히 팔뚝에 도드라진 핏줄에 사로잡혀 신경 쓰지 못했던 부분이었다. 기억을 돌이켜보면 이사 온 첫 날, 명미희가 마당에서 발작을 일으킬 때도 추정우는 손목 보호대를 차고 있었다. 2층에서 혜지를 몰래 바라볼 때도, 우연히 길에서 마주칠 때도, 그의 손목에는 항상 보호대가 있었다. 문제는 손목 보호대 자체보다 그것의 착용 위치였다.

추정우가 손목 보호대로 가리고 있는 부위는 혜지가 강간범의 손목을 물어뜯었던 자리와 정확히 일치했다. 그녀에게 손목을 물어뜯긴 남자는 혜지에게 걸레, 라고 말했던 세 번째 하얀 가면이었다. 손목에 핏줄이 유난히 돋아 있었던.

돌이키기도 싫은 장면이었지만, 당시의 일을 생각하면 흉터가 생기고도 남을 일이었다. 생각이 여기에 미치자 혜지는 추정우가 흉터를 가리기 위해 손목 보호대를 차고 다니는 거라 확신할 수밖에 없었다.

지금 혜지가 의지할 수 있는 곳은 오로지 천사뿐이었다. 자신의 안전을 보장해주겠다던 천사에게 어떻게 된 일인지 따져 묻고 싶었다. 하지만 천사 노인은 메시지를 보내도 며칠째 답장이 없었고, 얼굴도 보이지 않았다.

결국 혜지는 시우에게 어려운 부탁을 했다.

2

다음 날, 시우는 혼자 추정우 집을 찾았다.

심호흡을 하고 벨을 누르자 대문이 열렸다. 마당에 가로 놓인 줄에는 꽤나 많은 수건이 풍향을 알리며 군무를 추고 있었다. 정원에는 노란색 꽃들이 만개해 바람에 하늘거리고 있었다.

"어서 오세요."

추정우가 어금니마저 드러나게 활짝 웃으며 맞이했다.

"초대해주셔서 고맙습니다. 저기 노란 꽃들이 인상적이네요."

"붉노랑상사화입니다."

"예뻐요. 마당이 다 환하네요."

"지금이 한창 예쁠 때예요. 이름이 왜 상사화인 줄 아세요?"

"왜 상사화죠?"

"잎과 꽃이 만날 수 없거든요. 잎이 자랄 때는 꽃이 피지 않고, 잎이 지고 나면 꽃이 핍니다."

"정말 신기하네요. 그런 꽃이 다 있다니."

"그래서 꽃말도 이뤄질 수 없는 사랑이죠."

아내를 위해 요양까지 온 부부가 굳이 그런 꽃말을 가진 꽃을 이렇게 무리지어 키우다니, 의아했지만 내색하지 않으며 물었다.

"상사화를 무척이나 좋아하시나 봐요?"

"네."

"그런데 노랗게만 보이는데 왜 붉노랑상사화죠?"

"저 노랗게만 보이는 꽃잎 속에 붉은 빛깔을 감추고 있거든요. 직사광선이 강한 데 가면 붉은색을 드러냅니다."

"예쁘기만 한 게 아니라 정말 신기한 꽃이군요."

"아내가 좋아합니다."

별스러운 꽃을 좋아한다고 생각할 때 명미희가 현관으로 나왔다.

"반가워요, 시우 씨. 배고프시죠? 들어오세요."

인사를 건네는 명미희의 모습이 상당히 차분해 보였다. 시우는 명미희가 발작을 일으키지 않을까 신경이 쓰였지만, 걱정스런 일은 일어나지 않았다.

식사를 하면서 시우가 곁눈질로 집을 살폈다. 창은 암막 커튼이 쳐져 있었고, 벽은 온통 방음 처리가 되어 있었다. 집의 구조나 인테리어는 집주인의 생활 습관뿐 아니라 추구하는 삶의 방식도 알려준다. 그런 면에서 추정우와 명미희에게서 외부와 단절된 삶을 살겠다는 의지를 느낄 수 있었다.

어색한 식사를 마치고 추정우가 차를 마시자며 시우를 2층으로 안내했다.

"드론도 있네요."

"혹시 날려 보신 적 있으세요?"

"한 번도 없어요. 종종 집 근처에 떠 있는 걸 보곤 했는데, 정우 씨가 날리던 거였나 보네요."

"가끔 취미로 날리곤 합니다. 언제 한번 같이 날리시겠어요?"

"기회가 되면요."

2층을 구경하던 시우가 빨래바구니를 발견하고 별 생각 없이 물었다.

"두 분이 사시는 거 치곤 빨래가 꽤 많네요?"

"요 며칠 세탁기를 돌리지 못해서요. 부끄럽네요."

순간 이상한 생각이 스쳤다. 들어올 때 마당에 빨랫줄 가득 널려있던 빨래를 봤다. 추정우가 뭔가 감추고 있다고 생각했지만 캐묻지는 않았다. 다시 1층으로 내려온 시우와 추정우는 명미희와 함께 식탁에 둘러앉았다. 명미희가 시우에게 물었다.

"섬 생활은 적응이 좀 되셨나요?"

"그런 것도 같고, 아닌 것도 같습니다."

"이제 자살 생각은 더 이상 않는 거죠?"

"네. 요즘에는…."

"하지 마세요. 곧 3억이 생길지도 모르거든요."

"3억이요? 제게요?"

"아버님 보험금과 같은 3억이요. 자살을 생각한 가장 큰 이유였잖아요."

시우를 바라보는 명미희의 눈에서 빛이 나는 것 같았다.

"그 돈에 대해서도 알고 있었군요. 진짜 대단해요. 그런데 제가 어떻게 그 돈을 모을 수 있다는 말씀이죠?"

"그건 말씀드릴 수 없습니다. 다만, 그럴 기회가 찾아온다는 거죠. 선택은 시우 씨가 하는 거지만."

"선택이라니요? 제가 3억을 거절할 수도 있단 말입니까?"

"그럴지도 모르죠."

"세상 어떤 사람이 그 큰돈을 마다합니까? 도대체 제게 무슨 일이 일어나는 거예요?"

시우가 다급하게 물었다.

"다시 말씀드리지만, 지금은 대답해 드릴 수 없어요."

"음…. 그럼 앞으로 제 삶은 어떻게 되나요?"

"저는 점쟁이가 아닙니다."

"죄송합니다. 저도 모르게 그만."

어느 순간부터 시우는 명미희를 무속인으로 대하고 있었다.

"누구나 미래는 궁금한 법이죠."

"두 분은 이곳에 오기 전에 어떤 일을 하셨나요? 실례가 안 된다면 두 분 이야기를 듣고 싶네요."

시우의 질문에 명미희가 자세를 고쳐 앉으며 말했다.

"우린 둘 다 운동을 했었습니다. 남편은 대학 1학년 때 부상으로 유도를 접고 웹디자이너가 되었고, 저는 대학을 졸업할 때까지 유도를 계속했어요. 그러다 지인의 소개로 만나게 되었죠."

명미희의 이야기를 들으며 시우가 추정우의 귀를 바라봤다. 유도 선수 특유의 뭉개진 귀였다.

"아내는 아프고 난 뒤 살이 많이 빠졌어요. 안쓰럽습니다."

추정우가 명미희의 어깨를 감싸며 말했다.

"여기서 계속 지내실 건가요?"

"일단 아내가 다시 건강해질 때까지는 있으려구요."

"빨리 회복되길 바랍니다."

시우가 미소를 보였다. 추정우와 명미희도 살짝 웃었다. 시우는 지금이 하고 싶은 말을 꺼내기에 적절한 순간이라는 생각이 들었다.

"실례지만…, 부탁 하나만 드려도 될까요?"

추정우의 눈이 커졌다.

"부탁이요?"

"네, 괜찮으시다면…."

"말씀해 보세요."

"늘 손목 보호대를 끼고 계시잖아요. 손목 보호대 안을 잠깐 볼 수 있을까요?"

추정우가 표정을 약간 일그러뜨렸다.

"제 손목이 왜 보고 싶으신 거죠?"

"한 번 보여줄 수 없습니까?"

"그러고 싶지 않습니다만."

추정우의 대답에 불편함이 완연하게 묻어났다.

"혹시 혜지 씨의 부탁이었나요?"

옆에서 지켜보던 명미희가 입을 열었다. 그녀 앞에서 둘러대는 거짓말은 의미 없겠다는 생각에 시우는 가만히 고개를 끄덕였다.

"혜지 씨가 왜 그런 부탁을 했죠?"

추정우의 표정은 여전히 펴지지 않았다. 그의 물음에 시우는 대답할 수 없었다. 혜지가 이유까지 말하지는 않았기 때문이다. 혜지는 아무것도 묻지 말고 손목 보호대 안쪽만 봐달라고 부탁했었다.

"여보, 그냥 보여주세요."

난감해 하던 시우를 도운 것은 명미희였다. 명미희가 추정우를 부드러운 눈빛으로 바라봤다. 추정우는 한숨을 크게 한 번 내쉬더니 천천히 손목 보호대를 벗었다.

"이걸 가리기 위해 쭉 손목 보호대를 차고 계셨던 거예요?"

"제겐 드러내고 싶지 않은 상처입니다."

시우는 추정우가 왜 그것을 감추고자 하는지 이해할 수 없었다. 그것을 왜 가리고 다니는지, 그것을 왜 상처라고 부르는지도 알 수 없었다.

"남편에게는 아픈 과거입니다."

명미희가 추정우의 손을 잡으며 말했다. 추정우의 손목에는 펄럭이는 태극기가 새겨져 있었다.

"예전에 함께 유도하던 친구와 새긴 문신입니다. 그 친구와 함께 국가대표를 꿈꿨습니다. 하루도 그 꿈을 잊은 적이 없었습니다. 유도에 모든 것을 쏟아 부었던 시절, 스스로 나태해지지 않기 위해 새겨 넣었었죠….."

"그런데 왜 드러내기 싫은 거죠?"

"친구가 교통사고로 죽었습니다. 그는 모두가 인정하는 유망주이자 제가 가장 존경했던 선수였습니다. 그 친구가 죽고 난 뒤, 저는 그 친구의 몫까지 해내야 한다는 압박감에 시달렸죠. 하지만 제 몸이 의지를 따르지 못했어요. 거듭된 오버페이스로 부상을 달고 살았습니다. 주위의 만류에도 매번 복귀를 서둘렀어요. 이 문신을 보고 있자면 쉴 수가 없었거든요. 그렇게 저는 부상에 발목 잡힌 전형적인 선수들이 그러하듯 운동을 그만뒀습니다. 어찌 보면 인생의 패배자가 되어버린 거죠. 아직도 저는 이 문신을 볼 때마다 괴롭고 쓰립니다."

"문신을 지울 수도 있잖아요."

"둘도 없는 친구의 마지막 흔적입니다. 가지고 있기엔 아프지만 버릴 수는 없습니다."

"아, 그래서…."

추정우는 손목 보호대를 다시 차며 고개를 끄덕였다. 가려지는 태극기를 보며 그의 아픔을 드러내게 만든 자신의 요청이 부끄러웠다. 비록 그게 혜지의 부탁이었음에도.

"미안합니다. 그런 사정이 있는 줄 몰랐습니다."

"이왕 말씀드렸으니 혜지 씨가 걱정을 덜었으면 좋겠습니다."

시우는 고개를 끄덕였다. 시우의 얼굴에 그 어떤 의심도 남아 있지 않았다.

3

박정호는 관사 책상에 앉아 신경질적으로 볼펜을 딸깍거렸다. 추정우와 만난 이후 그는 한동안 몸을 사렸다. 뜬금없이 찾아온 남자는 자신의 과거를 알고 있었고, 정혜지에 관한 자신의 관심을 꿰뚫고 있었다. 추정우가 자신에 대해 어디까지 알고 있는지, 어떻게 그렇게 잘 알게 됐는지는 짐작조차 할 수 없었다.

하지만 박정호는 정혜지에 대한 관심을 포기하지 않았다. 지금의 웅크림은 더 높은 도약을 위함이라고, 정혜지에게 더 가까워지겠다고 은밀하게 스스로를 다잡고 있을 뿐이었다. 여름방학임에도 고향 서울에 가지 않고 관사에 머물렀다.

박정호는 노트북을 켜고 파일을 실행했다. 그의 마음속 배우, 정혜지가 주인공인 동영상이었다. 그는 정혜지의 주변을 맴돌지 않으면서도 그녀의 행동 하나하나를 관찰하고 있었다. 방학 동안 진행되는 방과후 교실에 몰래카메라를 설치해둔 덕이었다. 영상 속 혜지는 밝게 웃으며 아이들과 춤을 췄다. 박정호는 그 영상을 통해 혜지를 느꼈고, 그녀의 몸이 만들어내는 선을 탐닉했다.

박정호는 눈을 감고 오후의 기억을 떠올렸다. 오늘 오후에도 박정호는 정혜지가 수업을 마친 교실에 들어갔었다. 수색견처럼 그녀가 남기고 간 땀 냄새를 탐색했다. 시골 촌뜨기 아이들의 땀 냄새 속에서 정혜지의 체취를 찾아내는 건 어렵지 않았다. 파트리크 쥐스킨트의 소설 《향수》의 천부적인 후각을 지닌 그루누이가 아니더라도 말이다. 박정호는 혜지가 남긴 체취를 좇으며 생각했다. 그루누이가 정혜지를 봤다면 그녀의 체취를 꼭 수집했을 것이라고. 정혜지를 안아보고 싶다는 강력한 욕망이 하복부 깊숙한 곳으로부터 밀려들었다.

지난 근무지에서 교무실무사와의 관계가 들통 난 것은 그녀의 남편 때문이었다. 그 일 이후 박정호는 자신만의 원칙을 만들었다. 배우자가 있는 여자는 배제한다. 그런데 그 원칙이 흔들렸다. 박정호는 그것이 자신의 나약한 의지 때문이 아니라, 정혜지가 가진 농염한 매력 때문이라 생각했다. 그런데 그녀에게는 남편이 없었다. 이제 그녀에게 관심을 가져도 이상할 것은 하나 없다.

오히려 이상한 건 추정우의 태도였다. 그것이 현재 박정호의 가장 큰 고민이었다. 몰래카메라로 정혜지를 관찰하고 있음에도 추정우에게서는 아무런 대응이 없었다. 지난날 불쑥 찾아와 보여줬던 추정우의 결연한 눈빛을 생각하면 선뜻 이해되지 않았다. 정혜지에 대한 관심을 접으라고 협박했던 그가 아니었던가. 분명 추정우는 모르고 있거나, 알아도 어쩔 수 없는 상황이 생긴 것이다.

박정호는 결국 몇 가지 가설을 세웠다. 추정우의 아내가 특별한 능력을 잃었거나, 추정우의 일신에 문제가 생겼다거나, 정혜지에 대한 추정우의 관심이 사그라들었다고. 그 외에 달리 생각할 만한 경우의 수는 떠오르지 않았다. 어찌되었건 이제 정혜지에게 접근하는 데 추정우가 방해가 되지는 않을 거란 확신이 들었다.

다음 날, 박정호는 방과후 교실 앞에서 수업이 끝나기만을 기다렸다. 거울 앞에서 머리를 매만지고, 어깨에 붉은꽃이 수놓인 하늘색 셔츠를 정리했다. 아이들이 나오고, 정혜지가 빈 교실을 정리하고 있었다. 교실에 향긋한 체취가 흘렀다.

"고생하셨어요. 수업에 힘든 점은 없습니까?"

"덕분에 즐겁게 가르치고 있어요. 고맙습니다."

"잠깐 말씀 좀 나눌 수 있을까요?"

박정호는 과학실로 정혜지를 안내했다. 모든 수업이 끝난 과학실은 아무도 찾아오지 않는 그만의 공간이었다.

"수호에 대해 궁금한 게 있어서요. 수업 시간에 가족 이야기가 나올 때마다 위축됩니다. 왜 그럴까요?"

박정호는 자연스레 대화를 시작했다고 생각했다. 말을 하면서 박정호는 정혜지의 표정을 유심히 살폈다.

"가족에 대해서는 말씀드리기 어려운 부분이 있습니다. 수호는 제가 잘 타일러 보겠습니다."

"남편 되시는 분이 수호의 진짜 아버지가 아닌가요?"

박정호의 눈에 힘이 들어갔다. 하지만 정혜지는 오히려 편안한 표정으로 응수했다.

"진짜 아버지 맞습니다."

"생물학적 친부는 아니죠?"

"이런 것까지 묻는 이유를 잘 모르겠네요."

"학생 관리에 도움이 됩니다."

"생물학적 친부가 맞습니다."

정혜지가 단호한 표정으로 말했다.

"그렇습니까? 제가 알고 있었던 것과 좀 다르네요."

"어떤 점이요?"

"남편 분이 수호의 친부가 아니고 어머니도 수호의 친모가 아니라는 것. 그리고 지금 남편 분과 진짜 부부가 아니라는 것도요."

정혜지가 입술을 깨물더니 자세를 고쳐 앉았다. 박정호는 태연하게 연기하던 정혜지가 흔들리기 시작했음을 포착했다.

"질문을 좀 바꿔 볼까요? 세 사람에게는 어떤 사연이 있죠?"

"어떻게 아셨죠?"

"어떤 사연이 있나요?"

"어떻게 알았냐고요?"

"이것 말고도 아는 게 더 있습니다. 이를테면, 세 사람이 자살을 시도했다는 것처럼요."

정혜지가 더욱 흔들렸다.

"어떻게 알았냐고요?"

"제 질문에 먼저 답해주세요. 세 사람은 왜 가족 행세를 하죠?"

"말할 수 없습니다. 그게 왜 궁금하죠?"

"제가 혜지 씨에게 호감이 있어서 그럽니다."

"네?"

흔들리던 혜지의 표정이 놀라움으로 번졌다.

"혜지 씨를 처음 봤을 때부터 호감이 갔어요. 혜지 씨가 학생들을 열심히 가르치는 모습을 보면서 그 마음이 더 커졌고요. 처음에는 가정이 있으신 분이니 마음을 접으려 했습니다. 그런데 우연히 혜지 씨의 가정이 진짜가 아니라는 것을 알았어요."

"그만하세요."

"연애하자는 말이 아닙니다. 그냥 친구로 지내고 싶어요. 그래서 솔직하게 말씀드리는 거예요. 제가 유부녀에게 다가가는 이상한 사람이 아니라는 것을 보여주려고요. 가끔 커피 한 잔에 일상을 나누고 고민을 함께하는 친구가 되고 싶습니다. 우리는 나이도 똑같거든요."

"싫습니다."

"왜 싫으신 거죠? 섬 생활에 스트레스가 있지 않나요? 가짜 남편과 살아야 하는 것에 불만도 있잖아요. 두 사람의 사이가 좋지 않다는 사실도 알고 있습니다."

"다시 말하시만 싫습니다. 먼서 일어실세요."

"수호 어머님. 혜지 씨, 혜지 씨!"

박정호가 뒤돌아 나서는 정혜지를 황급히 불러 세웠지만 혜지는 서둘러 과학실 문을 닫고 나갔다.

정혜지가 그렇게 나간 뒤 박정호는 한동안 주먹을 쥔 채 요동치는 심장을 진정하지 못했다.

4

혜지는 불 꺼진 방 안에 누워 관자놀이를 눌렀다. 머릿속에는 추정우, 박정호에 대한 의문으로 가득했다.

혜지는 추정우의 집에 가는 시우에게 한 가지 부탁을 했었다. 손목 보호대 안을 봐달라고. 자신이 물어뜯었던 자리를 가리고 다니는 추정우가 의심스러웠다. 추정우의 집에 다녀온 시우는 그의 손목에 태극기 문신이 새겨져 있었다고 했다. 그 문신에 대한 사연까지 소상히 들려주었다. 혜지는 자세히 봤냐고,

문신 밑으로 흉터나 상처 자국은 없었냐고 재차 확인했다. 시우는 자세히 봤지만 그런 것은 없었다고 분명하게 확인해줬다.

혜지는 추정우의 손목 보호대 안에 흉터만 없다면 마음이 편안해질 줄 알았다. 하지만 시우의 이야기를 듣고 난 후 생각이 더 복잡해졌다. 애초에 자신이 물어뜯은 손목에 흉터가 반드시 남아 있다는 보장이 없을뿐더러, 문신 이야기는 얼마든지 꾸며 낼 수 있다는 생각이 들었기 때문이다.

기껏해야 손목에 새긴 문신 하나에 그렇게 기구한 사연이 얽혀 있을 사람이 얼마나 될까? 오히려 교묘한 사연으로 자신을 안심시키려 한다는 쪽에 무게가 실렸다. 2층 커튼 뒤에 숨어 자신을 바라보던 추정우의 끈적한 눈빛이 잊히지 않았다.

그런 와중에 등장한 박정호라는 인물은 혜지의 머리를 더욱 복잡하게 만들었다. 과학실에서의 대화 이후에도 방과후 수업을 마치면 밖에서 기다리던 박정호를 마주친 게 벌써 몇 번이나 되었다. 혜지는 그와 말을 섞고 싶지 않아 매번 피하기만 했다. 학교 측에 박정호의 부담스러운 행동을 제지해달라 요청할까 생각도 했었다. 하지만 비밀을 알고 있는 박정호를 건드리면 수호가 불이익을 받을까봐 쉽사리 대처할 수도 없는 노릇이었다.

그가 어떻게 자신의 비밀을 알고 있었을까? 추정우는 명미희가 있어 자신의 과거에 대해 알고 있다 해도, 평범한 초등학교 교사인 박정호가 어떻게? 수호에게 선생님께 우리 관계에 대해 이야기한 적이 있냐고 물었지만, 수호는 절대 그런 일이 없었다고 했다. 오히려 왜 그러냐고 이상하다는 표정으로 되물었다.

박정호에게도 명미희처럼 특별함이 있는 것일까? 아니면 특별한 능력이 있는 누군가와 친할까? 추정우나 명미희, 혹은 천사 노인이 박정호에게 비밀을? 어쩌면 섬사람들 모두가 세 사람의 비밀을 알고 있는 건 아닐까? 이 섬의 진짜 비밀은 뭘까? 꼬리를 무는 의문의 소용돌이에 혜지는 쉽게 잠들지 못했다.

다음 날, 텃밭을 돌보는데 박정호로부터 전화가 걸려왔다. 휴대폰 발신자를 확인한 혜지는 한참을 망설였다. 그 사이 신호는 끊겼지만 곧 다시 진동이 울려댔다. 두 번째 전화에도 혜지는 전화를 받지 못했다. 그렇게 진동이 멈추더니 잠시 후 메시지가 떴다. 메시지를 확인하자마자 혜지는 박정호에게 전화를 걸 수밖에 없었다. 심장이 요동쳤다.

수호에게 일이 생겼습니다. 빨리 연락 주세요.

5

박정호는 바닷가 언덕 위를 훑는 바람을 맞으며 전화를 기다리고 있었다. 연락을 피하던 상대는 메시지를 보내자마자 바로 전화를 걸어왔다. 그는 수호에게 문제가 생겼으니 빨리 섬의 서쪽 절벽으로 오라고 했다. 경찰과 수호 아버지께는 다 연락을 해놓았으므로 정혜지만 빨리 오면 된다며 다급하게 전화를 끊었다.

전화를 끊고 난 박정호의 오른쪽 입꼬리가 올라갔다. 매몰차게 뒤돌아섰던 정혜지와 단둘이 만날 기회를 드디어 만들었기 때문이다. 지난번 정혜지와의 대화는 꽤 당황스러웠다. 진짜 부부가 아니라는 비밀을 공유하면 친해질 것이라 생각했다. 나이가 같다는 사실을 말하면 친구 정도는 될 거라 생각했다. 연예계에 꿈이 있던 사람이었다면 그날 입었던 셔츠가 100만 원이 넘는 명품 셔츠라는 것쯤은 눈치 챌 거라 생각했다. 그랬기에 그날 정혜지의 반응은 전혀 예상 밖이었다. 하지만 그런 그녀의 저항이 박정호의 승부욕을 더 자극했다. 박정호는 반드시 그녀를 취하리라 마음먹었다.

그 후 박정호는 몇 차례 더 정혜지와의 대화를 시도했다. 방과후 수업이 끝날 때까지 기다려봤지만 그녀는 피하기만 했다. 박정호는 좀 더 적극적인 방법을 써야겠다고 생각했다. 수호를 이용하여…. 방과후 수업이 없는 날 수호에게 급한 일이 생겼다고 전화하는 것이다.

계획을 실행하는 데는 두 가지 문제가 있었다. 우선은 정혜지가 수호에게 전화를 걸 수 없어야 한다. 박정호는 이에 대해 미리 손을 써뒀다. 하교하는 학생들에게 특별한 과제를 냈다. 지희에게는 3학년 동생들을 데리고 뒷산의 식물을 채집해 오라고 시켰다. 수호에게는 진수와 짝지어 갯벌 생물 채집을 시켰다. 섬의 동쪽 끝 갯벌까지 다녀오려면 적어도 두 시간 이상은 걸릴 과제였다. 휴대폰은 과제를 마친 후 돌려준다고 말했다. 지희와 수호가 휴대폰을 가지고 가게 해달라고 부탁했지만, 폰이 있으면 딴짓을 할 수 있으니 과제를 마치고 찾아가라고 명령했다.

추정우도 따돌려야 했다. 하지만 추정우에 대해서는 딱히 손쓸 방법이 없었다. 차라리 신경 쓰기 않기로 했다. 최근에 학교에 몰래카메라를 설치해봤지만 추정우에게서는 어떠한 반응도 없었다. 방과후 교실 앞에서 몇 번이나 정혜지를 기다려도 역시 추정우로부터 아무 반응도 없었다. 그가 이제 이 일에 관해 모르거나, 어찌할 수 없는 상황에 있다고 생각하기로 했다.

20분쯤을 기다렸다. 멀리서 뛰어오는 정혜지가 보였다. 이윽고 정호 앞에 선 그녀가 숨을 헐떡이며 말했다.

"수호는요?"

"수호는 무사합니다."

"지금 어디 있나요?"

"진수와 갯벌에 있어요."

"그런데 왜 저를 이쪽으로…"

"이렇게라도 하지 않으면 도저히 만나주지 않잖아요."

"뭐라고?"

"널 만나고 싶었다고!"

"지금 뭐 하자는 거야?"

혜지가 불같이 화를 냈다. 박정호는 그런 혜지를 강제로 끌어안았다.

"가만히 있어."

"이거 놔 이 새끼야. 너 이러고도 무사할 것 같아?"

"당연하지. 나는 너와 수호의 비밀을 알고 있으니까."

"이 비열한 새끼. 네가 그러고도 선생이야?"

"더는 바라지도 않아. 잠깐만 내 품에 안겨 있으라고."

박정호가 발버둥치는 혜지를 더욱 강하게 끌어안으며 말했다. 집착에 평정심을 잃은 그에겐 수단과 방법을 가리지 않고 정혜지를 굴복시키고 싶은 마음뿐이었다.

제자와의 성관계가 언론에 공개됐던 어느 여교사가 떠올랐다. 문득 자신의 행동이 그만큼 무모하다는 생각이 스쳤다. 그런 생각을 하면서도 정혜지를 더욱 강하게, 그리고 오래 안고 싶은 욕구를 제어할 수는 없었다. 그는 사회가 정한 규범을 어길 때 더한 쾌락을 느꼈고, 그 쾌락에 이미 중독되어 있었다. 지난 학교에서 교무실무사와 학교 구석구석에서 몰래 사랑을 나눌 때도 그랬다.

이미 욕망의 노예가 되어버린 박정호가 정혜지의 목덜미에 코를 박은 채 그녀의 체취를 탐닉했다. 그때였다. 정혜지가 고개를 외로 꼬는가 싶더니 박정호의 입에서 단말마적 비명이 터져 나왔다.

"악!"

박정호가 반사적으로 정혜지를 밀쳤다. 깨물린 오른쪽 귀에 극심한 통증을 느끼며 정혜지를 노려 봤다. 밀려 넘어진 정혜지가 황급히 일어나며 주춤거리고 있었다. 박정호가 오른쪽 귀를 감쌌다. 피는 흘렀지만 다행히 귀는 붙어 있었다.

박정호가 정혜지에게 공포심이라도 주려는 듯 혓바닥을 내밀어 오른손 검지에 묻은 피를 핥았다. 정혜지를 잠시 응시하더니 목을 반시계 방향으로 천천히 돌리고 양 어깨를 들썩이며 천천히 다가갔다. 박정호의 눈은 이미 욕정과 분노로 불타고 있었다.

정혜지가 절벽 쪽으로 주춤 물러섰다. 바다 쪽으로 가까이 갈수록 발 디딜 면적은 좁아지고 있었다. 먹이를 궁지로 몰아세운 포식자처럼 박정호는 고개를 이리저리 꺾으며 여유롭게 웃어 보였다.

"이리 와. 이리 와서 이쪽 귀도 깨물어 봐!"

"저리 가, 이 새끼야!"

정혜지가 양팔로 가슴을 감싼 채 뒤로 한 발 더 물러섰다. 그러고는 눈을 감고 뭐라고 중얼거렸다. 희열이 느껴졌다. 그 모습이 박정호의 눈에는 그렇게 자신을 무시했던 정혜지가 공포에 질려 기도하는 모습으로 보였기 때문이다.

그러나 착각이었다. 다시 눈을 뜬 정혜지의 얼굴에 공포라고는 찾을 수 없었다. 갑자기 찾은 여유. 그것은 궁지에 몰린 먹잇감의 허세가 아니었다. 회심의 반격에 대한 확신이었다.

"뭐야? 갑자기 왜 그래."

"천사…."

"뭐라는 거야? 천시?"

"넌 이제 끝났어. 이 새끼야!"

그 순간이었다. 갑자기 정혜지가 바다로 뛰어 들었다. 예상치 못한 돌발 상황에 멍하니 서있던 박정호의 다리가 풀리는가 싶더니 그 자리에 털썩 주저앉았다.

따라 뛰어들어야 하나? 아니면 신고를 해야 하나? 다치기라
도 하면 어떻게 하지? 죽지는 않겠지? 도망갈까? 통화 기록이 있
으니 바로 용의선상에 오를 텐데. 한 번 안으려 했을 뿐, 절벽에
서 밀 생각은 추호도 없었잖아. 사람들이 믿어줄까? 어떻게 해
야 하지? 어떻게 해야….

그때였다. 그림자 하나가 뒤에서 달려들더니 곧장 바다로 뛰
어들었다.

6

그는 정혜지를 뒤따르고 있었다. 정혜지가 서쪽 절벽 쪽으로
뛰어가는 동안 적당한 간격을 유지하며 쫓았다. 그는 그녀가 박
정호를 만나리라는 걸 알고 있었다.

박정호에게 경고한 적이 있었지만, 질 나쁜 놈이라는 생각에
마음이 놓이지 않았다. 하지만 함부로 나서기도 힘든 일이었다.
학교 안에서의 일은 알기도 힘들거니와, 정혜지가 손목 보호대
안을 궁금해 할 정도로 자기를 의심한다는 걸 알았기 때문이다.

박정호와 정혜지의 불안한 대화가 이어지는 동안에도 나서
야 될지 아닌지 고민했다. 박정호가 정혜지를 끌어안을 때까지
도 선뜻 끼어들지 못했다. 그냥 그 정도 선에서 끝난다면 당장은
나서지 않는 게 좋을 것도 같았다. 그렇게 상황이 무사히 마무리
되면 저녁에 박정호를 찾아가 본때를 보여주리라 다짐하고 있었

다. 그렇게 추정우는 숨어서 초조하게 상황을 주시하고 있었다.

그런데 그녀가 갑작스레 절벽에서 몸을 날렸다. 예상을 벗어난 행동이었다. 추정우는 잠시의 망설임도 없이 한달음에 그녀가 뛰어든 바다로 몸을 날렸다.

물속에서 의식을 잃은 정혜지를 발견한 추정우는 그녀를 육지로 끌고 왔다. 입안의 이물질을 제거하고 상의를 벗긴 뒤 흉부 입박을 반복했다. 앞뒤 잴 틈이 없었다. 간절한 마음으로 인공호흡을 실시했다.

눈을 감고 있는 정혜지를 보며 복잡한 심경이 들었다. 빨리 의식을 회복해야 했지만, 조금의 시간이 주어져도 좋겠다는 생각을 했다. 가까이에서 그녀를 더 보고 싶었기 때문이었다. 물속에서 혜지를 안았던 촉감이 아직 남아 있었다. 인공호흡을 위해 입술이 맞닿는 동안에도 가슴은 방망이질 쳤다.

얼마의 시간이 지났다. 혈색이 돌아오고 한 차례 거친 숨을 토해낸 정혜지가 풀어 헤쳐진 가슴을 가리며 힘겹게 입을 열었다.

"정우 씨가 어떻게….."

"그것보다 불편한 곳은 없습니까?"

의식이 돌아온 그녀에게 추정우는 조심스런 움직임을 당부했다. 다행히 골절을 비롯한 다른 곳의 상처는 없어 보였다.

"제가 여기에 있다는 걸 어떻게….."

그녀는 자신의 몸 상태보다 추정우가 함께 있는 이유가 더 궁금한 모양이었다.

"아까부터 혜지 씨를 쫓았습니다."

"왜 절⋯."

"혜지 씨를 지켜주기 위해서요."

"네?"

"아내가 말해줬습니다. 박정호가 혜지 씨에게 나쁜 마음을 품고 있다고요. 위험한 일이 생길지도 모른다고 했어요."

"미희 씨는 제게 닥칠 위험을 알고 있었군요. 천사 할아버지가⋯. 그런데 정우 씨는 왜 제게 위험을 미리 말해주지 않았나요?"

"절 의심하는 혜지 씨가 제 말을 믿어줄까 싶었어요."

"사실 의심은 했었어요."

"앞으로는 의심하지 않으셔도 됩니다."

"그럼요. 천사의 정령이잖아요. 구해줘서 고맙습니다. 그동안 죄송했어요."

추정우는 선뜻 이해되지 않았지만 내색하지 않았다.

"지금이라도 오해가 풀렸으니 그걸로 됐습니다."

"그런데 어떻게 그 높은 절벽에서 뛰어내릴 수 있죠?"

"믿는 구석이 있거든요."

"그게 무슨⋯."

"그런 게 있어요. 그나저나 춥네요."

이후 정혜지는 박정호의 비열한 협박에 대해 말했다. 추정우는 분노했다. 당장 박정호를 쫓아가고 싶었지만 추위에 떨고 있는 그녀를 집까지 데려다주는 것이 우선이었다. 추정우는 강시우에게 전화해 자초지종을 말한 뒤, 기진맥진한 정혜지를 업었다. 가는 길 내내 그는 정혜지에게 말 못 하는 지난날의 만남을 떠올렸다.

추정우는 정혜지를 데려다주고 박정호의 관사로 뛰어갔지만 아무도 없었다. 박정호는 다음 날 학교에도 출근하지 않았다. 병휴직을 쓰고 고향으로 갔다는 소문이 돌았다. 섬을 벗어날 수 없는 추정우는 도망간 쥐새끼를 잡을 도리가 없었다.

정혜지는 박성호의 처벌을 원하지 않는다고 했다. 어차피 오래 머물 곳이 아니니 조용히 지내다 가고 싶다고 했다. 추정우는 내키지 않았지만, 그녀의 의견에 따르기로 했다. 정혜지는 이번 일을 수호에게는 비밀로 해달라고 부탁했다. 괜히 본인 때문에 위험해졌다고 자책하게 만들기 싫다는 이유였다. 추정우는 비밀을 지키겠다고 말했다.

정혜지가 추정우에게 남은 시간 동안 좋은 이웃이자 친구로 지내자고 했다. 앞으로 종종 커피도 마시고, 식사도 같이 하자며. 둘이 조용히 손을 맞잡았다.

추정우는 이제 정혜지에게 자신의 정체를 완벽하게 숨길 수 있게 되었다고 생각했다.

7

"시우야, 아 글씨 테레비에서 촬영을 온댜."

숙박 손님들의 아침상을 치우던 배만식 사장이 말했다.

"무슨 촬영이요?"

"방송국 사람들이 우리 섬을 촬영하러 온다는구먼."

"방송국이요?"

"거시기 거 있잖여. 시골 동네 소개하고 맛난 거 먹고 하는 그거. 그게 온댜."

중견 배우가 전국 방방곡곡을 찾아다니며 향토음식과 그곳의 문화를 소개하는 〈전통 밥상〉이라는 프로그램이었다. 7%에 육박하는 높은 시청률을 보이는 방송이었다.

시우는 밀려드는 불쾌한 감정을 굳이 숨기려 하지 않았다. 방송국이 왜 이곳까지 촬영을 올까? 그는 방송이 싫었다. 지난 타이완 본토 카스텔라 사건 이후 방송이라면 거부 반응부터 일었다.

"해청도에 방송 촬영을 온대. 〈전통 밥상〉이라는 프로그램에서."

시우가 저녁상을 마주하며 혜지와 수호에게 말했다. 수호는 놀랐고, 혜지는 놀라지 않았다. 그녀는 이미 알고 있었다. 수호가 시우의 얘기를 듣더니 다시 보기로 지난 방송을 챙겨봤다.

"방송 나오면 좋은 거 아니에요? 섬이 유명해지면 고향식당이나 만선민박도 장사가 더 잘 될 거고요. 문제 있어요?"

수호가 불편해 하는 시우의 마음을 어떻게 알아챘는지 물었다.

"좀 불안해."

"뭐가요?"

"글쎄 설명하기가 힘드네."

"엄마도 안 좋아요?"

수호가 혜지를 걱정스런 눈빛으로 바라보며 물었다.

"해청도를 촬영하는 것은 상관없는데 내가 방송에 나가는 건 싫어."

"왜요?"

"우리가 어떻게 이곳에 와서 지내게 되었는지 생각하니 그런 생각이 드네."

혜지의 말을 들은 수호가 잠깐 고민하다가 물었다.

"그래도 엄마는 제 진짜 엄마잖아요. 그렇죠?"

"그럼, 진짜 엄마지."

사랑을 확인하고 안심한 수호가 혜지에게 기대앉았다.

"엄마는 사람들 앞에 나서는 게 무서워요?"

"조금은 그래. 너는 어때 수호야?"

"저는 엄마, 아빠가 생긴 뒤로 다 괜찮아요."

"네가 제일 어른이구나."

혜지가 수호의 손을 잡았고, 그 손 위로 수호의 다른 손이 겹쳐졌다.

2주 뒤, 방송국에서 촬영을 왔다. 1박2일의 일정이라고 했다. 시우와 혜지는 각각 만선민박과 고향식당에 말해 일을 쉬기로 했다. 카메라 앵글에 들어가는 가능성 자체를 피하고 싶었다.

다음 날, 시우는 방송 팀이 돌아가고 나서야 밖으로 나왔다. 방송 촬영 이야기가 마을을 채우고 있었다.

"어저께는 겁나 떨리드랑께."

"공중파가 어떻게 여꺼정 찾아왔다. 희한하제."

"우리 해청도가 그만큼 좋다는 뜻 아니것소."

방송 촬영은 조용했던 섬에 큰 이슈였다. 섬마을 어르신들은 너나 없이 들떠보였다. 그렇게 다시 오지 않을 해청도의 여름이 지나고 있었다. 시우는 가을도 겨울도 지금처럼 평화롭기를 바랐다.

8

오전에 시작된 비가 유리창을 계속 두드렸다. 가을비 치고는 제법 많은 양이었다.

"앗, 이제 시작하려나 봐요!"

TV 앞에서 프로그램 시작을 기다리던 시우의 손이 괜스레 떨렸다. 수호는 볼륨을 두 칸 더 높였다. 혜지가 한 발 더 가까이 당겨 앉았다.

화면으로 보는 해청도가 평소와 다르게 느껴졌다. 산과 바다가 훨씬 더 풍부한 색감으로 표현되고 있었다. 〈전통 밥상〉은 해청도의 볼거리를 소개한 뒤 요리 만드는 장면을 담았다. 권순자 어르신의 집이었다.

"권순자 어르신의 집이네. 만선민박 사장님도 나오셨어."

배만식 사장뿐 아니라 동네 노인들이 대거 방송에 데뷔했다.

해청도의 신인 배우들은 카메라 앞에서 불안한 모습으로 옛날이 야기를 들려줬다. 그 모습을 보는데 자꾸 웃음이 났다. 그중 최고는 단연 배만식 사장이었는데, 시종일관 카메라를 똑바로 바라보지 못했다. 입이 경직되어 한마디도 하지 못했다.

방송의 백미는 권순자 어르신이 옛 방식으로 추억의 음식을 재현하는 장면이었다. 쌀이 귀하던 삼십여 년 전 외동아득에게 헤주민 죽이었다. 그녀의 집에는 몇 십 년 전 물건들이 고스란히 남아 있었다. 외관이 벗겨진 석유 난로, 핸들이 달린 옛날식 재봉틀, 골드스타 상표가 반쯤 벗겨진 선풍기. 시간이 멈춘 듯했다. 한눈에도 오래되어 보이는 가마솥에 미역을 넣고 끓이다가 쌀 대신 감자와 고구마를 채워 넣었다. 당시는 조금만 힘들이면 해안가에서 거북손, 홍합, 고둥을 양껏 잡을 수 있었고, 전복도 어렵지 않게 잡을 수 있어 손수 잡은 것들도 함께 갈아 넣었다고 했다.

또 다시 웃음이 났다. 쌀이 없어 대용으로 만들어 먹던 음식이 지금의 쌀밥과는 비교도 안 되게 고급스러웠기 때문이다. 각종 해산물에 어머니의 정성을 가득 담은 죽을 먹은 외동아들은 건강하게 자랐을 것 같았다. 방송이 끝나고 나서도 시우의 머릿속에 그 죽이 계속 맴돌았다.

"화면 잘 받으시던데요?"

다음 날, 시우는 출근과 함께 배만식 사장을 놀렸다.

"순자가 꼭 도와달라고 하잖여. 어찌 부탁을 해 쌌는지…."

"아드님께서는 방송을 보고 뭐라고 하세요?"

"방송 찍었다고 말도 안 혔어."

"네? 왜요?"

"뭘 그런 걸로 연락을 혀."

"말씀드렸어야죠. 이번 추석 때는 온다고 하죠?"

"아마 못 올 겨. 명절 되면 더 바쁘다. 일이 많은 개벼."

시우는 배만식 사장의 무덤덤한 말투가 더 슬프게 들렸다.

"이번 추석은 창원에 다녀오세요. 표는 제가 끊어 드릴게요."

추석 연휴를 앞두고 배만식 사장은 떠밀리듯 창원으로 향했다. 아내의 장례식 후 처음 있는 섬 밖으로의 외출이었다. 그의 표정에 설렘과 두려움이 공존했다.

배만식 사장은 섬을 떠났지만, 해청도의 추석은 성수기 주말만큼 북적였다. 고향을 떠났던 아들딸들이 그들의 아들딸들과 함께 섬을 가득 채웠다. 집집마다 기름 냄새를 풍겨댔다. 오랜 친구들은 이쪽 마당 저쪽 마당에서 소리치며 인사를 나눴다.

여기저기서 〈전통 밥상〉 방송 이야기가 회자됐다. 밤늦도록 술잔이 채워지고 비워졌다. 자신만의 포인트에서 낚시도 하고, 추억을 더듬으며 거닐기도 했다.

"사람들이 진짜 많네요."

수호가 호박전을 부치는 시우 옆에 앉았다.

"사람 구경하는 거야?"

"여기도 예전에는 사람들이 많이 살았나 봐요."

수호가 함께 모여 웃고 떠드는 가족들에게 시선을 떼지 못하며 말했다.

"수호야, 친척 집에 가고 싶고 그래? 고모도 보고 싶고?"

"보고 싶기도 하고, 안 보고 싶기도 하고. 좀 그래요."

시우는 주변에서 들려오는 가족들의 즐거운 웃음이 수호를 뒤숭숭하게 만들지는 않을까 걱정됐다. 어떻게든 힘을 주고 싶었다. 무언가를 생각하던 시우가 부엌으로 향하더니 얼마 후 김이 모락모락 피어오르는 음식 그릇을 들고 와 수호에게 내밀었다.

수호가 시우 손에 들린 음식을 보고 감격스런 표정을 지었다. 〈전통 밥상〉에서 권순자 어르신이 아들을 위해 끓였던 그 죽이었다. 수호는 한 숟가락도 남기지 않고 바닥을 긁었다. 시우의 마음은 뿌듯했고, 그 모습을 조용히 지켜보던 혜지는 과일이 담긴 접시를 말 없이 내밀었다.

시우는 권순자 어르신을 찾아가 인사도 드릴 겸, 본인이 만든 죽을 대접할까 하다 참았다. 지나친 오지랖이지 싶었다. 그냥 길에서 마주치면 고마웠다고, 정말 훌륭한 레시피였다고 인사나 드려야겠다고 생각했다.

그러나 시우는 다시는 권순자 어르신을 마주할 수 없었다.

9

권순자의 장례식은 슬픔 속에 치러졌다. 누구보다 건강하고, 활발했기에 아무도 그녀의 죽음을 예상하지 못했다. 더군다나 스스로 목을 맬 줄은.

권순자는 25년 전 하나뿐인 아들을 잃었다. 급성 패혈증이 원인이었다. 애석하게도 아들을 잃기 4년 전 남편도 패혈증으로 잃었다. 4년이라는 짧은 터울에 사망 원인마저 같았던 운명의 잔인함은 그녀가 가진 슬픔의 무게를 몇 곱절 더했다.

그럼에도 그녀는 슬픔을 극복하고 꿋꿋하게 살아가는 모습을 보여줬다. 관심 둔 이웃들의 위로가 무색할 만큼 강인한 모습이었다. 마을 주민들은 그녀가 아픔을 극복했다고 생각했다. 가혹한 운명을 이겨냈다고 여겼다. 그랬기에 그녀의 자살은 섬 사람들에게 충격이었다.

창원에서 추석을 보내고 돌아온 배만식도 큰 충격에 빠졌다. 그는 그녀의 외로움을 이해하는 유일한 친구였다. 배만식이 아내를 잃었을 때 권순자는 자신이 겪었던 슬픔, 고통, 그리움을 솔직하게 털어놓았다. 남편과 아들의 손때 묻은 물건들을 버리지 못하는 가슴 저린 집착을 친구에게 고백했다.

배만식은 사람들 앞에서 내색 않던 권순자가 언제부터인가 슬픔을 극복했으리라 단정했던 것을 미안해 했다. 배우자와 자식을 모두 잃은 고통의 크기를 짐작하지 못했던 자신을 스스로 책망했다.

"섬을 떠나는 건 어때?"

"싫어."

"왜?"

"여서 나고, 뛰놀고, 혼사 치르고, 새끼 낳고 길렀잖여. 내가 살아왔고, 살고 있고, 살아갈 유일한 곳이여 이곳은."

"남편과 자식을 잃은 곳이기도 하잖여."

"것도 다 내 팔자여. 인자 나한테 남은 건 이 섬 뿐이여…."

해청도에서 태어나고 죽은 권순자. 그녀는 나이를 먹어서도 늘 섬을 사랑했다. 처음 해청도를 알게 된 순간부터 칠십 평생 변함없었다.

〈전통 밥상〉 촬영을 위해 마을 이장이 권순자에게 도움을 요청할 때도 그녀는 흔쾌히 허락했다. 촬영 장소가 남편과 아들의 추억이 가득한 집안이어도 괜찮다고 했다. 옛 방식으로 요리를 부탁할 때는 죽은 아들에게 해줬던 죽을 다시 만들기까지 했다. 그것이 권순자식 해청도 사랑이었다.

하지만 권순자의 밤은 낮처럼 강하지 않았다. 밤이면 그녀는 그리움에 사무쳤다. 어둠의 힘은 방송 촬영 후 더욱 강해졌다. 과거를 재현해낸 맛이 아들에 대한 기억을 함께 살려냈던 것이다. 다시 살아난 아들에 대한 추억은 동이 틀 때까지 그녀 주변을 맴돌았다.

아들의 추억으로 밤마다 비틀대던 그녀는 추석 때 다시 모인 아들 친구들의 동창회를 보면서 결국 무너지고 말았다. 그곳에 아들이 함께하지 못함이 사무치게 슬펐다. 마음 맞는 아내를 얻어 재미나게 살고, 손주도 보여줘야 할 아들의 불쌍한 어린 죽음이 자꾸 생각나는 외로운 명절이었다.

노인 고독사.

언젠가부터 그 말이 맴돌았다. 권순자는 반복되는 꿈을 꿨다. 자신이 죽고 나서 한참 후에 발견되는 꿈. 어떤 날은 자신의 몸이 썩어가고 있을 때 발견됐고, 어떤 날은 백골이 되어서야 발견됐다. 그녀는 자신의 시체가 발견될 때까지 자신을 지켜보고 있어야 했다. 꿈속에서 몇 년이 걸리기도 했는데, 어찌나 길게 느껴지는지 지옥이 따로 없었다. 파리가 달라붙어도, 구더기가 꼬여도 쫓을 수 없었다.

그녀는 자신이 약해졌다고 생각했다. 그래서 해가 뜨면 더욱 밝은 모습으로 사람들을 대했다. 두려움을 말하고 인정하는 순간, 정말 두려움에 빠질 것 같았다. 낮에는 밝고 활발한, 밤에는 음울한 생활이 반복되었다.

결국 그녀는 낮과 밤의 괴리를 극복하지 못했다. 그리움 앞에 마침내 무릎을 꺾었다. 그간 잘 버텨왔지만, 이번 명절은 견디기 힘들었다. 유독 가족이 그리웠다. 목줄이 기도를 막아오는 순간 깨달았다. 그간 잘 이겨왔었던 것이 아니라, 잘 숨겨왔었던 것이었음을. 사랑하는 가족에 대한 그리움은 결코 이길 수 없는 것임을.

예상치 못한 슬픔이 내려앉은 섬마을은 고요했다. 해청도에서 자살은 유례없는 일이라 누구도 쉽게 말을 꺼내려 하지 않았다. 해청도마저 그녀를 조용히 보내주려 했는지 장례식 내내 파도조차 숨을 죽였다. 그렇게 그녀는 눈을 감았다.

10

장례식장에 갔다 돌아왔는데 백발의 노인이 있었다. 수호
가 달려가 안겼다. 노인이 수호를 안은 채 머리를 쓸면서 시우
에게 물었다.

"잘 다녀왔어?"

"그냥 다녀왔어요."

"장례식장 분위기는 어땠어?"

"장례식장 분위기야 다 똑같죠."

"느낀 건 없고?"

"뭘 느껴야 하나요?"

"타인의 죽음을 마주하고서야 생의 고마움을 느낄 때가 많
으니까."

"뭔가 슬픈 말이네요."

"생은 소중한 것이니까. 너도 느꼈을 수 있겠지만."

"잘 모르겠어요."

"유와 무, 어려움과 쉬움, 길고 짧은 것, 높고 낮음은 서로를
존재하게 하거나 드러낸다는 말이 있어."

"죽음과 삶이 서로를 드러내 보이게 한다는 말씀이세요?"

천사 노인이 가만히 고개를 끄덕였다. 시우도 고개를 끄덕였
다. 그때 혜지가 불편한 표정으로 끼어들었다.

"죽음과 삶의 관계요? 저는 그런 거 모르겠어요. 저는 아들
의 장례식장에서 온통 죄스러움만 느꼈어요. 대신 죽지 못한 것

에 대한 죄책감만 한가득 느꼈다고요."

"그래, 진정 사랑하는 이의 죽음은 예외지. 모든 걸 초월하는 법이니까."

천사 노인이 길게 호흡을 내뱉었다.

"할아버지, 왜 권순자 할머니가 죽는 걸 막지 않으셨어요?"

안겨 있던 수호가 천사 노인의 품에서 나오며 물었다.

"운명이었어."

"운명요? 그럼 우리는 살아날 운명이었나요?"

"그래. 전에도 말했지만."

"운명은 노력하다 보면 바뀔 수도 있잖아요."

"이번에는 달랐단다. 내가 할 수 있는 게 없었어."

천사도 어쩔 수 없는 운명. 세 사람은 아무 말도 없었다. 시우는 지난날 한강에 뛰어들던 자신의 모습이 떠올랐다. 혜지와 수호도 같은 생각을 하는 것 같았다.

"벌써 시간이 이렇게 되었구나. 이만 가봐야겠어."

"바람이 차네요. 일교차가 크니 감기 조심하세요."

"천사가 감기? 별 웃긴 걱정을 다 한다."

천사 노인이 콧방귀를 끼며 돌아섰다. 세 사람은 그를 대문까지 배웅하고 들어왔다.

"천사라는 분이 이런 것도 흘리고 다니나?"

천사 노인이 두고 간 물건을 보고 시우가 투덜거렸다. 그러자 혜지가 조용히 말했다.

"일부러 두고 가신 거야."

혜지의 반응에 수호가 관심을 보였다.

"엄마가 그걸 어떻게 알아요?"

"우리에게 준 선물이거든."

"그게 뭔데요?"

"초콜릿 비스킷."

11   2018년 9월 20일, 서울 종로, 당구장

비가 쏟아지는 목요일.

임선기는 자신이 운영하는 당구장에서 무료하게 채널을 돌리고 있었다. 전국적인 비로 야구 경기가 취소되는 바람에 볼 만한 방송이 없었다. 그렇게 하릴없이 채널을 돌리다 리모콘을 소파에 던졌다.

"씨발. 드럽게 볼 거 없네."

그는 우연히 멈춘 채널에서 무슨 방송을 하는지 보지도 않고 빈 당구대에 혼자 쓰리 쿠션을 연습했다. 오늘따라 유난히 공이 잘 맞았다. 이런 날, 행운의 여신과 한 판 해야 하는데.

"저기 작년에 갔던 그 섬이네? 저기서 처녀 허벅다리만 한 농어들을 쑥쑥 건졌는데 말이야."

옆 테이블 손님의 말에 임선기의 눈이 무심히 텔레비전으로 향했다. 어느 시골 마을을 소개하는 프로그램 같았다. 유심히 보니 오래된 물건들이 많았는데 심지어 죽을 가마솥에 끓이고 있었다. 요즘 세상에 가마솥이라니.

"완전 깡촌이네요. 저기가 그렇게 낚시가 잘 돼요?"

"잘 되다마다. 우럭에 민농어, 점농어는 물론이고 방어와 부시리 포인트까지 있어. 등산로도 좋고, 등대도 유명하고, 민박집도 잘 돼 있고. 임 사장도 여름에 한번 가보든가?"

"섬 이름이 뭔데요?"

"해청도."

방송을 보고 있자니 섬 바람 한번 쐬고 오는 것도 괜찮을 성싶었다. 최근 들어 그는 삶이 무료해지던 참이었다. 불알친구들과의 만남이 살아있음을 느끼는 낙이었는데, 어찌된 일인지 그중 한 놈과 몇 달째 연락이 닿지 않았다.

카운터로 돌아와 앉아 왼손을 팬티에 넣고 조물거리며 오른손으로 성의 없이 키보드를 두드렸다. 생소한 이름과 달리 많은 사람이 찾는 섬이었다. 당구장 손님 말대로 커다란 농어를 잡은 사진이 꽤나 올라와 있었다. 7자, 8자짜리가 수두룩했다. 족히 30cm는 되어 보이는 노래미를 그냥 버리는 사람들도 있었다.

하지만 육지에서 세 시간이나 배를 타고 가야 한다는 사실에 호기심은 금방 시들해졌다. 왕복 여섯 시간이나 배 위에서 보낸다는 건 임선기로선 상상할 수 없는 일이었다. 그것도 군산까지 가는 시간을 빼고 말이다.

"존나 머네, 씨발."

이대로 가다가는 임선기의 낚시 욕구가 게으름에 패배를 선언할 것 같았다. 좀 더 가깝고 이동이 쉬운 곳에서 손맛을 느끼고 싶었다. 해청도만의 특별히 매력적인 어떤 것이 있다면 몰라도.

그가 기지개를 켜며 의자를 한껏 뒤로 제쳤다. 삐거덕거리며 살려달라는 의자의 비명을 무시하고 왼손에 묻은 냄새를 깊이 들이마셨다. 스으으읍, 스으으으읍. 그리고 다시 팬티에 손을 집어넣었다.

해청도에 어떤 특별한 매력이라도 찾아볼 요량으로 블로그들을 돌아다녔다. '인생을 낚는 자들'이라는 블로그가 눈에 띄었다. 이곳, 저곳 낚시를 다니며 여행기를 올리는 블로거였다. 전국 방방곡곡 안 가본 곳이 없어 보였다.

"이런 놈팡이 놈들이 진짜 정보를 캐고 다니는 법이지."

임선기가 인증한 놈팡이의 블로그에는 해청도에서의 낚시 경험, 민박집에서 묵었던 경험들이 사진들과 함께 잘 정리되어 있었다. 그중 한 식당에 대한 글에 특이하게 댓글이 많이 달려 있었다.

"뭔데 이 글만 이렇게 댓글이 많아? 키보드 워리어 새끼들, 댓글 싸움 붙었나?"

강원도감자
쩐다. 쩔어. 대박.
　ㄴ**꾼님**
　　진짜 예쁘네. 해청도 가면 무조건 고향식당 간다.

낚시사랑
섬에 팔려 왔나? 존나 예쁜데?

손맛참맛

날씬하고 예쁘지만 다들 좀 오버인 듯;;;

구름꿈

장난함? 연예인급 아님?

  ㄴ 떡하고밥

  예쁘긴 한데, 그 정도는 아니지 않나요?

돔사랑

제가 실물로 봤습니다! 실물 초대박! 완전 모델입니다.

임선기는 댓글을 읽으며 코웃음을 쳤다. 강남 업소 한 번 안 가봤을 촌놈 새끼들. 낚시나 다닌다고 여자를 얼마나 못 봤으면 시골 식당 종업원한테 저 난리를 치고 있을까. 한심했다. 하지만 머리와 달리 마우스 커서는 사진을 향하고 있었다.

"오! 씨발."

순간 임선기는 가슴이 멎을 만큼 놀랐다. 사타구니를 긁던 왼손을 꺼내 눈을 비벼댔다. 그렇게도 찾아 헤맸던, 꿈에서도 그렸던 바로 그 여자가 사진 속에 있었다. 모니터에 빨려 들어갈 듯이 해청도, 고향식당 관련 모든 자료를 서핑하기 시작했다. 섬의 유일한 학교인 바다초등학교 홈페이지에 방과후 강사로 일하고 있는 여성의 사진이 모니터에 떴다. 임선기는 확신했다. 분명 그 여자였다. 드디어 찾았다.

"해청도로 간다."

12

　행색은 영락없는 등산객이었으나 임선기의 목적은 등산이 아니었다. 오직 고향식당 종업원이었다. 쌀쌀한 겨울의 바닷바람도 그의 피를 식히지 못했다. 그녀가 해청도에 있다는 것을 안 순간 당장 달려가고 싶었지만, 선물 준비에 시간이 걸렸다. 참기 힘든 시간이었다. 오직 그 선물이 있어야 둘의 만남이 완벽해진다는 믿음 하나로 두 달을 겨우 인내했다.

　임선기의 심장은 꿈에 그리던 여자를 다시 만난다는 생각에 거칠게 뛰었다. 심장의 박동만으로도 몸에 땀이 날 지경이었다.

　해청도 선착장에 비장하게 내린 임선기는 곧바로 고향식당으로 향하지 않았다. 해청도를 돌며 적당한 장소를 물색할 작정이었다. 인터넷으로 수없이 살폈지만 직접 눈으로 확인하는 것이 중요했다.

　"어르신, 이 섬에 빈 집 없나요?"

　길에서 마주한 할머니에게 말을 걸었다. 체구는 작았지만 오랜 세월 해풍을 견뎌낸 바위처럼 단단해 보였다. 고무줄 바지에 해진 점퍼, 검게 탄 피부와 거친 손이 해청도 주민임을 인증하고 있었다.

　"젊은 총각이 그런 걸 왜 물어보고 댕겨?"

　"이 섬으로 이사 올까 싶어서요."

　"그런 건 이장한테나 물어봐. 아니면 부녀회장한테 가든가."

　"그냥 아시는 대로만 얘기해주세요. 먼저 좀 살펴보려고요."

임선기는 자신을 유심히 살피는 할머니의 눈짓에 최대한 선량한 미소를 지어보였다.

"요 앞집도 빈집이고, 저그 저 집도 빈집이여. 저그 길가에 담벼락이 높은 파란 지붕도 빈집이고."

"파란 지붕 집은 담벼락이 유난히 높네요. 그나저나 이 섬에 빈집이 왜 이렇게 많죠?"

"요새 사람들이 섬에 살려고 혀? 다 도시서 살라고 그라지."

"그래도 저는 이런 섬에 들어와서 사는 게 꿈이거든요."

"그려? 거 참 희한허네. 살기는 저그 기와지붕 집이 좋은디, 그 집은 싸게 줘도 하지 마."

"왜요?"

"그런 기 있어. 기냥 하지 마."

임선기는 할머니가 무언가 숨기는 게 느껴졌다.

"누가 죽기라도 했어요?"

"뭐?"

할머니가 깜짝 놀라며 고무줄 바지를 고쳐 입었다.

"누가 죽었나 보네요."

"어떻게 안 겨?"

"그런 것 같았어요. 에이, 뭐 그 정도 가지고 그러세요."

"그런 게 아니여."

"살인이라도 일어났나요?"

"아녀, 그런 거."

"그럼 누가 자살이라도 했나요?"

"나는 몰러."

할머니는 눈을 피했고, 임선기의 눈은 빛났다.

"아시는 게 있으시니깐 저 집은 안 된다고 하신 거잖아요."

"암튼 저 집은 하지 마. 어른 말 들어 나쁠 것 한 개도 없어."

"알겠습니다."

할머니는 자신의 키만큼 작은 보폭으로 빠르게 길을 갔다. 임선기는 기와지붕 집에 대해 좀 더 알아봐야겠다고 생각했다.

"어르신, 뭐 좀 여쭤보려고요."

"뭐여?"

이번에는 파마머리의 50대 아줌마였다. 역시 검게 그을린 피부와 거친 손, 그리고 무릎이 튀어나온 추리닝 바지는 그녀가 이곳 주민임을 완벽하게 말해주고 있었다.

"빈집을 좀 보고 있는데요."

"근디."

"좋은 집 좀 알려주세요."

"참말로 별일이네. 생전 이사라고는 안 오다가 요새 들어서 젊은 사람들이 계속 이사를 오고 말이여."

"누가 이사를 왔나요?"

"저 짝에 이사를 오고, 또 얼마 안 돼서 또 한 집이 바로 옆으로 이사를 왔어. 두 집 다 젊은 부부던디."

"부부요? 부부라고요?"

임선기의 목소리가 떨렸다. 그녀에게 남자 친구가 있을 수 있다고는 생각했지만 결혼을 했으리라는 생각은 못 했었다. 섬에서 그녀가 발견되었을 때도 단순히 고향에 내려온 정도로만 생각했었다.

"잘 몰러."

"새로 이사 왔다는 사람들의 집이 어딘가요?"

"저기야. 두 집 다 오기 전에 집을 싹 고치더만. 젊은 사람들이 돈이 많은 개벼."

아줌마의 손끝에 두 집이 보였다. 한 집은 2층 집이고, 그 옆의 또 다른 집은 1층 집이었다. 분명 두 집 중 하나에 그녀가 산다. 어느 집일까?

"고맙습니다. 그리고 하나만 더 여쭐게요."

"뭐여?"

"저 위에 기와지붕에서 무슨 일이 있었나요?"

"그런 건 왜 물어봐?"

부드럽던 아줌마의 목소리에 날카로운 가시가 돋았다.

"해청도로 이사 올까 하는데요, 다른 어르신이 저 집은 사면 안 된다고 해서요. 절대로."

"사지 말라고 하면 사지 말 것이지 뭘 자꾸 물어싸?"

이상했다. 이 마을 사람들 모두가 저 집에 대해 말하는 것을 피하고 있는 눈치였다. 짐작되는 게 있었지만 모른 척 계속 물었다.

"저는 저 집이 제일 마음에 들거든요."

"왜 꼭 저 집을 사려고 혀?"

"볕도 잘 들고, 위치도 제일 좋잖아요. 큰길가에 있으니까요. 그런데 뭐 때문에 사지 말라는 건가요? 귀신이라도 나오나요? 안 가르쳐주시면 저 계약할 거예요."

"어이구. 참 곤란허네. 외지인한테 이런 거 말하면 안 되는
디."

"외지인이라뇨? 저도 곧 이 마을 사람이 될 건데요 뭘."

아줌마가 파마머리를 긁어댔다. 그러다가 못 이긴 척 나직
이 말을 이었다.

"지 집주인이 밀나 신에 목을 내널았어."

"목을 매요? 자살요?"

그랬다. 그래서 저 집에 대해 말하는 것을 꺼려했던 것이다.

"그러니께 딴 집으로 사. 빈집 많어."

"그럼 이 마을 분들도 저 집에는 잘 안 가시겠네요?"

"누가 가겠어. 총각 같으면 가겠어? 그냥 딴 집 한번 살살 살
펴봐. 육지랑 멀어서 좀 불편하긴 혀도 공기 좋고, 물도 좋아. 동
네 인심도 좋고."

두 번째 아줌마는 그에게 꼭 이사 오라고 당부하고 돌아섰다.

임선기는 마을 사람들을 만나 얻은 정보를 곱씹었다. 그녀
가 결혼했다는 것을 알고도 이 일을 진행해야 할 것인가를 말
이다. 고민을 거듭했지만, 선물까지 준비한 마당에 포기할 수
는 없었다.

임선기는 마음을 굳게 먹고 고향식당으로 향했다.

13

하루가 다르게 바람이 차가워지면서 해청도를 찾는 방문객도 눈에 띄게 줄어갔다. 혜지가 손님 없는 식당에서 가만히 있는 시간이 늘어나면서 남복순 사장은 그만 도와줘도 된다고 말했다.

그렇게 그녀가 마지막으로 일하기로 한 날이었다. 일요일임에도 한가한 하루였다. 낮에 낚시 손님과 등산 손님 몇 명만 들렀을 뿐이었다. 식당 문을 닫으며 남복순 사장은 그간 혜지의 도움에 고마움을 나타냈고, 지희는 혜지를 꼭 껴안았다.

일을 마치고 나온 시간은 저녁 여덟 시도 채 되지 않았지만, 이미 어둠은 섬마을 깊숙이 내려앉아 있었다. 혜지는 음악과 함께 걷고 있었다. 헤드폰에서는 마이클 잭슨의 〈The Girl is mine〉이 흘러나오고 있었다.

블루투스 헤드폰의 볼륨을 높이고 분홍색 후드 티의 모자를 썼다. 설거지하다 양말이 젖는 바람에 맨발이어서 슬리퍼 사이로 들어오는 찬바람에 발끝이 시렸다. 발을 녹일 겸 걸음의 속도를 높일 때였다. 누군가 자신을 바라보는 시선이 싸늘하게 스쳤다. 천천히 뒤를 돌아봤다. 아무도 없었다.

기분이 이상했다. 평소와 달리 뭔가 신경 쓰였다. 볼륨을 낮추고 조심스레 주변을 살폈지만 아무도 없었다. 불안한 마음을 다독이며 내쳐 몇 걸음을 내디뎠다. 다시 누군가 지켜보고 있는 느낌이 들었다. 태연하게 걷는 척하다 순간적으로 획 뒤로 돌았다. 그때 범인과 눈이 마주쳤다.

"너였어?"

혜지가 어둠 속에 검게 숨은 범인을 찾아냈다. 구면이었다.

깜순이. 진수가 키우는 아기 고양이였다. 깜순이가 푸르스름하게 빛나는 눈으로 혜지를 조심스레 보고 있었다.

"얼른 집으로 들어가."

깜순이는 혜지의 말에 따르기 싫다는 듯 버티고 섰다.

"어서 돌아가라니까."

아기 고양이는 아직 대항할 힘을 갖추지 못함이 분하다는 듯 꼬리를 부풀리더니 이내 돌아섰다. 깜순이가 돌아가는 것을 보고 혜지는 다시 볼륨을 높였다.

어느덧 노래는 다음 곡으로 넘어가고 있었다. 〈Thriller〉. 혜지가 즐겨듣는 노래였다. 또각, 또각, 또각. 도입부의 발자국 소리가 노래에 빠져들게 했다. 전주를 들으면서 당시 센세이션을 일으켰던 14분에 달하는 뮤직비디오를 떠올렸다.

그런데 뭔가 이상했다. 노래 앞부분이 평소와 달랐다. 분명 또 다른 발자국 소리가 겹쳐 들렸다. 오디오 트랙을 하나 더 얹은 듯. 새로 추가된 오디오 트랙의 발자국 소리는 원래 음원의 발자국보다 훨씬 급박했다. 이건 음악 소리도, 분한 아기 고양이가 낼 수 있는 발자국 소리도 아니었다. 혜지가 잔뜩 움츠리며 뒤를 돌아봤다.

"읍…!"

외침이 다 뱉어지기도 전에 헝겊이 혜지의 입을 틀어막았다.

발악하는 과정에 슬리퍼가 벗겨졌다. 힘을 써보려 했지만 웬일인지 몸에서 힘이 빠져나갔다. 희미해져가는 정신에 끔찍한 목소리가 들렸다. 절대 잊을 수 없는 그 목소리.

"안녕, 이쁜이."

14

임선기가 그녀를 들쳐 업고 서둘러 기와지붕 집으로 들어갔다. 빈집이라 전기가 들어오지 않아 방안에 촛불을 켜뒀다. 집은 쌀쌀했지만 방은 훈훈했다. 부엌에 있던 낡디낡은 석유 난로에 석유가 남아 있었던 때문이다. 외관이 다 벗겨져 있었지만 작동에는 이상 없었다. 임선기에게 그 석유 난로는 사막 한 가운데에서 만난 오아시스였다.

애초에 귀신 따위는 믿지 않는 임선기에게 이곳이 두려울 이유는 없었다. 누가 자살을 했건 환생을 하건 상관없었다. 그에게 이 집은 작전을 성공시키기 위한 최적의 장소일 뿐이었다. 임선기는 이틀 만에 그녀를 납치할 수 있어 더없이 기뻤다. 입에 담배를 물고 욕정에 물든 웃음을 띠며 작전을 복기했다.

그는 그녀가 새로 이사 왔다는 두 집 중 어디에 사는지 몰랐다. 인적이 드문 섬에서 뒤를 밟았다가는 자칫 일을 그르치기 십상이라 뒤쫓지 않았다. 다만 새로 이사 왔다는 두 집 중 어느 집이건 고향식당에서 집으로 가려면 이 길을 반드시 지나야 했다.

그 정도면 충분했다. 그녀가 나타나기만 한다면 몇 시간의 기다림 정도는 기꺼이 지불할 수 있었다.

임선기는 기와지붕 안에서 밤이 되기만 기다렸다. 음낭을 만지던 손을 꺼내 콤콤한 냄새를 맡고 다시 바지에 넣고를 백 번도 넘게 반복하고 있을 즈음, 그녀가 나타났다.

목격자가 있었더라면 그녀를 그냥 집으로 보냈어야 했다. 어제가 그랬다. 그녀를 발견했을 때 빌어먹을 마을 노인 두 명이 함께 지나가는 바람에 실패했던 것이다. 하지만 오늘은 그녀 혼자였다. 임선기는 조용히 따라붙어 마취약으로 그녀를 기절시켰다.

정신을 잃고 엎어져 있는 그녀를 보는 임선기의 가슴이 미칠 듯이 뛰었다. 불알친구들과 함께 승합차를 타고 다니면서 여러 여자를 윤간했지만, 그녀만큼 쾌락을 준 여자는 없었다. 평소 너무도 꿈에 그리던 여자였다. 지난번에 빨리 사정한 것은 분명 그 때문이었다. 자신 탓이 아니었다.

친구들로부터 토끼라고, 조루라고 놀림 받게 만든 여자였지만 상관없었다. 그녀는 최고였으니까. 임선기의 상상 속에서 그녀는 점점 완벽해갔고 이미 대한민국 최고의 미녀가 되어 있었다. 그랬기에 꼭 다시 만나야 했다. 자신의 상상이 허상인지 실상인지 확인해야 했다.

실제로 만나 보니 상상하던 그녀의 모습이 허상이었음을 깨달았다. 상상했던 모습과 실제는 달랐다. 상상 속에서 그녀는 아름다웠지만 다시 만난 그녀는 눈부셨다. 이 정도일 줄은 자신도 몰랐다.

그녀를 품에 안고 숨을 들이켰다. 그동안 후각에 대한 기억이 없어 시각, 촉각으로만 기억을 재구성했었다. 그녀의 체취를 맡는 지금 흥분은 배가 되었다.

밤마다 그녀를 강간할 때 찍은 동영상을 보고 또 봤다. 자신이 헐떡대는 모습도, 친구들이 헐떡이는 모습도. 수많은 영상 중 유일하게 그녀의 영상에서만 질투를 느꼈다. 그걸 보며 얼마나 많은 자위를 했는지 모른다. 다른 어떤 성인 영상도 그렇게 자신을 흥분하게 만들지 못했다. 질리지도 않았다. 어떤 업소를 찾아도, 다른 어떤 여자를 만나도 갈증은 채워지지 않았다.

그녀에 대한 그리움은 나날이 커졌다. 결국 임선기는 위험을 무릅쓰고 몇 달 전 그녀를 납치했던 그 골목을 맴돌기 시작했다. 심지어 근처 미용실, 식당, 편의점에서 그녀의 인상착의를 말하며 찾아 나서기까지 했었다. 하지만 그녀를 만날 수 없었다. 몇 달의 시간은 그의 의사와 상관없이 희망을 깎아 나갔다.

그렇게 거의 포기했었던 그녀가 앞에 누워 있다. 생각해보면 비로 인해 야구 경기가 취소되어 당구장 텔레비전의 채널을 돌렸던 일, 우연히 섬마을 먹거리를 소개하는 프로그램을 틀어 놓은 일, 그 프로그램이 소개하는 섬을 다녀온 단골이 옆에서 당구를 치고 있었던 일, 그 단골이 그 섬을 추천한 일, 낚시를 좋아했기에 해청도에 대해 검색한 일, 어느 블로그에서 우연히 댓글 많은 글을 봤던 일, 그 글에서 그녀의 사진을 발견했던 일, 그 섬의 초등학교 홈페이지를 통해 마침내 그녀가 이곳에 있음을 확신한 일, 마을 주민이 그녀의 집 주변을 알려준 일, 계획을 실행하기에 딱 들어맞는 위치의 빈 집, 그리고 그녀가 지나가던 순간에 아무도 없었던 상황 모두가 짜 맞춘 듯 맞아떨어졌다. 그중 하나라도 어긋났다면 다시는 만나지 못했을 정교한 우연.

임선기는 친구에게 전화를 걸어 이 상황을 설명했다.

"씨발 새끼야. 나 해냈다!"

수축기 혈압이 300mmHg은 족히 넘어 보이는 긴장감이 전화기로 흘렀다.

"뭔 개소리야?"

"내 이쁜이, 나만의 이쁜이를 다시 찾았다고, 이 새끼야!"

"뭐? 그때 그년?"

"그래, 바로 그 여자."

"와, 미친놈! 진정 의지의 사나이다. 대단하다 임선기!"

"내가 뭐랬냐? 찾을 거라고 했지?"

임선기는 자신이 그녀를 가지는 모습을 영상 통화로 친구에게 보여줄 작정이었다. 연락이 닿지 않는 한 친구에게 자랑하기 위해 캠코더도 준비했다. 지난번의 굴욕을 맛보지 않기 위해 비아그라도 먹었다.

"나도 데리고 갔어야지, 이기적인 새끼야. 진짜 우리가 잡은 년 중에 최고였는데. 내 몫까지 해라, 선기야. 이번에는 빨리 싸지 말고 오래 해. 바다까지 건너가서도 토끼처럼 빨리 싸면 서울 오지 말고 간 꺼내 놓고 뒤지고. 알겠냐, 등신아?"

친구는 흥분한 상태로 비난과 응원을 함께 쏟아냈다. 임선기는 그녀의 지갑을 뒤졌다. 정혜지. 그녀의 이름이었다. 임선기는 히죽거리며 정혜지의 바지를 벗겼다. 꽉 끼는 바지가 잘 내려가지 않았지만, 그 마찰력마저도 흥분으로 돌아왔다. 얇은 천 하나만이 겨우 엉덩이에 붙어 있었다. 맨살을 지키는 마지막 근위병을 쓰다듬었다. 하얀 팬티가 참 부드러웠다.

가장 긴장되는 순간이었다. 시선을 팬티에 고정했다. 아직 엉덩이를 보지 않아야 했다. 맨 엉덩이를 메인 요리처럼 아껴뒀다. 심장이 미친 듯 뛰었다. 팬티를 벗기고 싶은 욕구를 겨우 참았다. 임선기가 고개를 숙여 팬티에 코를 박고 냄새를 맡았다. 황홀감에 눈이 감겼다.

스으으으읍. 스으으읍. 스으으으으으으읍. 폐포 끝까지 그녀를 밀어 넣었다. 정확하게 세 번. 어찌 이리 달콤한 향기가 날까. 임선기는 만족스러운 표정으로 게슴츠레 눈을 떴다.

눈 앞의 그녀는 수없이 봐왔던 영상과는 비교도 안 되게 아름다웠다. 어두운 차 안의 노란 실내등에 비친 영상으로는 도저히 이 아름다움을 다 담을 수 없으리라. 팬티 위로 엉덩이의 도톰한 살집을 느꼈다. 물컹한 감촉이 그를 더 딱딱하게 만들었다. 임선기는 흥분된 상태로 그녀의 후드티를 벗겼다. 브래지어는 남겨뒀다. 그녀가 마취에서 깨어나면 벗길 생각이었다. 가슴을 보고 싶은 욕망 역시 꺾어내기 힘들었으나, 오늘 밤 절정의 쾌락을 위해 어렵게 참아냈다. 속옷만 입은 정혜지의 손발을 묶으며 임선기가 말했다.

"이 새끼야, 이쁜이는 내 거야. 오늘 밤새도록 가질 거야. 앞으로 이 여자는 죽을 때까지 나만 안을 수 있어."

15

시계를 보니 여덟 시였다. 늘 그렇듯 시우는 수호와의 과외를 마치고 저녁 준비를 하고 있었다. 주말이면 혜지의 늦은 귀가로 세 식구의 저녁은 늘 늦었다.

저녁상을 차리는 시우의 귀에 누군가 대문을 거칠게 두드리는 소리가 들렸다. 문 열라는 다급한 소리가 뒤따랐다. 목소리로도 아는 그 사람은 추정우였다.

"시우 씨, 시우 씨. 좀 나와 보세요."

시우가 슬리퍼를 끌며 대문으로 나갔다. 대문을 열자 추정우가 몹시 초조하고 불안한 모습으로 서 있었다. 상기된 얼굴, 다급함이 엿보이는 옷매무새, 게다가 식은땀까지. 너무 낯설었다. 평소의 침착하고 차분했던 그의 모습은 온데간데없었다.

"무슨 일이죠?"

"잠시 밖으로 나와 주세요."

추정우가 시우를 밖으로 강하게 끌었다. 시우가 반사적으로 한 발 뒤로 물러서며 버텼다.

"왜 이러세요? 무슨 일인지 먼저 말하세요."

"수호가 들으면 안 되는 말입니다."

추정우는 시우가 버티는 힘보다 강하게 끌어당겼다. 시우는 끌려가면서 추정우의 말을 곱씹었다. 수호가 들으면 안 되는 말? 발단, 전개, 위기 없이 바로 절정으로 치닫는 기분이었다. 평소 좋아하지 않는 흐름이었다.

"대체 왜 이러세요?"

"혜지 씨가 납치되었습니다."

"뭐라고요?"

"이럴 시간 없어요. 빨리 나오세요."

추정우는 더 이상 말을 하지 않고 마을 아래로 달리기 시작했다. 시우도 슬리퍼를 신은 채 뒤따라 달렸다.

"어디 있는지는 알고 가는 거예요?"

"대충 압니다."

"납치된 걸 어떻게 알았죠?"

"아내가 말했습니다. 나중에 설명할 테니 그냥 따라오세요."

젠장. 명미희 말이라면 틀림없다는 뜻이다.

"미희 씨에게 어디 있는지 자세히 좀 물어보세요."

"일단 따라오라고요."

"뭘 좀 더 알고 가야⋯."

"닥치고 그냥 따라오라고!"

추정우는 말을 내지르고는 뒤도 돌아보지 않고 달려 나갔다. 시우가 그 뒤를 빠르게 쫓았다. 이해되지 않는 상황에 두려움이 앞섰다. 더욱 겁이 나는 것은 추정우의 말과 행동에 거짓됨이 없어 보였기 때문이다.

얼마 달리지 않아 추정우가 길 한가운데서 멈췄다.

"이 근처입니다."

"정확한 위치는 모르나요?"

"저기 슬리퍼가 있네요."

추정우의 손가락이 가리키는 곳에 혜지의 슬리퍼가 있었다. 시우가 슬리퍼를 주워들었다. 온기를 느껴보려 했으나, 이미 바람이 모든 흔적을 가져가 버린 뒤였다.

"이 근처겠군요."

"그럴 겁니다. 늦은 시간이 아니라 사람들 눈을 피하기도 어려웠을 테니 멀리 가지는 못했을 겁니다."

두 사람은 슬리퍼 외에 다른 증거를 찾아 두리번거렸다.

"범인은 한 명일까요?"

시우가 조심스럽게 물었다. 범인은 왜 혜지를 납치했을까? 계획된 범죄일까? 아니면 우발적 범죄일까?

"짐작하기 힘드네요."

"정우 씨가 범인이라면 어떻게 하겠어요?"

"아무도 없는 곳으로 데려가고 싶을 겁니다. 그런데 마을 사람이 아닌 이상 그런 곳을 잘 알까요? 산까지 오르기는 너무 멀고."

"범인이 마을 사람이면요?"

"그렇다면 최악이겠죠."

추정우의 말처럼 범인이 섬마을 사람이라면 잡기 쉽지 않을 것 같았다. 지리적 이점은 물론 치밀하게 범행을 계획할 시간까지 있었을 테니.

"범인의 목적이 뭘까요?"

"속단하기 힘듭니다."

"미희 씨는 왜 이 일을 미리 알지 못했죠?"

시우의 말투에 원망이 진하게 묻어났다.

"아내라고 모든 것을 다 알 수 있는 게 아닙니다."

"그래도…."

"지금은 제 아내를 탓할 때가 아니잖아요."

추정우의 목소리에 짜증이 묻어났다.

"답답하니깐 이러는 거 아닙니까?

"시우 씨 같으면 어떻게 하겠습니까? 납치에 성공했다면."

"이 섬을 나갈 거예요."

"어떻게요? 오늘은 이미 배가 끊겼는데."

"우발적 납치가 아니었다면 미리 배 정도는 구해놓았을 겁니다."

"배까지는 사람들에게 걸리지 않고 어떻게 가고요?"

시우가 잠시 고민하다 입을 열었다.

"기절시켜 캐리어 따위에 넣고 끌고 가겠죠. 어차피 관광객이 많은 섬이니 의심도 피할 수 있고."

시우는 스스로도 억지스러운 면이 있다고 생각했다.

"내가 범인이라면…, 내가 만약 범인이라면…."

"정우 씨, 신고부터 할까요? 아니면 해경이나 해군에라도 도움을 요청할까요?"

"그건 조금만 미루죠."

대답하는 추정우의 얼굴에 주저함이 느껴졌다.

"왜요? 이런 일은 시간이 중요하잖아요!"

"경찰에 신고해 수사를 진행하면 마을 사람들이 알게 될 거고, 혹시나 성폭행이라도 당한다면 혜지 씨는 이 섬에서 지내기 힘들어질 수도 있습니다."

"말도 안 되는 소리 하지 마세요. 범죄가 알려질 걸 두려워하지 말고 범죄를 막을 생각을 해야죠. 빨리 신고합시다!"

"조금만 더 찾아보고 안 되면 그때 신고합시다."

"납득이 안 되네요."

"아니오. 납득하고 있다는 거 압니다."

"뭐라고요?"

"정말 다급하다면 제게 왜 물었습니까? 바로 신고하면 되잖아요. 제게 물었다는 것 자체가 시우 씨도 신고를 주저하고 있다는 거 아닙니까?"

"그건⋯."

"우선 배를 타고 나갔을 가능성은 제외합시다. 아무리 겨울철이라 해도 낚시꾼이 많은 섬에서 누군가를 배로 몰래 데리고 나간다는 건 결코 쉬운 일이 아닐 겁니다. 만약 배를 타고 나가는데 성공했다면 우리가 당장 할 수 있는 일도 없을 테고요."

"사람들이 가지 않을 만한 곳을 찾아볼까요? 그게 우리가 지금 당장 할 수 있는 일이니까."

"그게 좋겠군요."

시우의 불안감이 커지고 있었다. 생각할수록 납치의 목적이 하나로 좁혀지고 있었다. 다른 목적이 있을 리 없었다.

허나 풀리지 않는 문제가 있었다. 성폭행을 했다 치자. 그런데 내일 배가 들어오는 시간까지 어떻게 버틸 생각일까? 해경이 찾아 나설 텐데. 이 외진 섬에서 범행을 저지르는 놈이 도망갈 궁리를 못했을 리 없다. 설마…. 아닐 것이다. 그것만은 안 된다.

"혜지 씨를 죽이려는 것 같습니다."

시우가 억지로 밀어내고 있던 생각을 추정우가 대신 말했다.

"아니야. 그럴 리 없어."

시우의 목소리는 단호했지만, 눈동자는 흔들리고 있었다.

"여기는 고립된 섬입니다. 범인 역시 그것을 잘 알고 있을 테고요. 이런 섬에서 혜지 씨를 납치했다는 것은 도망칠 자신이 있다는 얘기입니다. 그럼 어떻게 할 생각일까요?"

추정우가 잠시 말을 끊었다. 자신의 결말을 이야기해야 하나 말아야 하나 고민이 되었을 것이다.

"아마 성폭행 후 죽일 수도 있습니다. 시신을 어딘가에 숨겨 놓으면 섬을 빠져나갈 시간도 벌고, 들키지 않을 수 있죠."

시우의 입술이 파르르 떨렸다. 겁이 났다. 그리고 떠올랐다. 태어나서 딱 한 번 본 시신. 맥박이 뛰지 않던 아버지. 애타게 부르짖고, 흉부를 압박해도 깨어나지 않았던 아버지. 순간 그날 그 방의 아버지 몸에 혜지의 얼굴이 겹쳐졌다. 끔찍했다.

"너무 극단적이에요."

"그것 외에는 다른 것을 생각할 수 없습니다."

"그래도 그건…."

"분명 멀리 가지는 못했을 겁니다. 외지인이 차를 몰고 다닐 수 있는 곳도 아니니까. 근처를 찾아봅시다. 어서요!"

추정우가 다그쳤다. 하지만 시우의 귀에 추정우의 말은 들어오지 않았다.

"나라면…. 나라면…. 나라면…."

"네?"

"나라면 가까우면서도 사람들이 찾지 않는 곳에 갔을 겁니다. 그리고 따뜻한 곳. 그런 곳이라면…. 바로 저기!"

시우가 확신에 찬 얼굴로 달렸다.

16

"야 이 개새끼야. 빨리 시작해라."

휴대폰에서 들리는 시끄러운 목소리, 그리고 맨살을 스치는 공기에 혜지가 조금씩 의식을 회복했다.

"이러다 죽겠다. 죽겠어. 뭔 걸레한테 저런 정성을 들이냐?"

걸레.

혜지의 눈이 번쩍 뜨였다. 낯선 방…, 붉은 불빛…, 엎드린 자세…, 벗겨진 옷…, 묶인 팔과 다리…, 입에 물린 재갈…. 혜지는 금방이라도 울음이 터질 것 같은 표정으로 천천히 고개를 돌렸다.

역시 하얀 가면이었다. 왜 또 이런 일이 생겼을까? 어떻게 여기까지 쫓아왔을까? 혜지는 범인을 떠올리려 마지막 기억을 더듬었지만, 발자국 소리와 하얀 헝겊 외에는 생각나지 않았다.

"이쁜이, 일어났구나. 그럼 이제 시작해볼까? 우리의 밤을?"

고도비만의 사내가 천천히 혜지에게 다가오더니 왼쪽 어깨에 입을 맞췄다. 그리고 핥았다. 휴대폰 화면 속 남자의 흥분한 참견이 이어졌다. 혜지는 아무것도 느끼지 않으려 이를 악물었지만 그럴수록 축축한 촉감이 소란스럽게 전해졌다.

벌레다, 벌레일 뿐이다. 마음을 굳게 먹고 다른 생각을 했다. 하지만 눈에서 흐르는 눈물을 어쩌지는 못했다. 과거의 경험을 통해 이제 겨우 시작이라는 것을 알고 있었다. 견디기 힘들었다.

"혜지야."

남자의 입에서 흘러나온 자신의 이름에 혜지가 놀라 뒤돌아봤다. 하얀 가면이 그녀의 지갑을 보고 있었다.

"자기를 얼마나 많이 보고 싶어 했는지 모를 거야. 얼마나 많이 찾아 헤맸는지도."

납치범이 첫사랑을 다시 만난 남자처럼 독백을 이어갔다.

"지난번에는 내가 너무 긴장해서 미안해. 오늘은 그렇게 빨리 끝내지 않을 거야. 우리 밤새도록 하자. 밤새 하면 질리지 않겠냐고? 나는 그럴 일 없는데, 혹시 자기가 그럴까 봐 선물도 준비했어. 두 달이나 걸려서 진짜 힘들게 구한 거야."

그가 가방에서 알 수 없는 주사기들을 쏟아내며 말했다.

"자기가 좀 지겨워 보이면 그때 놔줄게. 물론 처음에는 그냥 할 거야. 고기도 생고기 먼저 먹고 양념 먹는 거 알잖아. 양념부터 먹으면 생고기의 참맛을 느낄 수 없으니까."

"으으으읍…!"

혜지가 공포를 이기려는 듯 힘껏 소리를 질렀다.

"그렇게 좋아? 그럼 너도 날 찾지 그랬어. 아니면 그 동네에서 기다리기라도 하던가. 이렇게 멀리 오니 찾기가 힘들었잖아."

혜지가 아니라고 고개를 휘저었다. 그러나 남자는 계속 자기할 말만 했다. 그 순간 그는 대본에 충실해야 한다는 압박에 시달리는 갓 데뷔한 배우였다.

"난 다시는 자기를 보내지 않기로 결정했어. 이쁜이는 앞으로 나하고 영원히 함께하게 될 거야. 왜냐면…. 넌 오늘 밤 나하고 하나가 된 상태에서 죽게 될 거니까. 그게 운명이거든. 아 씨발! 씨발! 씨이이발!"

일순 남자가 목소리를 바꾸며 소리를 질렀다. 혜지의 온몸에 소름이 돋았다.

"미안해. 나도 자기를 사랑해. 진짜 많이. 매일 그리울 거야. 미치게 안타깝지만, 이 방법 외에는 없더라. 이러지 않고는 널 영원히 가질 수 없잖아!"

그가 다시 안타까운 목소리로 대사를 읊조리며 무언가를 꺼냈다. 신문지가 바스락거리는 소리에 고개를 돌렸다. 남자가 어둠 속에서 날카롭게 빛을 발하는 회칼을 쥐고 가만히 서 있다 돌연 호탕하게 웃어댔다.

"큭큭큭큭큭, 음하하하하."

게걸스러운 웃음 끝에 바지를 벗어 옆으로 던졌다. 팬티 안은 이미 부풀어져 있었다.

"얼굴을 가릴 필요가 없겠지. 어차피 마지막이니까."

납치범이 하얀 가면을 벗었다. 혜지는 남자의 얼굴을 보고 말았다. 순간 숨이 막혀 내뱉어지지 않았다. 범인의 얼굴을 본다는 게 무엇을 의미하는지, 얼마나 공포스러운 일인지 혜지는 알게 됐다. 얼굴을 봤다는 것, 즉 범인을 인식했다는 것은 그 끔찍한 일을 당하는 동안 그 얼굴을 계속 떠올리게 될 것을 의미했다.

역한 공포에 움직일 수 있는 반경 안에서 온몸을 비틀었다.

"이쁜이, 그렇게 기대돼? 오늘은 나한테도 막 머리를 박으면서 좋아해 줄 거야?"

어떻게 해야 이 상황을 벗어날 수 있을까? 혜지는 마음을 굳게 먹기로 했다. 벼랑 끝에서 탈출했던 그 날의 기억을 되살렸다. 눈을 감았다.

'할아버지, 제발 도와주세요! 저 좀 살려주세요.'

그러나 상황은 달라지지 않았다. 오늘은 지난번과 달랐다. 납치범의 귀를 깨물 수도, 손발이 묶여 뛰쳐나갈 수도 없었다.

"자, 그럼 시작해볼까?"

남자가 흐르는 침을 들이마시며 말했다. 그때였다. 혜지의 눈에 한 줄기 빛이 보였다. 저거라면 어찌해볼 수 있을 것 같았다. 혜지는 호흡을 고르며 기회를 노렸다.

"이 새끼야. 좀 가까이서 찍어봐라. 빨리 좀 시작하고."

휴대폰 속 남자가 독촉했다.

"관객은 지금부터 좀 조용히 하시고."

납치범이 영상통화로 연결된 휴대폰을 집어 드느라 등을 돌렸다. 다시 오지 않을 찰나의 기회였다.

　혜지가 미리 봐뒀던 그녀의 옷을 향해 재빨리 다리를 뻗었다. 발가락에 힘을 줘 후드티를 집어 석유난로 한쪽 위로 소리 없이 당겨 얹었다. 제한된 행동반경 안에서 억지로 움직이느라 다리가 불에 스쳤다. 살이 타들어 가는 고통이 일었지만, 어금니를 깨물고 참아냈다.

　금세 후드티 타는 냄새가 났다. 혜지가 이어서 무릎을 재게 움츠렸다. 기회는 딱 한 번. 이를 앙다물고 온 힘을 실어 아직 불꽃을 품지 않은 후드티 자락에 덮인 석유난로 밑부분을 향해 발을 밀었다.

　흡사 징을 울리는 듯, 난로가 쓰러지며 내는 소리에 남자가 놀라 뒤돌았지만 이미 작전은 성공한 뒤였다. 오래된 난로는 쓰러지며 안전장치로 인해 불은 꺼졌지만, 넘어진 채 석유를 토해냈다. 바닥에 흐르던 석유는 불꽃을 품었던 후드티와 만나 순식간에 방안을 벌겋게 달구었다.

　"너 뒈지고 싶어? 왜 이 지랄이야!"

　납치범이 황급히 소리를 지르더니 휴대폰을 챙겼다. 분노를 주체하지 못하는 듯 혜지를 거칠게 부축해 밖으로 나가려 했다.

　"내가 이딴 일로 널 포기할 거 같아? 포기 안 해. 절대 포기 안 한다고. 넌 지금부터 내 거야. 영원히 나만 가질 거야."

　남자의 혐오에 찬 말에 혜지가 온몸을 비틀었지만 손발이 묶인 상태로 남자의 완력을 이길 수는 없었다.

이놈에게 다시 당할 수는 없었다. 혜지는 눈을 감고 기도했다. 그때 밖에서 쾅, 하는 소리가 들렸다.

17

"씨발. 아무도 없어."

대문을 발로 차자 한 번에 덜컹거리며 문이 열렸다. 그런데 아무도 없었다. 당연히 이 집이라고 생각했다. 담벼락이 유난히 높은 파란 지붕 집. 다른 집들과 달리 내부가 잘 보이지 않는 집이었다. 게다가 석 달 전부터 빈집이 되어 있던 터라 범행이 일어난다면 반드시 이곳일 줄 알았다.

"모든 집을 다 뒤져요."

시우가 거친 숨을 몰아쉬며 말했다.

"바보짓입니다. 너무 오래 걸려요."

"다른 방법이 없잖아요."

"시간이 없습니다. 1분 1초가 소중해요. 조금만 더 생각해 봅시다. 이곳에서 멀지 않지만, 주민들이 절대 가지 않는 곳…."

"그렇다면 혹시 저기…."

시우가 가리키는 손가락을 보던 추정우의 표정이 확신으로 바뀌었다.

"저 집이라면 들키지 않…."

추정우의 말이 채 끝나기도 전에 시우가 달렸다. 분명 저기다.

아니, 저기여야만 했다.

'아버지, 제발 한 번만 도와주세요.'

시우는 잃어버린 가족에게 절대 잃고 싶지 않은 가족을 위해
빌며 달렸다. 거친 숨이 턱 끝에 차오를 즈음 기와집 앞에 도착
했다. 권순자 어르신의 집.

시우가 있는 힘껏 대문을 걷어찼다, 예감이 맞았다. 침모에
서 붉은빛이 새어 나오고 있었다. 시우가 불빛을 향해 달려들었
다. 먹잇감을 확인한 사냥개처럼.

그리고 방문을 열어젖혔다.

18

'할아버지, 제발 도와주세요. 저 좀 살려주세요.'

혜지가 눈을 감고 간절하게 기도했다. 그때 밖에서 쾅, 하는
소리가 들렸다. 누군가 대문을 차는 소리였다. 이어 방문이 거
칠게 열리더니 확인할 새도 없이 그림자 하나가 방으로 들이닥
쳤다. 시우였다. 시우는 들어오자마자 납치범의 턱 중앙을 향해
정확하게 킥을 날렸다.

"크악."

미처 예상치 못했던 가격에 납치범이 비명을 지르며 한쪽 구
석으로 나뒹굴었다. 이어서 누군가 급하게 따라 들어오는 소리
가 들렸다.

"추정우, 보지 마!"

시우가 상의를 펼치며 온몸을 던져 혜지를 뒤에서 끌어안았다. 방안에 가득한 화마는 아랑곳하지 않았다. 혜지가 고개를 돌려 시우를 봤다. 시우의 얼굴에 땀이 흥건했다. 그의 심장 박동이 등으로 전해졌다. 자신을 구하기 위해 그가 얼마나 뛰어다녔을지 알 수 있었다.

혜지는 겨우 숨을 내쉬었다.

19

뒤따라온 추정우가 방을 살폈다. 불에 휩싸인 방 안의 천장은 검은 연기로 뒤덮였고, 불꽃은 벽지를 타고 걷잡을 수 없이 번져갔다. 방 한쪽 구석에 뚱뚱한 사내가 얼굴을 감싸고 자빠져 뒹굴었고, 주변에는 하얀색 가면과 주사기들이 널브러져 있었다. 그리고 한 쪽 구석에 시우가 온몸으로 혜지를 품어 안고 있었다.

"추정우, 보지 마!"

시우가 소리를 질렀다. 헐떡이는 숨소리에 엉킨 처절한 목소리였다. 시우가 보지 마라고 소리를 질렀지만, 소리가 나는 쪽으로 추정우의 고개가 무의식적으로 돌아갔다. 추정우의 눈에 강시우 품에서 빠져나온 정혜지의 다리와 주변에 흩어진 그녀의 옷들이 보였다. 다급히 납치범 쪽으로 고개를 돌리며 자신이 너무 늦지는 않았는지 걱정할 때였다.

"뭐야, 이새끼들은!"

나뒹굴던 사내가 회칼을 들고 추정우에게 몸을 날렸다. 추정우가 급하게 몸을 비틀어 피했으나 예리한 칼날이 그의 오른쪽 옆구리를 스쳤다.

하지만, 그게 전부였다. 내지른 칼을 미처 회수하기도 전에 사내의 오른손은 이미 추정우의 수중에 있었다. 추정우는 사내의 오른팔을 제압하는 동시에 앞으로 몸을 밀며 사내의 목젖을 정확히 가격했다. 그리고 허리 후리기로 상대를 메쳤다. 회피, 방어, 접근, 공격이 동시에 이루어진 추정우의 기술에 사내가 다시 나가떨어졌다.

그 사이 방안은 더 머물기 위험한 지경에 이르렀다. 추정우는 쓰러진 사내를 방 밖으로 끌고 나갔다. 강시우도 정혜지를 외투로 감싼 채 밖으로 뛰쳐 나왔다. 그녀의 안전을 확인한 추정우가 납치범의 복부를 두 차례 가격했다. 사내가 앓는 소리를 내며 팔로 배를 움켜쥐었다. 동시에 사내의 턱이 오픈되었다.

"으아아악!"

추정우의 오른발이 그 턱을 강타했다. 사내가 고통스러워하며 바닥에 이리저리 나딩굴었다. 추징우가 손으로 옆구리를 쓸었다. 상처가 깊진 않았지만 피가 흘렀다. 손에 묻은 피를 슬며시 옷자락에 문지르며 쓰러진 사내에게 다가가 그의 발목을 회전 반경 바깥으로 꺾었다.

"으아아아아악!!"

사내의 처절한 절규가 적막한 섬마을의 밤공기를 갈랐다.

추정우는 범인이 더 이상 저항할 수 없을 거라 판단하며 자신의 허리띠를 풀어 사내의 손을 묶었다.

납치범의 턱은 붉게 물들어 있었고 양쪽 콧구멍과 입술에서 피가 흐르고 있었다.

"너 뭐하는 새끼야? 짭새야?"

납치범이 고통을 참아내며 어렵게 물었지만 추정우는 대답 대신 사내의 뺨을 날렸다. 본인 몫, 강시우 몫, 그리고 정혜지 몫. 세 번째 가격에 특히 힘을 실었다.

20

시우가 혜지를 부축하여 집으로 돌아왔다. 수호에게는 미리 전화해 진수네 가 있으라고 했다. 수호는 이유를 묻지 않았고, 시우는 그런 수호가 고마웠다. 혜지는 수호에게 말하지 않아 고맙다고 했다. 헝클어진 머리, 퉁퉁 부어버린 눈, 떨림을 멈추지 못하는 손까지…. 엄마로서 이런 모습을 수호에게 보여주고 싶지 않았으리라.

집으로 가는 동안 시우는 추정우가 보지 못하도록 혜지를 감쌌던 자신의 행동을 생각했다. 스스로 생각해도 전혀 예상치 못하고 나온 돌발 행동이었다. 혜지를 감싸 안으며 시우 자신도 눈을 감았다. 그래야 할 것 같았다. 눈을 감고 추정우에게 보지 말라고 소리치던 자신의 얼굴을 혜지가 봤을까? 어쩌면 혜지의 눈을 마주하고 안심시켜 주는 게 나았을지도 몰랐다. 불안에 떨고 있는 여자, 그것도 아내 역할을 하는 여자에게 당당하게 보이지 못한 게 미안했다.

시우는 혜지를 부축해 기와지붕 집을 급하게 빠져나왔다. 추정우가 불을 본 마을 사람들이 곧 들이닥칠지도 모른다고 재촉했기 때문이다. 시우는 조그만 섬마을에 소문이 퍼지지 않도록 서둘렀다. 혜지가 어떤 일을 겪었는지, 범인이 왜 혜지를 납치했는지 궁금했지만 차마 물을 수 없었다.

혜지가 아무말 없이 걷다가 집 근처에 다다라서야 입을 열었다.

"너도 천사 할아버지가 보낸 거야?"

"천사 할아버지? 그게 무슨 말이야?"

시우가 미간을 찌푸리며 물었다.

"아니었어?"

"나는 정우 씨가 네게 큰일이 생겼대서 알았어."

"그랬구나, 아니었구나…. 참, 아까는 고마웠어. 하마터면 너도 다칠뻔 했어."

"가족끼리 당연한 거지."

"가족?"

"아냐, 아냐. 어서 들어가자."

혜지는 집에 오자마자 샤워부터 하고 방으로 들어갔다. 시우는 혜지가 방으로 들어가는 소리를 듣고 나서야 욕실로 향했다.

따뜻한 물로 근육의 긴장을 풀었다. 조금 진정됐다고 생각될 무렵, 급히 나오느라 추정우에게 아무런 말도 못하고 온 것이 생각났다. 방에 들어오자마자 메시지를 보내려고 폰을 열었다. 폰에는 이미 추정우의 메시지가 먼저 도착해 있었다.

> 납치범은 경찰에 잘 넘겼어요.
> 불도 껐습니다.
> 고생 많았습니다.
> 혜지 씨 잘 위로해 주세요.

시우는 고마운 마음을 담아 장문의 메시지를 적어 나갔다. 혜지를 빨리 구할 수 있었던 것도, 마을 사람들에게 그 사건을 노출시키지 않고 재빨리 집으로 돌아올 수 있었던 것도 모두 추정우 덕분이었다. 그런 것들에 대한 고마움을 모두 표현하자니 도저히 짧은 글로 표현되지 않았다.

시우는 한참을 메시지 작성에 공을 들였다. 그러다 순간 무언가를 깨달은 듯 머리를 긁어댔다. 그리고는 썼던 글을 몽땅 지우더니 다섯 글자에 온 마음을 꾹꾹 눌렀다.

> 고맙습니다.

21

혜지가 쓰러지듯 침대에 누웠다. 시우 앞에서 참았던 눈물을 쏟아냈다. 숨 쉴 때마다 저려오는 승모근은 그녀가 흘린 눈물의 양을 실감나게 했다. 그럼에도 눈물은 멎지 않았다.

가혹한 운명의 그늘에서 벗어났다고 생각했는데 착각이었다. 제법 멀어졌다고 생각했는데 순식간에 길어진 그림자가 달아날 틈도 없이 그녀를 덮쳐왔다.

이것이 피할 수 없는 운명일까. 그녀가 마주해야 하는 운명은 왜 이렇게 가혹할까. 죽을 만큼 힘들었다. 진짜 죽을 만큼. 어떻게 버텨내라고 이런 시련을 주는지 원망스러웠다. 죽음을 피해 도망친 이 섬에서 또 죽으면 어찌하려고.

순간 이상한 생각이 들었다. 죽을 만큼 힘들지만 죽고 싶지는 않았던 것이다. 오늘 그 험한 일을 당하면서도, 그녀는 단 한 번도 죽어야겠다는 생각을 하지 않았다. 그 어떤 위기에서도 벗어날 수 있다는 믿음이 있었다. 또 반드시 벗어나야만 했다.

그녀에게는 가족이 있으니까. 태서의 얼굴과 수호의 얼굴이 번갈아 떠올랐다. 아들을 두고 죽을 수는 없다. 이것이 엄마의 책임감일까. 승모근을 주무르며 멍하게 천장을 바라봤다.

문득 입고 있던 옷을 펼쳐 뒤에서 자신을 안아주던 시우가 떠올랐다. 따뜻하게 그녀의 등을 두드렸던 그의 심장 박동. 시우는 천사 할아버지의 개입 없이 스스로의 의지로 온 힘을 다해 달려왔다. 혜지의 수치스러운 모습을 다른 사람에게 보여주지 않고자 뒤에서 옷을 펼쳐 안아줬다. 그 순간에 본인 역시 눈을 질끈 감고 나락에 떨어진 그녀를 보지 않았다. 추정우가 범인을 끌고 나간 뒤 손과 발에 묶여 있는 줄을 풀 때도 그는 고개를 돌렸다. 외투를 벗어 입혀주는 동안에도 시우의 얼굴은 그녀의 몸을 외면하기 위해 한껏 외로 꼬고 있었다.

아차, 싶은 마음이 들었다. 단순히 구해준 것 이상의 배려를 뒤늦게 깨달았다. 그의 섬세한 마음 씀씀이가 고마웠다. 그의 품의 온기가 다시 살아났다. 그제야 그에게 제대로 된 감사를 표하지 않았음을 생각했다.

사실 혜지는 그간 시우의 장점을 외면해왔다. 혜지는 시우가 편안함을 주는 사람이라는 걸 진즉에 느끼고 있었다. 시우는 거리 감각이 좋은 사람이었다. 혜지가 밀어내고자 하는 분위기를 느낀 이후 수호와 관련된 일이 아니면 먼저 다가오지 않았다. 각자의 영역을 침해하지 않는 동거인이자, 수호에겐 따뜻하고 다정한 아빠였다.

그래서일까. 처음의 불편함은 조금씩 사라지고 있었다. 언젠가부터 방문을 탁자로 막아두지 않았고, 머리맡에 식칼을 확인하지 않았다. 흘러간 시간을 공이라 치하하기에는 젊은 남자에 대한 그녀의 두려움의 크기가 너무 거대했다. 분명 시우의 노력 덕분이었다.

지금까지 애써 마주하지 않았던 시우의 고마운 행동들이 스치고 지나갔다. 혜지가 수호를 아끼는 마음만큼 시우는 그녀를 아꼈던 걸까. 아까 분명 시우는 자신의 희생과 수고를 가족이기에 당연하다고 말했다. 진짜 가족도 아니면서…. 잠깐, 어쩌면 시우는 그녀를 진짜 가족이라고 여기고 있었을까. 몸이 파르르 떨렸다.

가족.

그녀에게 가족이란 자신이 지켜줘야 하는 존재였다. 태서와 수호처럼. 초등학교 입학식 때도 산부인과에서도 그녀의 손을 잡아 줄 엄마와 남편은 없었다. 더러운 성폭행범들에게 짓밟힌 날마저도 목 놓아 울 수 있게 품을 내어준 사람이 없었다.

견뎌야만 하는 혜지였지만, 오늘은 눈물이 마를 때까지 누군가에게 기대 울고 싶었다. 눈을 감아도 범인의 얼굴이 떠올랐다. 오늘 밤의 이 슬픔과 고통이 쉬이 극복되지 않으리라는 걸 알았다.

오늘의 사건을 떠올려 설명하지 않아도 자신의 슬픔을 짐작하고 어깨를 내줄 수 있는 사람, 자신의 절망을 애써 위로하지 않고 가만히 들어줄 수 있는 사람, 그런 사람에게 기대고 싶었다.

그걸 해 줄 수 있는 단 한 사람, 그 사람은 강시우였다. 너무 떨었던 그녀에게는 그의 따뜻함이 필요했다.

22

시우는 자리에 누웠다. 몸은 노곤했으나 혜지에 대한 걱정으로 잠이 오지 않았다. 얼마나 많은 상처를 받았을지 신경이 쓰였다. 말주변이 없어 따뜻한 위로를 건네지 못하는 게 계속 마음에 걸렸다.

그렇게 얼마나 뒤척였을까. 똑똑똑, 노크 소리가 들렸다.

"저기, 잠깐 들어가도 될까?"

"어, 어. 들어와."

놀란 기색이 역력한 얼굴로 시우가 문을 열었다. 어둠에 가렸으나 혜지의 콧물 섞인 목소리와 어깨의 떨림이 느껴졌다. 방금 전까지 울고 있었던 모양이었다.

"저기…."

"어."

"저기…."

"어디 아파?"

"그건 아닌데…."

"그럼 무슨 일이야?"

"너무…, 너무 무서워서 그런데 같이 있어줄 수 있어?"

갑자기 심장이 뛰기 시작했다. 머뭇거리던 시우가 말없이 고개를 끄덕였다. 혜지가 시우 옆에 조용히 앉았다. 두 사람은 곁에 앉아 한동안 앞만 바라보고 있었다. 시우는 혜지가 먼저 말을 꺼낼 때까지 조용히 기다렸다. 얼마의 시간이 지나자 혜지가 찾아온 이유를 설명하기 시작했다.

처음에는 스스로 이겨내고 싶었다고 했다. 엄마니까. 강해야 하니까. 그런 쓰레기들에게 굴복하면 안 되니까. 하지만 눈을 감아도 범인의 얼굴이 아른거렸고 몸의 떨림과 흐르는 눈물은 멈출 수 없었다고 했다. 결국, 오늘 밤의 이 슬픔과 공포를 극복하기 쉽지 않다고 생각했다. 혼자서는 결코. 그래서 기대고 싶었다고 했다. 도와 달라고 했다.

"내가 옆에 있는 게 불편하지는 않겠어?"

시우가 혜지를 향해 고개를 돌리며 물었다.

"오늘 밤, 딱 하루만 옆에 있어 줘."

"그래."

혜지도 시우를 향해 고개를 돌렸다. 둘의 시선이 마주쳤다.

"아까 정우 씨에게 부끄러운 모습을 보이지 않도록 가려줄 때 너무 놀랐어."

"미, 미안해. 내가 갑자기 안아서 놀랐지?"

"미안하긴. 얼마나 고마웠는데. 아마 정우 씨에게 그런 모습을 보였다면 더 비참했을 거야."

혜지에게 고맙다는 말을 듣고서야 시우는 긴장을 풀었다.

"어. 그래, 다행이다."

"그리고…. 아까 날 가려줄 때, 눈감아준 거… 고마워…."

"아니, 당연한 건데."

"네가 날 배려하는 게 느껴졌어."

혜지가 시우의 눈을 바라보며 말했다. 시우는 혜지가 자기를 노려보며 욕할 때 빼고는 처음으로 눈을 맞추고 있다고 생각했다.

"그동안 남자에 대한 거부감이 있었어. 믿지도 못했고, 가까이하기도 싫었어. 하지만 아까 방에서 혼자 생각하면서 깨달았어. 언젠가부터 탁자로 문 뒤를 막지 않았고, 또 자기 전에 머리맡에 식칼을 확인하지 않아도 잠들 수 있었다는 걸. 널 믿게 됐나 봐."

마음이 아렸다. 도대체 어떤 상처를 품었기에 밤마다 탁자로 문을 막아두고, 머리맡에 식칼까지 두고 나서야 잠을 이룰 수 있었는지. 그녀가 가진 상처가 시우로서는 짐작조차 되지 않았다.

"고마워. 날 믿어줘서."

"내가 고맙다고 말해야지. 오늘 구해주기까지 했잖아. 아마 조금만 더 늦었더라면, 난 평생 상처에서 벗어나지 못했을 거야."

"그럼 내가 아까 많이 늦지는 않았던 거야?"

"이런 것도 다행이라고 말해야 할지 모르겠지만, 다행히 늦지는 않았던 것 같아."

"와, 휴우. 정말, 정말 잘 됐다. 진짜 다행이다."

시우는 기쁜 마음을 숨기지 않고 환히 웃어 보였다. 강간까지 이어지지는 않은 모양이었다. 정신없이 뛰어다니며 구해낸 것에 보상을 받는 것 같았다. 기쁨을 나누려 혜지의 얼굴을 보는데, 그녀의 얼굴에 웃음기라고는 찾을 수 없었다.

그제야 시우는 자신의 실수를 깨달았다. 저질스러운 면을 보여준 것이다. 납치를 당해 옷이 벗겨져 있던 여자에게 직접적인 관계가 없었다고 좋아하다니. 환하게 웃어 보이다니. 얼굴이 달아올랐다. 자괴감에 말을 이을 수 없었다.

"고마워. 그렇게 날 걱정했구나."

혜지가 시우의 속물 같은 마음을 모를 리 없었지만, 다시 고맙다고 말했다.

"내가 생각 없이 웃어댔네. 미안해."

"나도 더 큰 일을 당하지 않아 다행이라고 생각하고 있는걸. 미안해하지 마."

시우는 혜지에게서 수호에게 보이곤 했던 따뜻함을 느꼈다. 그녀는 시우가 알고 있는 것보다 훨씬 따뜻한 사람일지도 모른다는 생각이 들었다.

"시우야, 부탁 하나만 해도 될까?"

"응. 뭐든 말해."

"나 안아줄 수 있어?"

"뭐, 뭐라고?"

놀란 시우가 혜지를 향해 돌아앉았다. 그런 시우를 물끄러미 바라보던 혜지가 양팔로 무릎을 감싸 안으며 말했다.

"싫으면 거절해도 괜찮아. 오늘 밤은 믿을 수 있는 누군가에게 안겨 잠들고 싶어."

"진심이야?"

"진심이야. 부끄럽지만, 아까 날 가려주기 위해 안아줄 때 너무 따뜻했거든. 네가 안아주기 전까지는 숨도 쉬기 힘들었어. 오늘 밤에 그 따뜻함이 필요하다고 말하면 내가 속물일까?"

조심스러운 그녀의 떨림이 고스란히 전해졌다. 시우는 한동안 그녀의 눈을 응시했다. 그리고 천천히 누웠다. 말없이 따라 눕는 혜지에게 가만히 왼팔을 뻗었다. 혜지가 그의 팔을 베더니 돌아누워 시우에게 안겼다. 그녀의 작은 품이 그의 가슴 안에 쏙 들어왔다. 이렇게 가녀린 여자였던가. 이 어깨로 얼마나 많은 짐을 지고 살아 왔을까. 시우가 살며시 혜지의 머리를 쓸었다.

"시우야, 우리 아직 서로에 대해 잘 모르네. 왜 죽기로 했는지, 왜 마포대교에서 뛰어내렸는지."

시우의 가슴에서 혜지가 말했다.

"내 이야기 알고 싶어?"

"내 이야기를 들려주고 싶어. 들어 줄래?"

시우는 말없이 고개를 끄덕였다.

"그런데 좀 부끄러운데…."

"뭐가?"

"나 지금 너무 편안해서 이야기하다가 잠들지도 몰라. 그래도 이해해줘."

"그래."

혜지의 편안하다는 말에 시우의 마음은 더 떨렸다. 이런 그의 마음을 아는지 모르는지 혜지가 덤덤하게 자신의 이야기를 시작했다.

"난 보육원에서 살았어. 천사의 언덕이라는. 그곳은…."

혜지가 이야기를 쏟아냈다. 이야기하는 동안 흐느끼고, 감정이 격해 멈추기도 했지만 끝까지 자신의 이야기를 들려줬다. 시우의 왼쪽 팔과 가슴이 혜지의 눈물로 축축했다.

어머니 없이 장애인 아버지 아래에서 가난하게 자랐던 시우는, 자신을 세상에서 가장 불쌍한 존재라 여겼다. 하지만 그녀의 인생은 훨씬 가여웠다. 주철민 이야기에서 분노가 치밀었고, 태서의 죽음에 이르러서는 시우도 베개를 적실 수밖에 없었다.

"아까 세 명에게 승합차로 납치당했을 때 범인들이 하얀 가면을 썼다고 하지 않았어? 아까 권순자 할머니 댁에서 하얀색 가면을 봤던 거 같아. 혹시 동일 인물 아닐까?"

"맞아."

"정말?"

"확실해. 본인 입으로 다시 만나고 싶었다고 했거든."

"그걸 왜 지금 얘기해?"

시우의 목소리가 조금 높아졌다. 약간이지만 화가 묻어났다.

"두 번째 성폭행이었다고 말하는 게, 범인이 같은 사람이었다고 말하는 게 쉽지는 않잖아."

혜지의 목소리는 도리어 차분했다.

"내가 경솔했어. 미안해"

"정우 씨가 경찰에 넘겼다고 했지?"

"어."

"그럼 됐어. 내일 경찰에게 가서 다 이야기할게."

"남은 두 명도 잡아넣어야지."

"그래야지. 반드시 죗값을 치르게 할거야."

"너 대단하다. 이런 큰일을 당했는데도 침착하다니…."

"이 섬에 오고 나서 모든 일이 다 잘 되는 것 같아."

"정말?"

"태서의 빈자리도 채우고, 아이들에게 춤과 노래도 가르치고, 성폭력범들도 잡을 수 있게 되었잖아."

"그러고 보니, 다 좋은 일들만 생겼네."

시우가 옅게 웃었다.

"고마워."

"뭐가?"

"안아줘서. 이렇게 따뜻하게 안아줘서…."

"난 또…."

"내가 더럽지 않아? 세 명의 남자에게 성폭행당한 몸인데."

"전혀, 절대로, 털끝만큼도 더럽지 않아. 맹세해"

"그래도 좋지는 않지? 예전에 유부녀는 관심 없다고 했잖아."

"지금 내 마음 떠보는 거야?"

"아니, 꼭 그렇다기보다는…."

혜지가 부끄러운지 더 깊이 파고들었다. 시우는 그런 그녀에게 너무나도 좋아한다는 대답 대신 자신의 이야기를 들려주기로 했다. 단 한 번도 누군가에게 한 적 없는 모든 이야기를.

다리가 불편한 아버지, 가출한 어머니, 아버지의 자살, 그리고 생명보험금 3억 원을 날린 일, 그 뒤로 계속되었던 사업 실패까지. 듣다가 피곤하면 자도 된다고 했지만, 혜지는 시우의 이야기를 끝까지 들었다. 그렇게 둘은 함께 울었다.

시우의 이야기가 끝날 즈음 멀리서 동이 터오고 있었다.

23

이튿날 아침. 현관이 열리는 소리에도 두 사람은 깨지 못했다. 방문을 연 사람이 놀라는 소리에 시우만 잠에서 깼다.

"쉿! 엄마 무척 피곤해서 방금 잠들었어. 무슨 일이니?"

시우는 혜지가 깨지 않도록 숨죽여 말했다.

"이제 진수네 가 있으라고 해놓고 연락이 없어서 거기서 자긴 했는데, 학교 가려면 가방을 챙겨야 하잖아요."

"아, 가방. 맞다, 월요일이지. 아빠가 아침밥 해줄까?"

"밥은 진수 집에서 먹었어요."

"그랬구나."

"헐, 이제 한 방 쓰기로 한 거예요?"

수호가 알 수 없는 표정으로 넌지시 물었다.

"아니. 어제 무슨 일이 있어서 그냥 잠만 잤어. 옆에서."

"잘 알겠습니다. 저는 학교 갈 테니 마저 주무세요. 헐…."

수호가 뚱한 표정으로 가방을 들고 나갔다. 시우는 당황스럽게 수호에게 내뱉은 대답을 복기하며 머리를 쥐어뜯었다. 그냥 잠만 잤다니. 뭘 더 할 수 있었는데 안 했다는 말 같았다.

"에이, 몰라 몰라. 더 리얼하게 부부 상황극 하게 된 거지 뭐."

시우는 다시 누워 부족한 잠을 청했다.

혜지는 11시가 다 되어 일어났다. 시우 옆에서 눈뜬 것이 부끄러웠는지 서둘러 방으로 돌아가 옷을 갈아입었다. 시우에게는 혜지의 그런 모습조차 사랑스러웠다. 간단히 식사를 마치고 혜지는 서울로 전화를 걸었다. 지난 성폭행 사건을 담당했던 형사라고 했다. 그녀가 전화기에 대고 사건을 소상하게 설명했다.

통화를 마친 혜지가 서둘러 서울로 가겠다고 했다. 형사의 말에 따르면 혜지와 같은 수법으로 당했다는 피해자가 더 있다고 했다. 시우가 함께 따라가겠다고 했으나 스스로 해결해야 할 문제라고 했다. 대신 수호를 잘 챙겨 달라고 했다. 오늘까지 수호를 다른 집에 맡길 수 없다며.

시우는 서울에 함께 가는 것이 더 좋겠다고 했으나 그녀의 고집을 꺾을 수 없었다. 초조함을 비치는 시우에게 혜지가 담담한 미소로 안심시켰다.

다음 날 돌아온 혜지로부터 사건의 진행에 대해 들었다. 임선기라는 범인은 놀랍게도 전과가 없었단다. 그는 해청도 이외의 범행을 전면 부인했지만, 휴대폰에 수많은 여성을 강간하는 사진과 동영상이 나오자 범행을 자백했다고 했다.

피해 여성과의 행위에 대해 평점과 소감을 나누는 추악한 단체 채팅방도 발견됐는데, 이로써 나머지 두 사람도 곧 체포할 수 있을 것으로 보인다고 했다.

아니나 다를까, 이튿날 저녁부터 범인에 관한 뉴스가 나왔다. 세 명의 범인은 전과가 없어 수사망에 쉽게 걸려들지 않는다는 것과 초범이라 형량이 낮을 것을 악용한 동창생들이었다. 혜지와 추정우의 간곡한 부탁으로 두 사람의 이름은 거론되지 않았지만, 해청도 지역 주민에 의해 연쇄 강간범이 잡혔다는 내용과 나머지 범인을 추격 중에 있다는 소식이었다.

언론에서 모자이크 처리된 영상과 품평회 같은 단톡방 메시지 일부가 공개되었다. 점점 더 자극적인 내용을 담은 기사들이 우후죽순 생성되어 퍼져갔다. 하지만 시우는 그 글들을 하나도 읽을 수 없었다.

TV를 틀면 관련 뉴스가 계속 나오자 시우는 배만식 사장에게 며칠간 출근을 않고 집에 머무를 수 있게 양해를 구했다. 혜지 옆에 있어주고 싶었다.

시우와 혜지는 추정우와 그의 아내에게 고마움을 표하기로 했다. 제대로 고마운 마음을 표현하고 싶었다. 하지만 수차례 전화를 걸어도 통화가 연결되지 않았다. 집에 찾아가 벨을 눌러도, 문자 메시지를 보내도 아무런 응답이 없었다.

그들은 갑자기 어디로 갔을까?

24

혜지가 서울에서 돌아온 오후부터 사흘간 눈보라가 몰아쳤다. 배가 들어오지 못할 만큼 많은 눈이었다. 혜지의 상처를 덮어주려는 듯 눈은 온 세상을 하얗게 만들었다.

시우는 눈 내리는 사흘 동안 똑같은 나날을 보냈다. 아침에는 혜지와 함께 수호의 등굣길을 바래다줬다. 집에 돌아와서는 많은 대화를 나눴다. 서로의 눈을 마주하고 지나온 시간들을 공유했다. 함께 바람소리를 들었고, 함께 눈 내리는 세상을 눈에 담았다. 같이 라디오를 들었고, 같은 모양의 커피 잔도 들었다. 그러다 오후가 되면 혜지는 방과후 수업을 하러 갔다. 저녁 시간에는 세 가족이 평온한 시간을 보냈다. 너무나 평범한 일상이지만 더 없이 행복했다.

그 시간 중 시우에게 가장 인상 깊었던 일은 셋이서 함께 노을을 감상하던 순간이었다. 삼 일째 정오쯤부터 눈보라가 그쳤지만, 적당하게 구름이 남아 있어 저녁노을이 더욱 눈부셨다. 해질녘의 태양은 푸르렀던 하늘과 바다를 붉게 물들이고 있었다. 그 광경을 넋을 잃고 바라보던 혜지가 말했다.

"난 노을을 볼 때마다 신비로워. 노을은 진실과 마주하거든."

"무슨 뜻이야?"

"태양은 원래 붉게 타잖아. 하지만 낮 동안에는 진짜 태양의 색을 볼 수 없어. 일몰은 태양이 본연의 모습으로 돌아가는 순간이야. 진짜 자신의 빛을 찾는 시간이지."

눈앞의 펼쳐진 장관에 어울리는 멋진 말이었다.

"멋지다."

"이 시간이 너무 좋아. 매일 아름다운 노을을 보고 싶어."

비로소 가족 같았다. 제대로 된 가족이 되기까지 많은 시간이 필요했지만, 진짜 가족이 되고 나니 각자의 아픔으로부터 치유되고 있다는 게 느껴졌다. 처음으로 가족으로서 지낼 나날이 얼마 남지 않았다는 사실이 불안해졌던 날이기도 했다. 내년 4월 이후에도 세 사람은 지금처럼 함께 지낼 수 있을까? 이 의문에 대한 답은 의외로 빨리 찾아왔다.

다음 날 아침, 날씨가 맑아진 섬이 다시 분주해졌다. 사흘 동안 들어오지 못한 택배며 식량들이 쏟아져 들어왔다. 휴가를 나갔다 복귀하지 못했던 해군부대 군인들, 육지에 나갔다 발이 묶였던 해청도 주민들도 돌아왔다.

섬에서는 생각보다 납치범에 대한 이야기가 많이 오가지는 않았다. 사흘 동안 사람들의 관심이 식었는지, 아니면 그 사건이 혜지와 관련 있다는 걸 알게 된 주민들이 말을 아끼는지는 알 수 없었다. 어느 쪽이든 감사한 일이었다.

그날 밤, 집에 까만 손님이 찾아왔다. 까만 외투, 까만 구두, 까만 모자. 여전히 수호가 제일 먼저 달려가 안겼다.

"할아버지!"

노인은 수호의 머리를 헝클어트리며 반가워했다. 혜지도 달려 나와 인사를 건넸다. 노인은 조용히 혜지의 어깨를 다독였다. 시우는 그 어느 때보다 천사 노인이 반가웠다.

"어르신, 어쩐 일이세요?"

"고생 많았어, 시우야. 네가 큰일을 했구나."

"옆집 부부의 도움이 컸죠. 더 큰일이 생기기 전에 막을 수 있어서 정말 다행이었어요."

"할 말이 있어 왔어."

"이 야밤에 무슨 말씀을요?"

"우선 이것 한 잔씩 마셔."

노인이 세 잔의 코코아를 건넸다.

"와 코코아다!"

저 코코아가 얼마나 그리웠던가? 풍부한 풍미에 지나치지 않은 달콤함. 한 모금 마시면 코코아의 온도만큼 체온이 오르는 것 같았다. 혜지와 수호도 코코아를 마시며 포근하게 웃었다.

"지금부터 놀라지 말고 들어."

"무슨 일이시죠?"

시우는 노인이 코코아를 주고 나서는 꼭 놀라운 얘기를 꺼냈었다는 생각에 왠지 모를 불안이 엄습했다.

"이제 다 들어오게."

노인의 말이 끝나자 열 명도 넘는 사람들이 집으로 들어왔다. 카메라를 들고 있는 사람, 종이 뭉치를 들고 있는 사람, 안경잡이도, 털북숭이도 있었다. 대열에 배만식 사장과 그동안 자취를 감췄던 추정우와 명미희도 있었다. 긴장한 수호가 놀란 표정으로 혜지 옆으로 바싹 당겨 앉았고 혜지는 그런 수호의 어깨를 감쌌다.

"어르신, 이게 무슨 일이죠?"

언제부턴가 가장으로서의 책임감을 느끼고 있던 시우가 조용하지만 다소 날카로운 목소리로 물었다.

"비밀을 쥐고 있었던 사람들."

"비밀이라고요?"

혜지가 물었지만 천사 노인은 답하지 않았다.

"지금부터는 자네가 직접 설명하지."

노인이 혜지의 질문에 답하지 않고 뒤를 돌아보며 엉뚱한 말을 했다. 그때 낯익은 얼굴이 앞으로 나섰다. 세 사람 모두 알고 있는 사람이었다.

"저, 저 사람은…!"

"안녕하세요. 라기철입니다."

제 **4** 장

—

노을

1 　2018년 12월 2일, 서울 상암동, 방송국

"여기 와 보세요, 빨리요. 큰일 났어요!"

고지우가 다급하게 소리쳤다.

"뭔데?"

소파 한 쪽에서 이불을 뒤집어쓰고 잠을 청하던 라기철은 이불을 턱까지만 내리고 무심하게 대답했다.

"혜지 씨에게 문제가 생긴 것 같아요."

"무슨 문제?"

"납치된 것 같아요. 세희 씨 연락이에요."

"무슨 말이야. 그게?"

"급하다고요. 빨리 와보세요."

라기철이 단숨에 무거운 몸을 일으켰다. 세차게 고개를 휘저으며 고지우의 손가락이 가리키는 모니터를 살폈다.

"민기랑, 세희에게 연락해봤어?"

"민기 씨는 범인을 찾아 나섰고, 세희 씨는 GPS 신호가 잡히는 곳을 알려주고 있어요. 그런데 혜지 씨의 GPS 신호가 멈췄어요."

"뭐 허고 있었던 기야? 그쪽 사람들은?"

"워낙 갑작스러운 일이었나 봐요."

"씨발. 미치겠네. 빨리 찾아내라고 해. 섬 밖으로 나가지는 못했을 거니까."

"알겠어요."

"경찰에 신고하면 안 돼. 절대! 신고하면 모든 것이 끝이야!"

"그러다가 진짜 위험해질 수 있다고요! 우선 신고부터…."

"닥쳐! 찾아 낼 수 있어. 아니, 무조건 우리가 찾아내야만 해!"

고지우는 라기철의 신경질적인 반응이 너무 낯설었다. 평소한없이 느긋하고 관대한 사람이었기 때문이다. 수년간 지내면서 그가 소리치고 화내는 것은 딱 한 번 밖에 보지 못했다. 마포대교에서 뛰어내린 남자를 구하고 보니 한 번 놓쳤던 감시우임을 확인했을 때. 그때 이후 처음 보는 라기철의 예민한 모습이었다.

넋이 반쯤 나가 있는 고지우에게 라기철이 쏘아붙였다.

"뭐하는 거야? 다 모이라고 해. 지금 당장."

2

라기철이 처음 이 프로그램에 대해 처음 말을 꺼냈을 때, 모두가 고개를 저었다. 프로그램이 끝까지 촬영될 가능성도 낮고, 변수가 너무 많다며 모두가 반대했다.

라기철은 한번 믿어보라고 말했다. 자신 있었다. 만약 두 자릿수 시청률을 달성하지 못하면 어떤 징계나 패널티도 받겠다고 했다. 방송국의 개가 되겠다는 각서라도 쓰겠다고 했다. 결국 CP, EP와 국장은 라기철의 요구를 들어줬다. 프로그램 기획안이 아니라 오로지 라 PD 당신을 믿고 가는 거야, 라는 말과 함께.

라기철이 이번 프로그램을 기획하게 된 결정적 계기는 하윤영의 자살이었다. 하윤영은 그가 가장 아끼는 배우라는 얘기만으로는 설명되지 않는 존재였다. 사람들은 라기철이 하윤영에 대해 가지고 있던 특별한 감정을 알지 못했다.

언젠가부터 라기철이 만든 예능 프로그램은 그의 이름만으로도 성공이 보장됐다. 새로운 프로그램을 제작하고 발표할 때마다 어디서 영감을 얻었는지, 기획 의도가 무엇인지, 시청률은 또 얼마나 나왔는지 관심이 쏟아졌다. 사람들은 사소한 일상 속에서 웃음을 발견하는 그를 최고의 예능 PD로 치켜세웠다.

그럴 때마다 그는 조금씩 불안해졌다. 창의성의 쌀독이 점점 비어간다는 것을 스스로 느끼고 있었기 때문이다. 실제로 몇몇 사람들이 그의 역량을 의심하기 시작했다. 물론 그런 사람들은 소수였지만, 라기철은 그들의 말에 흔들렸다.

그때 그에게 새로운 영감을 준 존재가 바로 하윤영이었다. 그녀는 동양적이지만 맑고 큰 눈, 이지적이면서 친근한 이미지, 세련되면서도 수더분함을 가지고 있었다. 그녀를 처음 본 순간 라기철에게 다시 독창적인 아이디어가 샘솟았다. 하윤영과 함께 방송에서 해보고 싶은 것이 계속 떠올랐다.

사람들은 그녀가 라기철이 만든 예능을 통해 유명세를 얻기 시작했다고 말했다. 무명 시절 하윤영이 라기철과 함께 일할 수 있었던 데에는 많은 로비가 있었을 것이라고 했다. 여자로서 치명적인 루머도 돌았다.

하지만 사실 하윤영에게 매달린 사람은 라기철 자신이었다. 수차례 거절하는 그녀를 붙잡고 늘어졌다. 그럼에도 하윤영에 대한 안 좋은 루머가 커지자 라기철은 그녀를 섭외한 일화를 인터뷰로 밝혔다. 내용은 기사화되었지만 아무도 믿으려 하지 않았다.

그녀와의 작업은 무언가를 새롭게 만들어내는 일이 아니었다. 그저 하윤영이 가진 것을 찾아내 그대로 내 보내기만 하면 되는 작업이었다. 예의 바르고, 성실하며, 웃음 많던 하윤영은 있는 그대로 매력적이었다. 이후 하윤영은 그의 예상대로, 아니 그 이상으로 성공한 연예인이 되었다.

하지만 유명 스타의 삶이 행복한 인생은 아니었던가. 연예계의 생리를 감당하기에 그녀의 성품이 너무 고결했던가. 꽃길만 걸을 줄 알았던 그녀가 자살을 선택하리라고는 생각도 못 했다.

"인생의 세 가지 불행 중 하나가 소년급제라고 하더니만, 그 말대로 되었어."

혹자는 이른 나이에 감당하지 못할 큰 성공을 거둬 죽은 거라고 했다. 그 말이 라기철의 가슴을 비수처럼 파고들었다.

라기철은 하윤영이 죽고 나서야 자신의 영감을 위해 그녀를 이용했던 것은 아니었나 자책했다. 자신이 아니었더라도 최고가 되었을 하윤영이었다. 천천히 뿌리를 내리고 기반을 다졌더라면, 그랬다면 최고의 자리에서 이렇게 허무하게 흔들리지 않았을 것이다. 그런 극단적 선택을 하지는 않았을 것이다.

하윤영의 죽음에 대한 추측성 기사가 난무했다. 누구도 정확한 이유를 알지 못했으므로 수많은 가설이 쏟아졌다. 공황장애, 마약, 스캔들 등. 하지만 라기철은 하윤영이 절대 그런 사람이 아니라는 것을 알고 있었다.

그 짐작은 꽃잎 미스터리를 보고나서 확신으로 바뀌었다. 하윤영은 절대 아무 의미 없이 에리카 꽃 속에서 죽을 사람이 아니었다. 사람들 앞에서 행복하게 보여야 한다는 압박감에 말을 못 했지만, 그녀는 죽을 만큼 고독했던 것이다.

죽는 순간에도 외롭고 힘들다는 한마디 말을 못 했던 그녀. 에리카 꽃으로 외로움을 대신 말했던 그녀. 어쩌면 그렇게 여리디 여렸던 그녀가 유일하게 손 내밀었던 사람이 라기철이었을지 모른다. 하윤영이 세상을 떠난 날 새벽에 와 있던 네 통의 부재중 통화. 그녀는 라기철에게 무엇을 말하려 했을까?

라기철은 새벽 다섯 시쯤 울린 전화에 잠이 깨었다. 발신자가 하윤영인 것도 분명히 확인했었다. 평소의 그였다면 받았을 일이다. 새벽까지 이어진 국장과의 술자리만 아니었다면 말이다.

하윤영이 죽기 전에 마지막으로 손을 뻗은 사람이 라기철 자신이었다. 그 전화, 아니 그 고운 손을 엎다니….

그는 자신을 용서할 수 없었다.

3

그 일 이후 라기철은 제작 중이던 모든 예능프로그램에서 물러났다. 칩거하면서 후회를 거듭했지만 아무것도 달라지지 않았다. 그렇게 소용없는 통회로 지새우던 어느 날 문득 하윤영을 위한 프로그램을 만들어야겠다고 결심했다. 자살하는 사람들을 구하는 방송 프로그램.

사람을 살리는 방송을 위해 가장 먼저 필요한 것은 아이러니하게도 죽으려 하는 사람들이었다. 하지만 누가, 언제, 어디서, 어떻게 자살을 할지 모를 일이었다. 자살을 예측한다는 일은 가능한 일이 아니었다. 라기철은 자실할 확률이 가장 높은 장소, 그러니까 자살이 가장 빈번하게 일어나는 장소를 물색했다. 바로 마포대교였다.

조사를 통해 마포대교에서 매년 100명 가까운, 혹은 그 이상의 사람들이 자살을 시도한다는 사실을 알았다. 가능성이 보였다. 하지만 그냥 구조만 하는 일은 아무 의미가 없었다. 나아질 방법도 없이 구조만 한다고 자살을 방지할 수는 없는 일. 혹여 방송으로 구조된 사람이 다시 자살을 시도했을 때 쏟아질 지탄을 감당할 자신은 더더욱 없었다.

살려낸 사람들이 반드시 다시 죽지 않도록 해야 했다. 그러기 위해서는 구조와 더불어 일상에 다시 안착할 수 있는 장치가 필요했다. 사회적으로든, 경제적으로든, 심리적으로든 그들의 상처를 보듬어야 했다. 하지만 그것이 생각처럼 간단한 문제가 아니었다. 사람들마다 자살하는 이유가 다 다르기 때문이다.

고민 끝에 라기철은 방법을 생각해냈다. 유일한 방법이자 최고의 방법. 그것은 바로 아무런 방안도 미리 강구하지 않는 것이었다. 어차피 모든 방안을 다 준비할 방법은 없었다. 변수가 생길 것은 뻔했다. 대신 특별한 인물을 준비하기로 했다. 어떤 상황에도 반응을 도와주는 촉매 같은 인물, 바로 천사였다.

라기철은 천사라는 존재가 투신한 사람들을 구조했다고 믿게 만들 장치를 생각했다. 천사의 존재를 믿게 만들 수만 있다면, 죽음을 선택했던 사람들을 변화시킬 수도 있을 것 같았다. 초월적 존재가 구해준 목숨을 어찌 쉽게 버릴 수 있겠는가.

고지우는 바보가 아닌 이상 누가 그런 걸 믿겠냐고 답답해했다. 그녀는 기획안이 통과되지 않는 데 100만 원을 걸었다. 이 따위 기획안을 CP, EP, 국장이 통과시켜줄 리 없다고 호언장담했다. 하지만 라기철은 자신을 팔았고, 고지우는 허탈한 표정으로 100만 원을 내놓았다.

라기철은 방송 기획안을 들고 천사를 섭외하기 위해 연극가로 향했다. TV에 출연한 적 없는 사람 중 탄탄한 연기력을 갖추고, 풍부한 경력을 바탕으로 다양한 상황에 대응할 수 있는, 60대 이상의 건강한 배우를 수배했다. 특히 건강이 중요했다. 중간에 천사가 바뀌는 상황은 절대 일어나서는 안 되므로.

어찌 보면 이번 프로그램에서 가장 중요한 역할을 맡게 될 인물이기에 선별에 심혈을 기울였다. 성별은 상관없었지만, 온화한 마스크를 가져야 했다. 죽음의 늪에서 간신히 빠져나온 사람들이 마주해야 할 첫 번째 얼굴이었기 때문이다. 그러던 중 라기철은 마음에 쏙 드는 사람을 찾았다.

서동섭.

그는 라기철이 원하는 모든 조건을 충족했다. 게다가 몹시 건강해보였다. 그러나 정작 서동섭은 관심을 보이지 않았다.

"삶을 포기한 나약한 사람들이 주인공이 되는 방송에 나가고 싶지 않아. 힘든 상황 속에서도 매일 같이 싸우고 버티는 사람들이 수없이 많다네. 그런 사람들을 돕지 않고 자살하는 사람을 돕겠다니, 내키지 않는구만."

"그들이 나약해서 삶을 포기한 건 아닙니다."

"나약한 것이 아니면 뭔가?"

"무지할 뿐입니다."

"무지하다고?"

"많은 것을 모르니까요."

"뭘 모른다는 말이지?"

"그들은 맞닥뜨린 상황을 극복할 방법이 있다는 것을 모릅니다. 자신에게도 맞닥뜨린 상황을 이겨낼 힘이 있음을 모르고, 죽음 이외의 수많은 선택지가 있음을 모릅니다. 어르신. 그들은 모르는 것이 많습니다. 우리가 알려줘야 합니다. 충분히 살아갈 수 있다는 것을요."

"음…. 알려 준다 이거지? 죽지 않고 살아갈 수 있음을."

"꼭 알려주고 싶습니다."

"내가 천사를 연기하면 그들의 무지를 일깨울 수 있나?"

"가능합니다."

"죽으려 했던 사람들의 생각을 바꿀 수 있단 말이지?"

"저만 믿으세요. 어르신께서는 연기만 해주시면 됩니다."

"소문대로 자신감이 대단한 친구구먼. 좋수다. 해보지 뭐. 사람 목숨 살리는 일이니."

서동섭이 웃으며 손을 내밀었다.

라기철이 맞잡은 서동섭의 손이 참으로 따뜻했다.

4

천사를 섭외한 뒤 본격적으로 촬영 준비를 해나갔다. 먼저 전문 자격증을 구비한 구조팀을 선발했다. 라기철은 서울시와 서울소방재난본부에 구조에 관련된 협조를 구했다.

"사설 구조팀이 실수하면 누가 책임집니까? 시민들의 목숨을 담보로 잡을 수 없어요."

꽉 막힌 담당자가 난색을 표했다. 라기철은 구급대원만 사람을 구조하라는 법은 없지 않나, 물에 빠진 사람을 누구든 빨리 구하는 게 중요한 게 아니냐는 말로 끈질기게 설득했다. 그 결과 사설 구조팀은 구급대원들의 지시에 협조한다는 조건으로 항시 대기를 허락받았다.

그렇게 촬영이 시작되었지만 변수가 계속 생겼다. 투신한 사람을 빠르게 구조하려다 보니, 의식을 잃기도 전에 구조하는 경우가 생겼다. 구조 요원들을 본 사람에게 천사가 구했다고 말할 수는 없는 노릇. 그런 사람들은 방송에 내보낼 수 없었다.

어려움은 그뿐이 아니었다. 정신을 차릴 때까지 신원을 파악하지 못해 천사가 투입되지 못하는 경우도 발생했다. 구하고 보니 건강 상태가 너무 나빠 장기간 입원 치료를 받아야 하는 경우도 있었다.

구조가 모두 성공하는 것도 아니었다. 비바람이 심하게 불던 어느 날, 투신한 남자를 구조하기 위해 나섰다. 사설 구조팀과 구급대원이 급하게 출동했다. 그런데 그 사이 또 다른 여자가 투신했다. 구조대의 투입이 지체되었고, 악천후까지 그녀의 구조를 방해했다. 끝내 여자는 주검으로 발견됐다.

그렇게 어려운 여건 속에서 조건에 부합하는, 그러니까 의식을 잃은 채 비교적 건강한 상태로 목숨을 구한 첫 번째 사람이 강시우였다. 전문의가 강시우의 건강 상태를 확인했다. 응급조치를 취하고 링거를 놓았다. 몸에 큰 이상이 없다는 것을 확인하고 링거에 수면 유도 성분을 넣어 몰래카메라가 설치된 모텔로 그를 옮겼다. 감기에 걸리지 않도록 옷도 잘 말려두었다.

라기철은 약간의 무리수도 감행했다. 벤조다이아제핀 유도체 성분의 약을 코코아에 넣은 것이다. 공황장애를 겪은 인기 연예인들이 복용하는 것으로 알려진 신경안정제였다. 명백한 불법 의료행위라는 걸 알고 있었다. 평소에 마키아벨리즘을 좋아하지 않는 그였지만, 이 순간만큼은 목적이 수단에 우선해야 한다고 합리화했다. 그렇다고 수호에게까지 그 약을 먹인 것은 아니었다.

라기철은 강시우가 코코아를 마시는 모습을 모니터로 지켜봤다. 강시우의 상태가 진정되는 것으로 보였다. 하지만 잠시 뒤, 의외의 상황이 발생했다. 강시우가 메모를 보고도 어떠한 연락도 취하지 않았던 것이다. 구조해준 사람에게 전화할 것이라고 당연하게 여긴 것이 실수였다.

라기철이 강시우를 구하자마자 바로 천사와 대면시키지 않은 데는 나름의 이유가 있었다. 천사 역을 맡은 배우에게 시간을 주기 위해서였다. 어둠의 경로와 흥신소를 통해 알게 된 강시우에 대한 정보를 숙지하는 데 필요한 시간을.

땅이 꺼지는 한숨이 절로 새었다. 라기철은 강시우를 놓쳤다고 생각했다. 그래서 그 다음 구조자들은 깨어나는 순간 천사를 만나는 것으로 계획을 변경했다.

정혜지도, 한수호도 그렇게 깨어나자마자 천사를 만났다. 너무나 다행스럽게도 천사 배역을 맡은 서동섭은 베테랑이었다.

최고의 섭외였다. 짧은 준비 시간에도 자연스레 대화를 이어나갔다. 자신이 가진 정보를 활용해 상대방으로 하여금 많은 이야기를 유도해냈다. 유능한 정신과 의사를 보는 것 같았다.

물론 모든 사람이 천사의 존재를 믿었던 것은 아니다. 왜 자신을 살려냈냐며 울부짖다가 뛰쳐나간 사람, 네가 무슨 천사냐고 욕을 퍼붓는 사람도 있었다. 천사 역할의 배우가 위험한 상황에 빠져 경호원들이 투입된 적도 있었다. 기껏 구해줬더니 보따리 내놓으라는 사람도 있었다. 그들은 대부분 방송국 카메라가 들이닥치고 나서야 난리를 멈추었다. 그렇게 라기철은 다양한 군상의 사람들을 접했다.

백미는 강시우를 두 번째 구조했을 때였다. 새까만 옷을 입은 남자를 구조할 때만 해도 그가 강시우일 줄은 꿈에도 몰랐다. 구조한 남자가 강시우인 것을 확인하고 라기철은 하늘이 자신을 돕는다고 생각했다.

첫 번째 자살에서 구조된 남자가 같은 곳에서 다시 자살을 시도했다. 그리고 그 사람을 다시 구조했다. 얼마나 드라마틱한 전개인가? 라기철은 반드시 이 남자를 살려내야 했다. 사설 구조대의 조그만 실수에도 라기철은 불같이 화를 내며 초조해 했다.

근처 응급실에서 전문의의 응급 조치를 마친 후, 다시 링거에 수면제를 넣고 모텔로 옮겼다. 강시우가 깨어날 때까지 모든 사람이 숨죽이며 모니터에 집중했다. 촬영장 분위기가 극도로 예민했다. 스태프들의 숨소리조차 신경에 거슬릴 정도였다.

강시우가 깨어나자 모두가 천사 역의 배우에게 집중했다. 프로그램의 운명이 그에게 달려 있었다. 더없이 따뜻한 말과 위로로 두 번째 자살을 시도한 사람을 안아줘야 할 때였다. 바로 그 순간 인상적 장면이 연출되었다. 천사가 다짜고짜 강시우의 뺨을 때린 것이다.

"천사다, 씹새야."

대본에 없던 행동과 대사였다. 사전에 그 어떤 협의도 하지 않았다. 하지만 강시우의 정신을 차리게 하는 데, 그리고 강시우에게 천사의 존재를 어필하는 데 최적의 방법이었다. 라기철은 촬영이 끝난 뒤 달려가 서동섭에게 어떻게 뺨을 때릴 생각을 했냐고 물었다.

"처음부터 그럴 생각은 없었지. 다만 눈이 마주치는데 기선 제압을 해야 하겠더라고. 라 PD가 이 사람은 절대 놓치면 안 된다면서?"

그 일 이후 라기철은 서동섭을 완벽하게 믿었다. 어쭙잖은 대본보다 훨씬 뛰어난 감각을 가진 배우였다. 그래서 부산에서 촬영한 국밥집 장면도, 해청도에 처음 도착할 때의 장면도 대부분 천사 역할의 배우에게 일임했다. 결과는 만족스러웠다. 편안하면서도 긴장감 있는 전개가 이어질 수 있었다.

부산으로 향하기 전 최종 후보는 다섯 명이었다. 강시우, 정혜지, 최미선, 권동현, 한수호. 방송에 적합한 사람을 골라야 했다.

라기철에게는 두 가지 당면 과제가 있었다. 하나는 표면적 주제를 잘 풀어가는 것이었다. 이들이 다시는 자살을 생각하지 않게 만드는 것. 그것은 그들의 무지를 일깨워주는 과정과 일맥 상통했다. 방송을 보는 사람들이 표면적 주제를 누구라도 쉽게 이해할 수 있어야 했다. 이에 대해서는 자신 있었다. 이를 통해 PD로서 그의 실력이 드러난 일이기도 했다.

두 번째는 표면적 주제를 뛰어넘는 메시지가 있어야 했다. 단순히 누군가의 목숨을 구하고 재기를 도와주는 것을 넘어서 는 메시지가 필요했다. 이런 초월적 메시지는 예능 프로그램을 오랜 기간 감동으로 남게 하는 데 가장 중요한 부분이었다. 아무 리 보편적이고 간단하더라도.

가장 중요한 것은 하윤영처럼 고독을 느끼지 않게 하는 일이 었다. 뼈 저리는 고통을 통해 배운 것이었다. 그것을 위해 라기 철은 이들이 오지에서 함께 지내며 서로 의지하고 회복하는 시 간을 갖게 만들고 그 모습을 촬영하고 싶었다.

이를 위해 세 사람은 빠져야 했다. 최미선, 권동현, 그리고 한수호. 최미선은 극심한 마약 중독자로 마약 치료가 선행되어 야 했다. 금단 현상이 일어날 때마다 폭력적이고 자학 증상을 보 이는 그녀는 다른 사람들과 함께하기에 부적합했다.

권동현도 빠져야 했다. 그는 아동 성추행 및 유부녀 강간의 전과가 있었다. 교도소에서 충분한 죗값을 받고 출소했으나, 그 건 도덕적 죗값이 아니라 법리적 죗값일 뿐이었다. 라기철 입장 에서 법리적 죗값이란 인권 애호 변호사가 징징대면 관대한 판 사가 형량을 깎아주는 것을 의미했다. 때때로 수산물시장에서 파는 생선 가격보다 기준이 모호했다.

마지막으로 한수호도 빼야 했다. 의무 교육을 받아야 하는 초등학생을 오지로 몰아넣을 수는 없었다. 한참 사교육을 받고 있는 또래와 비교하면 학원은커녕, 방과후 수업도 제대로 갖춰 있지 않은 곳에 초등학생을 보낼 수는 없었다.

"한수호는 꼭 함께 가야 해요."

고지우가 강력하게 주장했다. 라기철은 당황스러웠다. PD로 그와 함께 일하는 동안 고지우가 저렇게 강하게 의견을 피력한 적이 없었기 때문이다.

"한수호가 함께하면 너무 많은 문제가 생기잖아."

"무슨 문제가 생기는데요?"

"답답하네. 생각해봐. 학교가 있는 곳으로 보내야 할 것 아니야. 그러면 우리의 계획과 달라져. 오지로 보내야 하잖아."

라기철은 후배의 낯선 모습에 당황스러워하며 설명했다.

"섬마을 오지 중에 초등학교가 있는 곳이 더러 있어요."

고지우도 지지 않았다.

"초등학교가 있다면 사람들이 많이 사는 곳이잖아, 오지가 아니라. 그러면 많은 문제가 생겨. 마을 주민이 많으면 집 외부에 카메라를 설치하기도 조심스럽고."

"라 선배. 제가 섬마을 출신인 거 잊었어요? 섬마을에는 전교생이 열 명도 안 되는 초등학교가 많이 있어요. 그런 곳에는 주민들도 거의 없고요. 그리고 무엇보다…."

"무엇보다 뭐?"

"어린 아이가 자살까지 생각할 만큼 외로웠잖아요. 한수호야

말로 우리가 이번 방송으로 도와줘야 하는 아이라고요. 라 선배가 매번 그리 끔찍하게 생각하는 시청률에도 도움이 되면 도움이 됐지, 방해는 안 될 것 같은데요?"

"너는 하나만 알고 둘은 모르는구나."

"뭐가요?"

"한수호는 가면 안 돼. 강시우와 정혜지는 나이가 비슷해. 마포대교에서 자살하려 했던 젊은 두 남녀가 사랑에 빠져 상처를 치유한다, 이런 멋진 그림도 나올 수 있다고. 거기에 한수호가 있으면 방해만 될 뿐이야."

"정혜지 씨는 한수호가 있어야만 갈 것 같은데요?"

"애가 있으면 사랑에 방해가 되잖아."

"낯선 남자와 단둘이 살라고 하면 살 수 있을까요?"

"1억 원을 줄 건데 당연히 살지 않을까?"

"아마 안 갈 거예요."

"돈을 더 주면?"

"그래도요."

고지우는 단호했다.

"어떻게 확신해?"

"정혜지 씨가 자살한 이유는 아들의 죽음과 관련이 있잖아요. 그녀는 돈 때문에 움직일 사람이 아니에요. 보호할 아이가 있을 때 마음이 움직일 여자라고요. 모성애가 강한 여자예요. 같은 여자로서 확신할 수 있어요."

"아무리 그래도 돈 싫어하는 사람 있을까? 고지우, 너도 돈

무지 좋아하잖아."

"저 돈 좋아해요. 그건 죄가 아니라서 부끄럽지 않아요. 그런데 모든 사람이 돈 때문에 일을 하지는 않죠. 선배도 지금 이 방송을 돈 때문에 만드는 건 아니잖아요. 원래 하던 대로 하는 게 더 쉽게 돈을 버는 일이라는 걸 알고 있죠. 그런데 굳이 이렇게 고생하는 이유가 뭔가요? PD로서의 자긍심? 개소리 마세요. 하윤영 때문 아닌가요?"

당당하게 주장하는 고지우의 눈빛이 라기철의 명치를 강타했다.

"그, 그게 아니라…."

"돈이 좋다고 돈이 모든 것을 결정하지는 않아요. 그걸 제일 잘 아는 사람이 어떻게 그런 생각을 해요? 정혜지를 위해서도 한수호를 위해서도 우리는 한수호와 함께해야 해요."

고지우의 간곡한 설득에 라기철은 고집을 꺾을 수밖에 없었다. 한수호가 합류했다.

그렇게 찾은 곳이 해청도였다.

5 2018년 12월 6일, 해청도, 세 사람의 집 거실

라기철의 설명을 듣는 동안 시우는 패닉에 빠졌다. 속이 울렁거렸다. 지난 몇 개월을 받쳐주었던 기둥이 무너지는 느낌. 바닥의 깊이를 알 수 없는 곳으로 떨어지는 기분이었다.

천사가 세 사람을 구한 것이 아니었다니. 모든 것이 잘 짜인 각본이었다니. 시우는 속고 있었다. 의도가 아무리 좋았다 한들 화가 나지 않을 수 없었다.

"그러니까 천사, 아니 저 어르신이 그냥 연극배우라고요?"

시우는 치미는 부아를 애써 숨기려 하지 않았다.

"네. 본명은 서동섭 씨입니다."

"어이가 없네요."

"여러분을 도울 수 있다고 생각했습니다."

"거짓말로요? 이딴 사기극으로요?"

명치부터 올라온 울분이 목청을 달궜는지 그의 목소리가 불처럼 뜨거웠다.

"죄송합니다. 거짓말이 맞습니다. 그것이 얼마나 나쁜지도 알고 있었고요. 전쟁 중 총탄에 맞은 병사에게 모르핀을 투약하는 마음이었습니다. 죽음의 고통은 일단 넘기고 봐야 하니까요. 나중에 깨어난 병사들은 모르핀을 신이 주신 선물이라고 말했다고 합니다. 과장된 비유인지는 모르겠습니다. 하지만 우리는 세 사람을 실의에서, 시꺼먼 강물에서 구하는 것이 최우선이라고 생각했습니다. 화나는 마음은 이해합니다. 제게 화내는 것은 괜찮지만 서동섭 어르신께는 비난하지 말아주세요. 부탁드립니다. 어르신은 저를 믿고 돕기로 어렵게 결심하신 분입니다."

라기철이 자신의 말에 진정성을 담기 위해 노력했다. 그때 시우와 가짜 천사의 눈이 마주쳤다. 위기 상황을 모면하기 위해 모르핀을 투여했던 서동섭이 고개를 숙였다. 정중하게 사과하는 모양새가 시우에게도 전달되었다. 하지만 시우의 격앙된 마음은 쉬이 가라앉지 않았다.

"실망이에요. 할아버지."

수호가 노인을 향해 크지 않은 소리로 말했다. 군 미필자인 수호에게 전쟁과 모르핀 따위 얘기가 먹히지 않는 듯 보였다.

"우리가 누구인지 어떻게 알았죠?"

혜지의 목소리는 차갑고 딱딱했다.

"시우 씨는 투신 장소에 지갑을 뒀더군요. 가장 찾기 쉬웠습니다. 수호의 주머니 속에는 가정통신문이 있었어요. 학교, 학반, 이름이 수호의 글씨로 적혀 있었죠. 죽은 친아버지의 이름까지…. 혜지 씨는 신분증도 휴대폰도 없었는데 주머니 속에 체크카드가 있더군요. 조사해보니 새벽에 마포대교까지 택시를 타고 갈 때 마지막으로 사용했던 카드였습니다."

혜지가 고개를 숙이고 서 있던 추정우와 명미희를 올려다보며 차가운 어조로 말을 이었다.

"추정우 씨와 명미희 씨는 가짜 부부였나요?"

"네."

"신내림 받았다, 과거를 봤다, 하는 얘기도 결국 흥신소를 통해 알아낸 내용을 가지고 연기한 거구요."

"그렇습니다."

무당과 남편 역할의 두 배우가 어쩔 줄 모르는 기색으로 고개 숙여 사과를 표했다. 멍하니 추정우를 바라보던 시우가 명미희에게 시선을 돌렸다. 명미희의 얼굴은 더 이상 환자가 아니었다. 그 자리엔 젊고 건강한 여성이 서 있었다.

"저들도 원래 배우였습니까?"

"두 사람은 경호원입니다. 본명은 장민기, 이세희 씨입니다. 혹시라도 수호와 혜지 씨에게 나쁜 일이 생기면 언제든 달려가 보호해줄 사람들이었습니다. 특히 장민기 씨는 구조대원이기도 했는데 한강에 빠진 혜지 씨를 구했습니다."

"혹시, 혜지 씨. 저에 대한 기억이 조금이라도 ···."

장민기가 상기된 표정으로 혜지를 보며 물었다.

"아니요. 기억 안 나요."

혜지의 단호한 대답에 장민기의 얼굴에 얼핏 서운함이 스쳤다. 그러나 혜지는 신경 쓰지 않고 질문을 이어갔다.

"혹시 집안에도 카메라가 있었나요?"

"혜지 씨 방과 화장실을 제외하고요."

"그럼 혹시 드론도 촬영용이었나요?"

시우가 끼어들면서 물었다.

"네, 그렇습니다."

"그래서 드론이···. 수호의 학교 안에도 카메라가 있었나요?"

"학교 안에는 없었습니다. 그래서 박정호 선생의 추행을 감시하기 어려웠죠."

박정호의 이름이 나오자 혜지가 어깨를 바르르 떨었다.

"집 안에 카메라는 어디에 있는 거예요?"

다소 날카로워진 혜지의 물음에 스태프 중 한 명이 거실을 돌아다니며 카메라의 위치를 알려줬다. 거실에만 초소형 카메라 열두 대가 설치되어 있었다. 거실과 마당을 포함해 집안 전체에 구석구석 매립되어 있었다. 시우는 스무 대 가까이 카메라 수를 헤아리다 손을 저었다.

그뿐만이 아니었다. 신발과 가방에는 위치 추적기와 도청 장치가 숨겨져 있었다. 가장 놀라웠던 것은 추정우의 안경테에 달린 카메라였다. 두꺼운 뿔테 안경이 몰래카메라라는 걸 듣고 자세히 들여다보았지만, 렌즈라고는 믿기지 않을 만치 정교했다. 시우가 허탈한 표정으로 말을 이었다.

"저 가짜 무당 부부 둘이서 24시간 저희를 지켜봤다고요?"

"그건 아닙니다. 옆집에는 민기 씨와 세희 씨 외에도 여섯 명이 더 상주하고 있었습니다. 그들이 24시간 동안 지켰죠."

"그 많은 사람이… 감쪽같이, 도대체 어떻게…."

"전문가가 드론도 날려야 했고, 24시간 감시하려면 교대 근무도 해야 했습니다. 사실 약간 티를 내기도 했습니다. 나름의 힌트를 몇 가지 드리기도 했고…."

"힌트라고요?"

"민기 아니, 추정우가 더 익숙하실 테니 그냥 정우라고 하겠습니다. 정우 집 마당의 꽃을 기억하십니까?"

"노란색 꽃이요."

"잎이 지고 나서야 꽃이 펴 잎과 꽃이 만날 수 없다는 꽃…."

"기억나요. 꽃 이름은 까먹었지만."

"붉노랑상사화입니다. 모니터로 보니 정우가 꽃말을 말하더군요. 대본에는 꽃 이름만 말하기로 되어 있었는데, 무슨 생각인지 정우가 한발 더 나아가더군요."

"그게 뭐 어쨌다는 거죠?"

"혹시 그 꽃말 기억나세요? 그게 힌트였습니다만."

"그걸 어떻게 기억합니까?"

시우가 한껏 짜증을 더해 말했다.

"이루어질 수 없는 사랑,"

"그랬어요. 잎과 꽃이 영원히 만날 수 없어 그렇다고. 그런데 그게 무슨 힌트란 말이에요?"

"아내의 병을 치료하기 위해 모든 것을 버리고 섬마을로 요양 온 금실 좋은 부부가 '이루어질 수 없는 사랑'이라는 꽃말을 가진 꽃을 심었다…. 이상하지 않나요?"

"뭐라고요?"

"붉은빛을 감추고 있는 꽃이라는 것도 추정우 부부가 비밀을 숨기고 있음을 암시한 겁니다."

"PD님, 미친 거 아니에요? 그걸로 두 사람이 가짜 부부라는 걸 짐작하라는 거예요?"

"그뿐 아닙니다. 빨랫줄에 널린 수건들도 힌트였어요. 사실 지난 번 시우 씨가 마당에 널린 수건의 양이 많다고 얘기할 때 우리도 제법 긴장했었습니다. 그 밖에도 집 안에 많은 사람들이 생활했던 흔적들은 제법 있었습니다만…."

전혀 눈치 채지 못했다. 이딴 게 뛰어난 예능 PD의 덕목인가.

"마을 사람들 모두 우리를 속였나요? 학교 선생님들까지요?"

"아, 그건 아닙니다. 배만식 어르신만 우릴 도우셨어요."

"시우야, 미리 말 못 해 미안혀."

배만식 어르신이 뒷머리를 긁으며 말했다.

"설마, 불편한 다리도 연기였나요?"

"그건 아니네."

시우는 불편한 배만식 사장의 다리가 연기가 아니었다는 사실이 이상하게 위안이 되었다.

"다시 말하지만, 예상하지 못했던 일이 너무나 많이 일어났습니다. 장기 프로젝트이기도 했고 여러분들이 자신을 촬영하고 있다는 사실을 몰랐으니 당연할 수밖에요. 박정호 선생의 일도, 권순자 할머니의 자살도…. 납치범의 등장과 혜지 씨의 납치는 정말 놀랐어요."

납치란 말에 수호가 놀란 얼굴로 혜지를 바라봤다. 혜지는 아무 말 없이 수호의 얼굴을 감싸 품에 안았다.

"또 시우 씨의 그 일들도 전혀 예상할 수 없었습니다."

라기철이 말을 이었다.

"제가 뭘…"

시우가 놀라 토끼눈으로 되물었다. 권순자 어르신의 자살이나 납치범의 범행만큼 예상하지 못할 일을 한 적이 없었다. 라기철이 난처한 표정으로 시우의 귀에 자신의 손을 감싸 대더니 조용히 말했다.

"그게…, 워낙 젊고 건강하니 그러셨겠지만, 방에서 혼자 몇 번씩이나 자위를…."

"어어어어! 그, 그, 그만. 뭘 그런 걸 다 말해요? 이상한 사람이네. 아니 잠깐. 씨발, 그럼 그것도 녹화되었다고?"

시우가 벌게진 표정으로 더듬더듬 소리쳤다.

"건강한 남자라면 당연히 그럴 수 있습니다."

"뭐라는 거야, 이 개자식은!"

"그 부분은 책임지고 삭제하겠습니다."

미친 새끼가 당연한 걸 인심 쓰듯 말했다.

"엄마, 자위가 뭔데 저래요?"

수호가 어떻게 귓속말을 들었는지 혜지에게 물었다. 혜지가 한심하다는 표정으로 시우를 일별하더니 수호에게 설명했다.

"그건 말이야, 남자가 혼자서 자신의 욕구를…."

시우가 성교육을 시작하려는 혜지에게 낮은 목소리로 부탁했다.

"그, 그건, 내가 나중에 설명할게. 지금 말하지 말자. 제발."

"알았어, 이 자위 중독 변태 새끼야."

시우는 다시 마포대교에 오르고 싶을 정도로 부끄러웠다.

"아무리 방송이라지만, 몰래카메라는 불법 아닌가요?"

수호가 라기철을 향해 앳되지만 따박따박한 어조로 따졌다.

"정말 미안하구나. 먼저 허락을 받고 촬영을 했었어야 해. 그래서 지금이라도 부탁을 한다. 방송에 나가게 도와달라고."

"동의하지 않으면요?"

혜지가 라기철을 냉철하게 응시하며 낮은 목소리로 물었다.

"당연히 방송에 내보낼 수 없죠. 꼭 좀 부탁드립니다."

"동의하지 않을 겁니다."

혜지의 목소리에 결연함이 묻어났다.

"여러분들의 구조에서부터 지금까지 많은 스태프가 고생했지만 그런 건 중요하지 않습니다. 세 분의 마음이 가장 중요하지요. 방송을 허락하지 않으시면 촬영한 영상을 모두 폐기하겠습니다."

라기철이 눈치를 살피며 계속 말을 이었다.

"하지만 처음 자살을 생각했을 때의 마음과 지금 여러분의 마음이 조금이라도 달라졌다면 한 번만 더 고려해주시길 부탁드립니다. 세상에 혼자라는 지독한 고독이 조금이라도 감소되었다면 한 번만 더 고민해주세요. 여러분과 같은 생각을 하는 사람들에게 위로를 주고 싶은 것, 그것 외에는 어떠한 이유도 없습니다. 사실 그동안 저희는 진심으로 그 가능성을 봤습니다."

시우는 라기철의 절절한 호소에 어떤 대답도 하지 못했다. 그의 말은 간절했다. 혜지와 수호도 판단이 서지 않는 눈치였다. 방 안 모두의 시선이 세 사람을 향하고 있었다. 적막이 흘렀다. 적막을 깬 사람은 혜지였다.

"왜 일 년을 다 채우지 않은 지금 이 사실을 털어 놓는 거죠?"

"혜지 씨가 위험하다고 판단했기 때문입니다."

"제가요? 그 사건 때문인가요?"

시우는 혜지의 목소리가 미세하게 떨리는 것을 들었다.

"우리는 혜지 씨가 이곳에 오기 전에 겪었던 사건에 대해 알고 있었습니다. 그런데 또 다시 그런 일이 일어났죠. 한 번도 아니고 두 번씩이나. 혜지 씨가 얼마나 고통스러울지 감히 예상할 수도 없었습니다. 이걸 알면서 더 이상 촬영한다는 건 말이 안 되죠. 혜지 씨에게는 심리 치료도 필요하고 안정도….”

“대체 무슨 일이 있었던 거예요?”

수호가 시우에게 귓속말로 나직이 물었다. 시우는 자신의 입에 검지를 세우며 수호를 향해 나중에 설명해줄게, 하는 눈짓으로 한쪽 눈을 찡긋 감았다. 고개를 한 번 끄덕인 수호는 더 이상 묻지 않았다.

“예상치 못하게 촬영을 마치게 되었지만 약속했던 돈은 드리겠습니다. 시우 씨와 혜지 씨에게 5천만 원씩, 수호에게는 약속대로 대학 학비를 지원하겠습니다. 방송 여부와 상관없이 말입니다.”

시우는 언제부터인가 잊고 있었다. 일 년이 지나면 5천만 원을 더 받기로 했던 사실. 처음에는 그 돈만 생각했는데 언제부터 그 돈의 존재를 잊고 있었을까?

“만일 방송이 나가도록 허락해주신다면 시우 씨와 혜지 씨에게 5천만 원씩 더 드리겠습니다. 수호에게는 성인이 되었을 때 출금할 수 있는 5천만 원 통장을 주겠습니다.”

“방송국에 돈이 많긴 많은가 보죠?”

혜지가 비꼬듯 말했다.

“솔직한 제 심정으로는 그조차도 많다고 생각하지는 않습니다. 여러분들의 겪은 그간의 삶을 지켜본 저로서는 돈 얘기를 꺼내는 게 오히려 죄송할 따름입니다.”

“방송 여부는 언제까지 결정해야 하는 거죠?”

"삼 일을 드린다면 부족할까요?"

세 사람은 서로의 눈을 바라봤다. 뜻이 쉽게 합쳐졌다.

"좋습니다. 삼 일 후 결정해서 말씀드리죠."

6

세 사람은 여전히 카메라가 있는 집에 남겨졌다. 누군가 보고 있음을 알기에 동작 하나하나 신경 쓰였고, 전처럼 쉽게 대화를 이어가지 못했다.

배신감과 혼란스러움이 뒤엉켰다. 사정이야 어찌 되었건 내 집이라고 생각한 곳이 아니었던가. 믿고 의지했던 콘크리트 벽이 알고 보니 투명 유리였다.

"어떻게 할 거야? 방송 내보내도 되겠어?"

이틀째 되던 날 저녁, 거실에서 시우가 혜지를 보며 질문을 던졌다. 수호도 혜지를 바라봤다. 서로가 쫓는 시선만으로도 세 사람 중 가장 큰 영향력을 행사하는 사람이 누군지는 확인되었다.

"우리 모두 동의해야 방송에 나가는 거지? 한 명이라도 반대하면 방송에 나갈 수 없는 거지?"

여왕이 무거운 입을 열었다.

"그래. 그렇지."

"그렇다면 나는…."

그녀가 머뭇거리는 짧은 순간 충신 수호가 먼저 답을 던졌다.

"저는 방송에 나가도 돼요."

수호를 바라보며 혜지가 타이르듯 말을 받았다.

"그렇게 간단한 문제가 아니야. 네가 자살을 시도했다는 게 전국에 알려질 거야. 괜찮겠어?"

"괜찮아요. PD 아저씨가 가명 정도는 써주겠죠."

괜찮을 리 없는 예민한 녀석이 오히려 태평한 듯 어깨까지 으쓱해 보였다. 선택의 갈림길에 선 초조한 여왕을 위한 최선의 아부였다. 전하, 소인은 정말 괜찮사옵니다. 혜지의 망설임에 본인이 있음을 잘 아는 수호가 그녀를 위해 내린 결단이었다.

"네티즌 수사대가 네 정체를 바로 알아낼 거야."

"뭐 어때요. 어차피 죽으려고 했었는데요. 까짓것 죽는 것보다 힘들겠어요? 참기 힘들면 그때 가서 다시 죽으면 되고요."

"야, 한수호! 엄마 앞에서 그런 말 할래?"

혜지가 짐짓 수호를 매섭게 쏘아봤다.

"농담이에요. 이렇게 좋은 엄마가 있는데 왜 죽어요? 근데 엄마, 여기서 나가도 저 데리고 살 거예요?"

수호가 과장된 어리광으로 혜지 품을 파고들며 말했다. 시우는 수호의 행동을 보며 징그럽다는 표정 뒤에 부러움을 숨겼다.

"당연하지. 지금 엄마에겐 수호뿐이야."

혜지가 웃으며 한 손으로는 수호의 머리를 쓸며 다른 한 팔로 수호를 가슴으로 힘껏 끌어 당겼다. 그 모습에 시우는 표현하지 못할, 표현해서는 안 될 질투심과 서운함이 들었다.

"당신은 뭐 하고 살 거야? 여기 나가면?"

"몰라. 아직…."

역시 혜지는 시우와 함께할 생각이 없는 모양이었다. 혹시나 했지만 혜지의 마음은 시우의 기대를 빗겨가는 듯했다. 그런 시우의 아쉬움에 아랑곳없이 혜지가 말을 이었다.

"따로 할 일 없으면 계속 여기 사는 건 어때? 만선민박 도우면서 말이야. 여기랑 잘 맞는 것 같던데."

혜지의 말이 시우의 가슴에 대못처럼 박혔다. 함께하자는 말 따위는 꺼낼 생각도 하지 말라는 엄포로 들렸다.

"서울에서 살아야지. 새로 사업도 시작하고."

서운함을 감출 수밖에 없는 시우의 입에서 생각에도 없던 말이 심드렁하게 새어나왔다.

"돈이 없는데 무슨 사업을 해?"

"1억 있잖아."

"그거면 충분해? 무슨 사업할 건데?"

"아직 아무것도 못 정했어. 예상보다 넉 달이나 빨리 마치게 되었으니."

"사업이랑 잘 맞지도 않는 성격 같은데."

"어떻게 직업을 적성에 꼭 맞게 골라? 돈 벌려고 하는 거지."

시우는 함께하지도 않을 거면서 이것저것 캐묻는 혜지가 미웠다. 듣고 싶은 말은 따로 있었다. 그렇게 시우와 혜지의 대화는 서로의 마음과 상관없이 겉돌며 이어졌다.

"돈이 더 필요하겠네?"

"너도 마찬가지 아냐? 수호랑 살려면 돈이 꽤 필요할 텐데."

"솔직히 그렇긴 해. 하지만 돈보다 중요한 게 있어."

"수호의 상처?"

"응."

"수호 말대로 어차피 죽기로 한 몸이었는데 무서울 것도 없잖아?"

"우리가 받은 돈이 아무리 크다 해도, 그 돈과 수호가 받을 상처를 저울질하면 쉽게 결정이 안 돼."

"그럼 너만 생각한다면 어때? 오로지 너만. 너는 괜찮아?"

"난 정말 괜찮아. 다시 아들이 생기면서 강해졌거든. 그리고 내가 전에 말했잖아. 내 꿈이 텔레비전에 나오는 거였다고."

혜지가 아무렇지 않은 듯 밝게 웃으면서 말했다. 그 웃음이 쓸쓸해 보였다. 텔레비전에 춤추고 노래하는 모습이 나오는 게 꿈이지, 이런 초라한 모습으로 나오는 게 꿈이 아니라는 건 해풍에 말라가는 우럭도 알 만한 일이었다.

하지만 혜지를 지켜준다는 명목 아래 방송에 못 나가게 하는 게 옳은 일일까? 고민의 끝자락에서 시우는 결국 혜지의 말 속에 숨은 의도를 찾아내는 일을 포기했다. 두 사람 사이에 어색한 침묵이 흘렀다.

시우와 혜지의 겉도는 대화를 조용히 지켜보던 수호가 아이답지 않은 말솜씨로 적막을 걷어냈다.

"우리를 속이긴 했지만, 그동안 고생했던 분들을 생각하면 방송이 안 나가는 건 너무 이기적이라는 생각도 들어요. 결국은 우리를 도와준 사람들이잖아요."

"그렇긴 하지만…. 수호야, 너 진짜 괜찮겠어?"

"엄마만 제 옆에 있어 주면요. 제 옆에 있어 줄래요?"

"언제까지나 옆에 있을게."

"그럼 방송 나가는 거 허락할까요?"

"그래, 알았어."

혜지가 수호의 손을 잡으면서 답했다. 수호가 나머지 손을 얹으며 사랑스러운 눈으로 혜지를 쳐다봤다.

"그럼 정한 거다."

혜지가 수호의 눈을 내려다보며 말했다. 수호를 향해 미소 짓는 혜지의 표정이 시우에게는 치명적이었다. 시우는 혜지의 사랑스러운 표정을 가까이서 볼 수 있는 게 아직 낯설고 신기했다. 하지만 웃음은 나오지 않았다. 이제 겨우 저 표정을 보게 되었는데 곧 저 표정을 볼 수 없게 될 터였다.

다음 날, 낯익은 손님이 낯선 복장으로 찾아왔다. 회색 패딩 코트에 베이지색 목도리를 두 바퀴 두른 손님이었다. 천사를 연기했던 서동섭 어르신이었다. 손에는 초콜릿 비스킷이 들려 있었다. 언제나와 같이 수호가 제일 먼저 달려들어 안겼다. 시우가 나서 의미심장한 표정으로 인사를 건넸다.

"오늘은 까만 옷 안 입었네요?"

"지겹더라고."

"지금 옷도 멋져요. 어서 들어오세요."

"오늘 엄청 추워. 감기 걸리겠어."

"네? 감기요?"

"이 나이에 감기 걸리면 고생해."

"헐. 지금 좀 웃긴 거 아시죠?"

"몰라, 배고프다."

내친김에 시우는 노인과 혜지의 허락을 구해 배만식 사장과 경호원 부부도 불렀다. 같이 식사하는 동안 시우는 사람들의 얼굴을 살폈다. 몇 개월 동안 거짓 연기를 했던 사람들이라 쉽게 용서가 안 될 것 같았는데 막상 얼굴을 마주하니 미운 마음은 없었다. 세 사람을 속이긴 했어도 그들의 마음이 악하지 않다는 걸 마음이 먼저 이해한 까닭일 테다.

식사를 마친 장민기와 이세희가 정식으로 자기소개를 했다.

"장민기입니다. 고등학교 때까지 유도를 전공했습니다. 전국체전에서 금메달도 땄는데, 부상으로 유도를 그만뒀습니다. 그 후 구조대 일을 하게 되었어요."

"왜 가명을 썼어요? 그냥 이름을 말해도 몰랐을 건데요."

수호가 물었다.

"전국체전에서 메달 땄다고 했잖아. 인터넷에 내 이름을 검색하면 사진하고 기사가 나오거든. 혹시나 하고 가명을 썼지."

뿔테 안경을 벗은 장민기가 뒤통수를 긁으며 해맑게 웃었다.

"저는 이세희입니다. 전에 유도라고 거짓말했는데 사실은 태권도를 전공했습니다. 전국체전에서 메달을 딴 적은 없지만, 경호원 일은 제가 더 선배입니다."

"메달도 안 땄는데 왜 가명을 썼어요?"

이번에도 수호였다.

"내 이름을 검색하면 미녀 경호원이라고 사진이 몇 개 나오거든."

이세희가 명미희에게서는 볼 수 없었던 건강한 미소를 띠며 말을 이었다.

"그리고 저도 나중에야 알게 된 건데, 민기가 혜지 씨를 엄청 좋아했대요. 한강에서 처음 구조할 때부터요. 운명을 믿을 만큼 한눈에 반했다나 어쨌다나. 섬에 와서 혜지 씨를 만나고 꽤 설레었나 보더라고요."

"넌 뭘 그런 말을…."

장민기의 얼굴이 붉어졌다.

"손목에 있던 태극기 문신 이야기는 진짜였나요?"

혜지가 물었다.

"진짜 제 이야기입니다. 그걸 물어볼 줄은 몰랐어요."

"의심해서 죄송했어요."

"괜찮습니다. 제가 더 죄송했죠."

"내 이름 알지? 배만식이 본명이여. 인터넷에 쳐봐도 암 것도 안 나와."

배만식 사장이 재치 있게 자신을 소개했다. 천사 노인의 소개가 이어졌다.

"내 본명은 서동섭. 연극한 지는 삼십 년이 넘었지. 본의 아니게 속여 미안하네. 이제사 평계 같겠지만, 다 세 사람을 위해서였어."

혜지는 서동섭 어르신께 가장 서운했다고 말했다. 진심으로 믿게 만들어 놓고 어떻게 그렇게 감쪽같이 속일 수 있었는지 따졌다. 그녀는 가장 힘든 순간에 천사 어르신에게 도와달라고 빌었던 것도 말했다.

박정호가 쫓아 왔을 때 절벽에서 뛰어 내릴 수 있었던 것도, 임선기에게 납치당했을 때 불을 지를 수 있었던 것도 천사 어르신의 도움을 확신해서 가능했다고 고백했다. 그 믿음이 있었기에 위기의 순간마다 맞서 싸울 수 있었다고.

"미안하네. 정말 미안해."

혜지를 지긋이 바라보는 서동섭 어르신의 깊은 눈에 가득 찬 동정과 미안함이 금방이라도 흘러내릴 듯 했다.

"참, 국밥집에서 돈은 어떻게 입금한 거예요?"

"국밥집에도 카메라가 미리 설치되어 있었어. 라 PD가 타이밍을 보다가 입금한 거야. 계좌번호는 미리 알고 있었고."

"할아버지, 사모님은 계신가요?"

혜지가 물었다.

"건강하게 잘 있지."

"자녀분은요?"

"아들놈 하나 있는데, 캐나다에 있어. 정유회사에 다녀."

"멋지군요."

"본인의 삶을 즐기고 있더라고. 타지 생활이 적성에 맞나 봐. 너무 행복해 하더라고. 그거면 된 거지."

어르신이 가족 얘기를 하며 활짝 웃었다. 영락없는 동네 할

아버지였다. 사람은 역시 자신이 믿는 대로 보는 존재일까?

"손주도 보셨어요?"

"손주는 무슨, 아들놈이 아직 장가도 안 갔는데. 참, 혜지야, 선물을 가지고 왔는데."

"무슨 선물이죠?"

서동섭 어르신이 혜지에게 휴대폰을 내밀었다.

"이건…."

휴대폰을 받는 혜지의 손이 바들바들 떨렸다.

"임선기 방에서 나왔대. 갈아 마셔도 시원치 않을 새끼. 경찰에서 증거 자료네 뭐네 하는데 라 PD가 빼돌렸어. 언젠가는 돌려받겠지만 하루라도 빨리 돌려주자면서 말이야."

"아…."

"폰은 이상 없이 작동되는 것 같아. 안에 사진과 동영상들도 다 들어 있는 것 같아. 아들 말이야. 잘 있다고 하더군."

"고, 고, 고맙…습니다."

혜지가 울먹이며 휴대폰을 품에 안았다. 시우는 그녀가 얼마나 휴대폰을 소중하게 생각하는지 짐작이 되고도 남았다.

"그나저나 결정은 했는가?"

"네. 결정했습니다."

거실에 있던 모든 사람이 동작을 멈췄다. 숨소리도 들리지 않을 적막이 방안에 무겁게 내려앉았다. 시우가 적막을 걷어내며 짧은 마디로 매듭지었다.

"방송, 나가도 됩니다."

7

늦은 밤, 모든 사람이 떠났고 각자의 잠자리에 든 지 한 시간이 넘었지만 시우는 뒤척이고만 있었다. 도저히 잠에 들지 못한 시우가 머리를 식힐 겸 조용히 거실로 나왔다. 부엌에서 라기철이 남기고 간 코코아를 탔다.

"서동섭 어르신이 타주는 그 맛이 안 나는군."

충분히 훌륭한 맛이었지만 시우는 괜히 혼자 중얼거렸다.

"이 시간까지 안 자고 뭐 해?"

혜지가 방에서 나오며 물었다. 눈이 퉁퉁 부어 있었다.

"안 잤어?"

"잠이 안 오네. 할 말도 있고."

"어, 그래…."

시우는 코코아 한 잔을 더 타 혜지에게 건넸다. 그녀는 서동섭이 건네준 휴대폰을 손에서 놓지 않고 있었다. 이 시간까지 폰을 들여다보고 있었던 것일까?

두 사람은 식탁에 마주 앉았다. 정적이 흘렀다. 시우는 혜지가 먼저 입을 열길 기다렸고, 혜지 역시 시우가 먼저 무언가를 얘기해주길 기다렸다. 애꿎은 시간이 흐르는 동안 코코아는 식어가고 있었다.

"이제 이 집도 끝이네. 많이 그리울 거야. 진짜…."

시우는 떠나기 싫다고, 혜지 너와 함께하고 싶다는 말을 차마 할 수 없었다.

"그렇겠지."

혜지가 무뚝뚝하게 대답했다. 식어버린 그녀의 말투는 두 사람이 이제 한 걸음씩 물러설 때라고 말하는 것 같았다. 시우는 이별을 앞둔 연인의 심정으로 혜지를 바라보고 있었지만, 혜지는 졸업을 앞둔 친구의 심정으로 시우를 바라보고 있었다. 시우가 어색하게 코코아 잔을 만지작거리며 뜸을 들였다.

"저기 있잖아…."

"어."

"나…, 그날 밤이 계속 떠올라. 우리 함께했던 밤."

"어…."

"우리 그날처럼 매일 밤을 보낼 수는 없겠지?"

바보처럼 고백을 해버렸다. 사랑한다거나 함께하고 싶다고 말했어야 했는데.

"나도 그날 밤이 계속 생각나더라. 참 편안하고 좋았거든. 염치없다는 거 잘 알아. 가진 것이라고는 상처뿐인 나잖아. 그래도 그날 밤, 날 따뜻하게 안아주는 너로 인해 설레었어."

혜지의 말을 듣는 내내 가슴이 떨렸다. 초조함이었다. 좋았다. 따뜻했다. 설레었다…. 행복한 단어들의 연속이었지만 마음 깊은 곳에 스미는 불안감을 누를 수는 없었다.

"하지만 그동안 이곳에서의 삶이 한낱 방송 프로그램이었다는 것을 알게 된 후 많이 혼란스럽더라. 너도 알잖아. 모든 것이 거짓이었다는 거. 과연 이런 상황에서 자리 잡은 이 마음이 진짜일까?"

"우리의 감정은 진짜였다고 생각해."

"나도 처음에는 그렇게 생각했어. 하지만 너무 감쪽같이 속아버렸잖아. 어쩌면 지금의 내 감정조차 계획되었던 건 아닐까?"

"그, 그건…."

시우는 혜지의 마음이 이해 안 가는 바는 아니었지만, 동의할 수는 없었다.

"네가 날 아껴주는 게 눈물 나게 고마워. 진심이야. 넌 내게 너무도 과분하고 좋은 사람이야."

"그렇지 않아."

"지금은 주변에 여자라고는 나밖에 없어 네가 착각에 빠진 거야. 난 괜찮은 척하고 있지만 두려움 속에 살고 있어. 상처와 슬픔으로 가득한 나 같은 사람 말고 행복과 기쁨으로 가득한 사람을 만나야 해. 넌 그럴 자격이 충분해."

혜지의 뺨을 타고 뜨거움이 흘렀다. 시우가 손을 뻗어 닦아주려던 손을 어색하게 거두었다.

"내가 함께하고 싶은 사람은 오직 너뿐이야."

"그러지 마."

"네 상처를 함께 짊어지고 싶어."

"나는 너와 함께하지 않기로 결정했어."

"왜? 왜 그래야 하는데? 너도 날 좋아하는 거 아니었어?"

예상치 못한 반응에 시우의 목소리가 높아졌다.

"그게 널 위하고 날 위한 길이야. 우리가 상처받지 않는 길."

"혜지야, 내 말 들어봐. 나는…."

"시우야. 내 마음은 확고해. 자꾸 불안한 미래가 그려져. 나는 또다시 상처받고 싶지 않아."

"네가 상처받을까 봐 두려웠던 거야? 날 위해서가 아니라?"

"뭐라고?"

"우릴 위해서가 아니라, 널 위해서 함께하지 않는 거냐고?"

시우의 다그치는 물음에 혜지가 고개를 꺾었다.

"그래. 결국은 날 위한 결정일지도 모르겠다. 나는 언제라도 깨져버릴 것 같은 불안함 속에 살고 싶지 않아."

"뭘 자꾸 불안해하는 거야? 내가 널 떠날 것 같아?"

"너와 함께한다면 모든 것이 불안할 것 같아. 내 그릇에 담을 수 없는 너무 큰 행복이 두려워. 이미 금이 가버린 그릇이라 조그만 충격에도 산산조각 나버릴 거야. 내가 잠시 헷갈렸어. 감히 사랑을 해도 된다고 생각했지. 다른 사람들이 만들어 놓은 무대인 줄도 모르고 진짜라고 착각한 거야. 꼭두각시 주제에."

"그럼 수호는? 수호도 떠나보낼 거야?"

"수호는 내가 끝까지 책임져."

"왜 수호는 되고, 난 안 되는 거야? 똑같이 가짜였고, 똑같이 속았잖아."

"어쩌면 나와 수호의 관계도 계획했던 시나리오였겠지. 하지만 수호는 보호자가 필요해. 나를 엄마로 믿고 따르기로 겨우 마음잡은 아이야. 그 아이에게 다시 상처를 줄 수는 없어."

그럼, 나는? 나는 상처를 받아도 된다는 말이야, 따져야 하는데 입이 떨어지지 않았다. 까만 코코아를 담았던 컵의 바닥이 하얗게 드러났다. 마음 속 이야기를 전부 꺼내 놓은 혜지의 태도 때문이었을까? 그 어떤 논리로 증명하거나 감정에 호소해도 그녀의 마음을 되돌릴 수 없을 단단함을 느꼈다. 그래서 스스로에 대한 다짐을 입 밖으로 뱉었다.

"기다릴게."

"뭐라고?"

"네 마음이 변할 때까지 기다린다고."

"시우야, 난⋯."

"평생 기다린다는 말은 아니야. 그런 지키지 못할 약속을 내 뱉는 거 좋아하지도 않고. 그냥 내가 지치기 전까지, 내 마음이 변하기 전까지는 기다릴게. 언제라도 네가 나와 함께할 수 있다고, 아니 함께하고 싶다고 변하면 그때 물어봐. 내 마음이 아직 그대로인지. 나, 오래 기다리지는 못한다."

간절하고 애절한 마음을 숨기며 애써 태연하게 말했다. 마지막 찬스, 라고 말하는 쇼호스트의 심정이었다. 말을 뱉어놓고 시우는 자신의 말이 부끄러웠다. 이 기회를 놓치면 후회할 거라고 협박하는 꼴이라니.

환심을 사려는 호객 행위나 술수보다는 '강시우'라는 상품으로 승부했어야 했다. 그녀의 선택을 받지 못하는 것은 어찌 되었건 스스로 부족한 탓이다. 그녀에게 더 큰 믿음을 주지 못한 시우의 잘못인 것이다. 그러나 쇼호스트의 마지막 발악에도 불구하고 혜지는 끝내 돌아섰다.

그날 밤, 시우가 식탁 의자를 밀쳐내고 일어서기까지는 한참의 시간이 필요했다.

8

해청도를 떠나는 날, 시우는 배만식 사장을 찾았다. 배만식 사장이 아들과 낚시를 하게 됐다고 말했다. 대신 여전히 아내와의 약속을 지키기 위해 선상 낚시는 절대 하지 않겠다고 했다. 시우는 배만식 사장을 꼭 안아줬다. 배만식 사장은 목발을 놓치면서도 시우를 끌어안았다. 두 사람 중 누구도 다시 만나자는 말을 꺼내지 않았다. 시우는 두 사람다운 이별이라고 생각했다.

해청도를 떠나는 배 안에서 세 사람은 아무 말도 하지 않았다. 그것은 다툼, 짜증, 실망, 원망으로 귀결된 침묵이 아니었다. 각자의 방식으로 조용하게 서로를 배려하고 있었다.

시우는 마지막 나눌 인사를 곱씹었다. 마지막 인사는 오래도록 기억될 것이기 때문이다. 얄팍한 단어의 조합이나 어정쩡한 말로는 그의 마음을 온전하게 표현할 수 없었다. 이별의 안타까움을 오롯이 전달하기에 자신의 어휘력과 표현력이 턱없이 부족했다. 그럴 바에야 차라리 기억에 남지 않을 평범한 말이 더 나을 수 있겠다 생각했다.

시우는 고개를 돌려 멀어져가는 해청도를 응시했다. 육지로 향하는 배가 파도를 부수며 나아갔고, 부서진 파도는 해청도에 처음 들어오던 날의 기억을 떠오르게 했다. 청춘의 흉터가 메워지길 바랐던 첫 날의 기도는 이루어지지 않은 듯했다. 또 다른 아픔을 안고 섬을 떠나야 했으니.

세 시간이 금세 지나갔다. 군산항에 도착해 내린 시우는 아무 말 없이 수호를 꼭 끌어안았다.

"수호야, 우린 또 만날 수 있을 거야."

"이⋯빠⋯."

시우는 그렁한 수호의 눈을 애써 외면하며 고개를 돌렸다.

그렇게 수호와의 이별을 뒤로하고 담담하게 자신을 응시하는 혜지의 눈을 마주했다.

"잘, 지내."

끝내 시우는 '잘'이라는 한 글자에 두 사람을 위한 모든 염원을 눌러 담았다.

그리고 세 사람은 두 조각으로 흩어졌다.

9

시우는 부산으로 향했다. 부산을 선택한 것은 '시우'스러운 선택이었다. 혜지, 수호를 처음 만난 도시였으니까. 남은 삶에서 두 사람을 지울 수 없다면 기억의 출발선에서 다시 시작하고 싶었다. 역시 수미상관. 그게 좋을 것 같았다.

통장에 돈이 들어와 있는 것을 확인한 시우는 조금은 가벼운 마음으로 타지 생활을 시작했다. 가장 걱정거리는 역시 직업이었다. 이번에는 특기를 살리고자 했다. 혜지의 말대로 사업과는 잘 안 맞는다는 것을 깨닫기도 했지만, 수호를 가르칠 때 느꼈던 즐거움이 계속 떠올랐다. 혜지처럼 방과후 강사를 하며 아이들을 가르치고 싶었다.

그런데 초등학교, 중학교 방과후 강사 자리가 쉽게 구해지지 않았다. 대학교 졸업장도, 단 한 번의 방과후 강사 경력도 없던 시우에게 수업을 허락하는 학교는 없었다.

시간이 흐르면서 시우는 그들을 이해할 수 있었다. 본인이 담당자였어도 자신을 강사로 쓰기는 어려웠을 거라는 걸 인정했다. 학교 아닌 다른 곳을 물색하다 수영장에 취직했다. 수강생은 대부분 아줌마들이었지만 강사라는 일이 보람되고 즐거웠다.

오전 강습이 끝나면 오후에는 부산을 느끼고 맛봤다. 해운대 모래사장을 맨발로 걸었다. 아쿠아리움도 가보고 누리마루에서 산책도 했다. 황령산 봉수대에서 광안대교를 바라보며 커피를 마셨다. 금정산성에서 막걸리를, 청사포에서 조개구이를, 월전에서 장어를 먹었다. 자갈치 시장에서 서툰 부산말로 흥정을 했고 송도를 찾아 투명 바닥이 깔린 케이블카를 탔다. 밀면, 냉채족발 등 부산 향토 음식점을 찾았다.

수많은 관광지와 식당을 다녔지만 갈 수 없었던 곳이 있었다. 부산에서 처음으로 혜지와 티격태격하며 먹었던 돼지국밥집. 예전의 건물은 온데간데없고 세 개의 오래된 돼지국밥집들이 하나의 새로운 건물로 올라가고 있었다. 낡은 건물이 튼튼한 건물로 재탄생하는 모습을 보는데 묘한 질투심과 공허함이 느껴졌다. 그날 밤, 혜지와 수호 생각이 더 많이 났다.

이전에는 할 수 없었던 여유를 부리고, 부산의 맛을 찾아다니는 동안에도 마음 한편은 허전했다. 그리움을 안고 사는 사람들이 그러하듯 제대로 된 맛과 멋을 즐기는 법을 잊은 듯했다. 혜지와 수호의 그림자는 길고도 짙었다.

그나마 잠시라도 마음속 허전함을 잊게 하는 즐거움은 바로 꽃에 대한 관심이었다. 어느 날인가 우연히 스마트폰 앱에서 꽃 이름을 쉽게 찾을 수 있다는 것을 알았다. 꽃 이름을 알아가는 일은 소소한 재미였다. 그것만으로도 꽃들이 더 정겹고 아름답게 느껴졌다. 붉노랑상사화 때문에 꽃을 볼 때면 꽃말을 찾는 일도 잊지 않았다. 산을 오르거나 길을 걷다 꽃만 보면 사진을 찍어 꽃말을 확인하느라 한참을 멈춰 서곤 했다.

그런 일상 속에서 시우는 두 개의 연락을 기다리고 있었다.

하나는 방송국 측으로부터의 연락이었다. 섬을 떠난 지 벌써 두 달이 지났지만 아직 방송 소식이 없었다. 편집이 오래 걸리는 건지, 뭐가 잘못되었는지도 모를 일이었다. 지루한 기다림 동안에도 제일 궁금한 것은 세 사람의 이야기가 방송에 어떻게 나올까 하는 것이었다. 제정신이라면 시우의 그 행위를 내보내지야 않겠지만 시청률을 위해서라면 뭐든지 하는 방송국 놈들의 일이라 은근 불안도 했다.

그렇게 한참을 기다리던 어느 날, 라기철로부터 연락이 왔다. 촬영은 4개월 일찍 마쳤지만 미리 예정된 프로그램들이 있어 방영에 시간이 더 필요하다고 했다. 시우는 방송이 취소되지 않아 다행이라 생각했다.

기다리는 또 하나의 연락은 끝내 오지 않았다. 연락이 올 확률은 방송국 쪽보다 낮았지만, 훨씬 기다리는 연락이었다. 혜지나 수호로부터의 연락. 하루가 다르게 자라고 있을 수호가 보고 싶고, 혜지가 '잘' 지내고 있는지 걱정됐다. 많이 보고 싶었다.

오로지 시우의 입장일 수 있겠지만 그는 먼저 연락할 수 없었다. 섬을 떠나기 전 깊은 밤, 식탁에서 그녀를 붙잡지 못했던 그 이유가 아직도 시우를 짓누르고 있었다. 시우는 기다리겠다고 약속했다. 혜지는 시우가 지금까지도 그 약속을 지키고 있다는 것을 알고 있을까? 하루에 수백 번도 넘게 휴대폰을 쳐다보는 나날이었다.

그러던 중 예상치 못한 메시지가 왔다.

10

그 사람이 죽었다. 시우는 그 사람이 죽으리라고는 전혀 생각하지 못했다. 선입견이었을까, 편견이었을까. 태어난 이상 누구나 죽을 수 있는데 왜 그 사람이 죽을 것이라고는 생각지 못했을까.

부고를 듣자마자 곧장 서울로 향했다. 서울까지는 자동차를 몰았다. 기차를 탈까 생각도 했지만, 대전을 지나치기 싫었다.

대전. 그를 만나러 가는 그날도 대전을 지났었다. 부산으로 향하던 그날의 기억이 떠올랐다. 의심은 가득했지만 그 분이 진짜 천사일지 모른다고 생각하던 시간이었다.

시우는 정신없이 달려 장례식장에 도착했다. 검정색 옷을 골라 입은 조문객들을 유족이 슬픈 미소로 맞이하고 있었다. 어르신을 영정으로 마주했다. 그 순간 비로소 그의 죽음이 쑤욱 다가왔다.

"어머님, 이 분이 제가 말씀드린 강시우입니다."

라기철이 단아하게 서 있는 할머니를 향해 정중하게 시우를 소개했다. 시우가 예를 갖추어 조심스레 입을 열었다.

"많이 놀라셨죠?"

"괜찮습니다. 우리 나이가 되면 마음의 준비를 하게 됩니다."

할머니의 표정이 차분했다.

"캐나다에 계시다는 아드님은요?"

"지금 오고 있습니다."

라기철의 안내로 식장 한쪽 빈자리를 찾아 셋이 앉았다. 시우는 자리에 앉으며 슬며시 장례식장을 훑었다. 혜지와 수호가 안 보였다. 시우의 마음을 읽었는지 라기철이 나직이 속삭였다.

"도착할 때가 거의 되었을 겁니다."

시우는 할머니로부터 서동섭 어르신의 죽음에 대해 들었다. 췌장암이었다. 병세가 급격히 악화된 것은 두 달 전부터라 했다. 그 전부터 소화가 잘 되지 않았지만 건강을 과신했고, 일이 바빠 제때 병원에 가지 못해 발견이 늦었다.

시우는 그 바쁜 일이 해청도에서의 방송 프로그램일 거라는 생각에 죄책감이 들었다.

"덕분에 우리 바깥양반이 많이 즐거워했어요. 살아생전 가장 기억에 남는 연기였다고요. 시우 씨, 혜지 씨, 수호의 이야기를 어찌나 많이 하던지."

"가시기 전에 한 번이라도 연락하시지 그러셨어요."

"앙상하고 약해진 자신의 모습을 보여주기 싫었을 거예요."

"그래도 이리 떠나시니…."

한 번의 깜박임에 차올랐던 눈물이 흘렀다. 시우가 고개를 돌리며 팔뚝으로 눈물을 훔쳤다.

"슬퍼 마세요. 남편이 세 사람을 정말로 아꼈습니다. 의식이 돌아오면 세 사람 이야기를 먼저 할 정도였으니까요. 세 사람은 행복해야 한다고, 잘 살아야 한다고, 꼭 함께하길 바란다고 했어요."

할머니가 시우의 손을 꼭 잡았다. 할머니의 따뜻한 손에서 서동섭 어르신의 마음이 전해졌다.

얼마 지나지 않아 혜지와 수호가 두 손을 꼭 잡고 장례식장에 들어왔다. 두 사람의 눈은 이미 빨갛게 충혈되어 있었다.

영정을 마주하던 혜지의 무릎이 꺾이고 손에 들려 있던 종이 가방이 떨어졌다. 안에 들어 있던 과자가 쏟아졌다.

과자를 줍지도 못하고 한참을 흐느끼던 혜지가 손수건을 쥔 왼손을 입에 댄 채 일어섰다. 그녀는 오른손으로 수호의 손을 이끌어 떨어진 과자를 주워 영정 앞에 가지런히 정렬하게 했다. 시나몬 비스킷이었다.

고인에게 예를 갖추고 나오는 두 사람을 시우가 나서 할머니에게 소개했다. 해청도에서 처음 이웃집에 소개할 때보다 훨씬 자연스러웠다.

"이 사람이 정혜지, 이 아이가 한수호입니다."

할머니가 지긋한 눈빛으로 혜지를 바라보며 손을 맞잡았다. 온화한 미소도 천천이 손을 풀어 수호를 품에 안고 머리를 쓸어 주었다. 혜지는 계속 눈물을 쏟아 냈다. 수호도 어깨를 들썩였다. 시우는 다가가 다독이고 싶은 마음이 굴뚝같았지만 한 걸음 뒤에서 조용히 지켜만 봤다.

서동섭 어르신은 우리 세 사람에게 어떤 존재였을까? 사실 특별하지 않은 사람일 수도 있었다. 한강에서 실제로 구한 것도 아니고, 본인 돈을 준 것도 아니며, 해청도의 보금자리를 마련해준 것도 아니었다. 시종일관 기만했고, 생판 모르는 세 사람이 한 집에 살면서 촬영될 수 있도록 유도했다. 라기철은 그를 촉매라 했지만, 세 사람 입장에서 보자면 어쩌면 미끼에 더 가까웠다. 그럼에도 세 사람은 그에 대한 감사의 마음을 가지고 있었다. 그렇게 어르신의 따스함은 진실이라 느꼈다.

혜지와 수호가 할머니와의 짧은 대화를 마치고 시우 곁으로 왔다.

"수호야, 잘 지냈니?"

"오랜만이에요, 아빠."

붉게 상기된 표정의 수호가 먼저 인사를 건넸다. 아빠라고 부르는 수호를 시우가 꼭 안았다. 잠시 당황하던 수호가 작은 팔을 들어 시우를 감쌌다. 수호의 체취가 진하게 전해졌다.

"잘… 지냈어?"

어느새 다가온 혜지가 조심스레 시우의 어깨에 손을 얹으며 물었다.

"잘… 지냈지."

시우는 사흘 동안 자리를 지켰다. 화장을 하고 납골당에 안치될 때까지 함께했다. 혜지와 수호도 끝까지 함께했다. 장례 절차가 마무리될 때까지 시우는 혜지에게 지난날의 이야기들을 말하지 않았다. 궁금한 것이 없어서, 묻고 싶은 것이 없어서, 화가 나서가 아니었다. 이런 일에 기대어 급하게 다가서고 싶지 않았다. 장례가 끝날 때까지 만이라도.

어르신을 다 보내고 돌아서며 혜지가 입을 열었다.

"고생했어."

"네가 더 고생 많았지."

"조심해서 가."

혜지가 또다시 떠나려 했다. 시우는 이렇게 보내면 안 된다는 것을 알았지만 무엇을 어떻게 해야 할지 선뜻 생각이 나지 않았다. 아직 기다리고 있어, 이 한마디가 소리가 되어 입에서 나오지 않았다.

제발 한 번만 돌아봐주면, 딱 한 번이라도 뒤돌아 봐준다면 용기를 낼 수 있을 것 같았다. 저 코너를 돌기 전에 딱 한 번만, 혜지야. 그렇게 시우는 흐릿해져가는 눈으로 혜지와 수호의 발

걸음만 헤아리고 있었다. 제발. 제발. 제발…. 마음의 외침은 좀체 소리가 되어 나오지 않았다.

시우의 마음속 외침을 들은 걸까. 혜지의 발걸음이 조금씩 느려지더니 천천히 돌아섰다. 그 순간 시우가 외쳤다.

"정혜지!"

놀라 멈춰선 혜지에게 시우가 한달음에 달려간다.

"왜 그래?"

"아빠? 괜찮아요?"

놀란 혜지와 수호가 번갈아 물었다.

"우리 잠깐 이야기 좀 하자."

11

시우의 차가 앞장섰고 혜지의 차가 뒤따랐다. 중요한 말을 하고 싶었고, 그 말을 하기에 납골당은 적절치 않았다. 아무리 두 사람이 죽다 살아난 사람들이었더라도.

막상 길을 나섰지만 마땅히 갈 곳이 없었다. 어떻게 운전하고 있는지 몰랐다. 눈으로는 대화를 나눌 만한 장소를 찾으면서 머리는 어떤 말을 해야 할지 고민하고 있었다.

길가를 조금 벗어난 한적한 공간에 하얀 꽃이 가득 핀 나무가 시우의 눈에 들었다. 저기였다. 저기여야만 했다. 룸미러를 통해 혜지 차와의 간격을 확인하고 비상등으로 신호를 보내며 길가로 차를 붙여 세웠다. 뒤 따라 세운 차의 문을 열어 혜지와 수호를 내리게 하여 하얀 꽃이 핀 나무를 가리키고 걸었다.

"두 사람, 약속은 지키자."

매화나무 아래 도착한 시우가 밑도 끝도 없이 말했다.

"무슨 약속?"

"우리 1년은 함께 살기로 했잖아!"

젠장. 툭 튀어 나온 말은 또다시 시우의 마음과 달랐다. 더 달콤하고 편안하게 혜지를 달래고 싶었다. 하지만 이상하리만치 그녀 앞에만 서면 시우의 말은 늘 마음과 같지 않았다.

"시우야, 그건 우리가 방송이라는 걸 몰랐을 때 이야기잖아."

"아직 4개월 남았어. 약속 지켜."

"그건 내가 약속을 어긴 것이 아니라, 사정이….."

"4개월만 더 살자."

"지금 억지인 거 너도 알지?"

"억지 아니야."

"휴우….. 수호야 차에 가 있어."

답답함을 느꼈는지 혜지가 수호를 차로 돌려보내려 했다.

"엄마, 저기….."

"왜?"

"저는 아빠와 4개월 더 함께 살기 싫어요."

"수호야!"

수호의 예상치 못한 대답에 시우가 놀라 외쳤다.

"저는….."

수호가 말끝을 흐렸다. 시우와 혜지가 수호의 얼굴을 뚫어지게 쳐다보았다.

"저는 계속 살고 싶거든요. 4개월이 아니라."

수호가 혜지 몰래 시우를 향해 한쪽 눈을 찡긋하더니 차로 돌아갔다.

"쟤는 애가 어디서 저런 걸 배워서…."

혜지의 얼굴이 붉어졌다.

"일단 4개월만 더 살아보자. 혜지야."

"또 똑같은 말을 해야 해? 제발 나 말고 좋은 사람 만나."

"진심이야?"

"뭐가?"

"방금 그 말 진심이냐고?"

"어차피 나와는 함께할 수 없잖아. 난 상처가 많은 사람이고, 상황도 안 좋아. 대체 내게 왜 이래?"

"왜 이러는 것 같아?"

시우가 혜지의 눈을 바라보며 말했다.

"쓸데없는 고집이야. 괜한 승부욕이라고. 우린 안 어울려."

"누구보다 어울려."

"안 어울려."

"어울린다니까."

"왜 그래 정말…."

혜지가 한숨을 내쉬었다.

"지금 내 말과 내 행동이 얼마나 간절한지 안 느껴져?"

"뭐?"

"나 아직 너 기다리고 있어. 난 너 아니면 안 될 것 같아."

"시우야. 너는 행복해야 해. 그럴 자격이 있어."

"맞아. 행복해야지. 근데 나는 너와 함께해야 행복해."

"제발, 시우야. 이러지 마…. 나는 널 마주하기에 부끄러워."

"뭐가 부끄럽다는 말이야?"

"깨끗하지 못하잖아. 갖은 상처로 삶에 구름만 잔뜩 낀 나를 네가 어떻게…."

구름, 이라고 했다. 혜지는 스스로를 늘 그렇게 생각해온 듯 했다. 순간 시우의 머리에 혜지와 함께 본 노을이 떠올랐다. 비로소 가족이라고 느꼈던 해청도에서의 그날. 그날의 노을에도 구름이 끼어 있었다.

"너 노을이 좋다고 했지? 태양이 진실한 자신과 마주하는 시간이라서."

"맞아. 기억하고 있었구나."

"아름다운 노을을 매일 보고 싶다고도 했었지?"

"그래."

"혜지야, 모두 맑은 날을 꿈꾸지만, 진정 아름다운 노을을 보려면 적당한 구름이 필요하대.* 네게 낀 그 구름이 남은 인생에서 미치도록 아름다운 노을을 볼 수 있게 도와줄 거야."

"이미 노을을 보지 못할 만큼 구름이 많이 꼈어…."

* 파울로 코엘료 『마법의 순간』에서 인용

"그렇지 않아. 네가 생각하는 것보다 태양은 밝아. 훨씬."

"시우야…."

"제발 노을의 시간처럼 진실해져. 솔직한 너의 마음을 말해
봐!"

혜지가 시우의 어깨에 손을 올리며 말했다.

"난 내 상처와 내 짐을 너와 나눌 수 없어."

시우노 혜지의 어깨에 손을 올렸다.

"네 상처는 널 이해해 줄 수 있는 사람과 나눠야 해. 너 혼자
짊어질 수 없어."

시우가 혜지를 끌어당겼다. 혜지가 무기력하게 시우의 품으
로 들어왔다. 그의 품에서 그녀는 어떤 저항도 없었다.

"너 후회하지 않을 자신 있어?"

시우의 품에서 혜지가 물었다.

"자신 있어."

"나 정말 너 믿고, 의지하고, 사랑해도 될까?"

"당연하지. 나 역시 널 깊게 믿고, 굳게 의지하며, 모든 걸 바
쳐 사랑할 거야. 난 네가 얼마나 용감한지, 또 얼마나 사랑스러
운지 누구보다 잘 아니까."

"우리 잘 해낼 수 있을까?"

"그럼, 우린 이미 서로에게 듬직한 가족인걸."

시우가 결연한 표정으로 혜지를 바라보다 살포시 입술을 포
갰다. 혜지의 눈이 커지더니 이내 감겼다.

"시우야. 정말 고마워. 진짜."

혜지가 시우에게 바싹 붙어 말했다. 숨결이 닿는 거리에서 바라보는 혜지의 모습이 시우의 심장을 터지게 했다.

"아니, 그것보다…. 키스를 조금 더 해도 될까?"

하나가 된 두 사람 위로 새하얀 매화꽃이 흩날렸다. 그동안 푸르름을 오리고, 가르고, 찢었던 하얀 흔적들이 새하얀 매화꽃으로 피어난 것만 같았다.

"오늘 밤을 위해 아껴둘까?"

혜지가 웃을 듯 말 듯한 표정으로 천천히 입술을 뗐다. 시우가 조용히 고개를 끄덕이며 혜지를 끌어안았다.

"혜지야, 천사 어르신이 그랬대. 우리 세 명이 함께 행복하게 잘 살길 바란다고."

"에이, 진짜 천사도 아니었는데."

감정을 숨기지 못하는 그녀의 눈에 차오른 그리움이 이내 뜨거움으로 흘러내렸다. 혜지의 눈은 많은 감정을 담아냈지만, 그 감정들을 가둬 두지는 못했다.

"이젠 정말 천사가 되셨잖아. 하늘나라에서도 우리가 잘 살길 바라실 거야."

"행복만 있는 곳으로 가셨으면 좋겠다."

혜지가 하늘을 바라봤다. 시우가 혜지의 손을 꼭 쥐었다.

"혜지야, 내가 왜 여기에서 고백한 줄 알아?"

"글쎄…."

혜지가 매화나무를 만졌다. 2월임에도 제법 따스한 바람이 불어왔다. 흐드러지게 핀 매화를 붙잡고 있는 가지가 하얗게 하늘거렸다.

"매화 꽃말을 전해주고 싶었거든."

"매화의 꽃말이 뭔데?"

"고결. 그리고 끝내 꽃을 피워내는 인내. 너와 꼭 닮았어."

"정말…?"

"사실 난 아직 우리가 각자의 슬픔을 극복했는지, 아니면 그냥 무너졌는지 잘 모르겠어. 하지만 한 가지 분명한 건 네가 아무리 큰 위기를 마주해도 포기하지 않고 맞서 싸웠다는 거야. 혜지야. 그렇게 큰 아픔들을 누구보다 잘 견뎌냈어. 그것만으로 넌 충분히 고결해. 내가 다른 건 몰라도 이건 약속할게. 네게 남은 슬픔을 내가 같이 견뎌줄게."

"시우야, 오늘을 죽을 때까지 잊지 못할 거야."

"그렇게 바라봐도 키스는 오늘 밤까지는 참기로 했…."

이번에 참지 못한 사람은 혜지였다. 눈시울이 붉어진 그녀는 아까보다 더 길고 진하게 키스했다. 바람이 두 사람의 볼을 스쳤고 매화 꽃잎 하나가 시우의 어깨로 떨어졌다. 혜지가 시우 어깨 위에 떨어진 꽃잎을 조심히 집어 들었다.

"태서가 온 것 같아."

혜지가 눈물 가득한 눈으로 밝게 웃으며 말했다.

"그게 무슨 말이야?"

"천천히 설명할게. 우리 이렇게 잠깐만 가만히 안고 있자."

눈을 감은 혜지가 시우를 감싸 안으며 따뜻한 미소를 지었다. 두 사람은 한동안 그렇게 서로에게 안겼다.

"이제 우리 집으로 가요. 엄마, 아빠!"

수호가 뛰어오며 외쳤다. 우리 집. 우리가 함께 지낼 집. 수호의 재촉에 두 사람이 웃었다. 세 사람은 매화나무 아래에서 서로를 꼭 끌어안았다. 서로의 잡은 손을 놓지 않은 채 두 대의 차를 향해 나란히 걸었다. 그때 혜지가 말했다.

"저기, 나 두 사람에게 어려운 부탁이 있는데. 들어줄 수 있어?"

에필로그

개나리의 꽃말

　우리는 다시 가족이 되었다. 이번에는 우리가 만든 진짜 가족이었다. 우리가 받은 출연료 3억 원을 합쳤다. 아들의 돈은 빼고 내가 받은 1억5천만 원과 아내가 받은 1억5천만 원을 모았다. 아버지의 목숨 값으로 날린 3억 원을 모을 수도 있다던 명미희의 말이 떠올랐다. 묘한 기분이 들었다. 그 말을 들을 때까지만 해도 이러한 결과는 전혀 상상하지 못했다.

　매화나무 아래에서 아내는 한 가지 부탁을 했다. 나와 아들은 그 부탁을 흔쾌히 수락했다. 아내의 부탁은 가족 한 명을 더 들여도 되냐는 것이었다. 우리의 네 번째 가족은 몇 번이고 거절했지만, 진정성을 가득 담아 거듭한 부탁에 결국 가족이 되어 주었다.

어머니에 대한 추억이 없던 나와 아내는 네 번째 가족을 어머니라 불렀다. 몰래카메라도 상황극도 아니었지만 우리는 피가 섞이지 않은 가족이 되는 데 주저하지 않았다. 네 번째 가족은 섭외한 배우가 아니었음에도 천사 어르신 못지않게 우리를 자식처럼 대했다.

"어떻게 그런 기특한 생각을 했어?"

코코아가 담긴 하얀 컵을 내려두고 가족사진을 만지작거리며 아내에게 물었다. 사진 속 가족이 노란 개나리꽃 앞에서 활짝 웃고 있었다. 식탁에 앉아 과일을 깎던 아름다운 아내가 나를 바라봤다.

"기특하긴, 무례한 거지. 생판 남이 같이 살자고 우긴 건데."

"생판 남과 가족 되는 게 우리 특기잖아."

나는 입술을 삐쭉 내밀어 TV 앞에 앉아 있는 아들을 가리켰다. 그리고 얼굴을 찡긋거렸다. 아내가 내 표정을 보고 흠칫했다. 서동섭 어르신이 아내에게 자주 짓던 표정을 따라했기 때문이다.

"그때 그 모습을 안 봤다면 말씀드리지 못했겠지."

아내가 서동섭 어르신에게 보였던 따뜻한 미소를 지으며 과일 접시를 내밀었다.

아내는 장례식장에서 남편을 잃은 한 여인과 그녀를 캐나다로 모시고자 하는 아들의 대화를 들었다고 했다. 서동섭 어르신의 아내인 민영이 어르신과 아들 서준수의 대화. 그녀는 낯선 외국으로 나가는 것을 두려워했다. 아무것도 할 수 없는 외국에서 아들에게 짐이 되는 것이 싫었던 것이다. 혼자여도 괜찮으니 삶의 모든 추억이 있는 이 나라에서 여생을 마치고 싶다고 했다.

그럼에도 서준수는 계속 자신의 의견을 고집했다. 아내는 서준수의 고집을 이해했다. 아들 입장에서 어머니를 위한 최선의 선택이었을 터. 언제 들이닥칠지 모르는 병마나 불의의 사고로부터 지켜드리고 싶었을 것이다. 서준수의 요구가 깊은 효심에서 나왔음을 아내 또한 잘 알고 있었다. 선한 의도가 만들어낸 고집이라는 걸 납득하고 이해했다. 허나 어머니와 아들의 바람은 양립할 수 없었다.

"알았어. 그럼 그렇게 하자."

결국 민영이 어르신이 캐나다에 함께 가기로 했다. 아들이 웃었고, 어머니도 웃었다. 허나 아들의 웃음에는 안도가, 어머니의 웃음에는 불안함이 보였단다.

"아들의 행복이 더 중요했던 거야. 더 사랑하는 사람이 양보한 거지."

아내가 그날의 대화에서 읽은 자신의 생각을 밝혔다. 그래서 모시고 싶다는 생각이 들었다고 했다.

"문제는 그 아들이 어떻게 나를 믿게 만들 것인가, 하는 거였어."

아내는 믿을 만한 사람이 있다면 서준수가 어머니를 캐나다로 모셔가지 않을 거라 생각했다. 아내는 이 일을 혼자 감당할수 없었다고 했다. 생판 처음 보는 남에게 믿음을 주는 것은 결코 쉽지 않으니까. 그래서 도움을 요청했다.

아내를 돕기 위해서는 두 가지 조건이 있는 사람이 필요했다. 첫째, 아내의 말도 안 되는 부탁을 거절하지 못할 심적 채무가 있을 것. 둘째, 그 채무자는 누구라도 믿을 수밖에 없는 신용과 명성을 가지고 있을 것.

이 기준을 충족하는 사람은 오직 한 명뿐이었다. 라기철 PD. 그는 흔패의 아내의 시랍팀에 보증을 섰다. 서준수를 설득하기 위해 최선을 다했다. 아내뿐 아니라 서동섭 어르신이 살아생전 애정 가득했던 나와 아들에 대해서까지도 말이다.

"방송 시작해요!"

아들이 소리쳤다. 우리 네 가족은 떨리는 마음으로 TV 앞에 모여 앉았다.

〈마포대교 천사〉라는 이름의 프로그램은 방송 전까지 기획 의도에 대한 어떠한 설명도 없었다. 라기철 PD의 복귀 작품, 일년 가까운 시간을 투자한 장기 프로젝트라는 정보만 내보냈을 뿐이었다. 하지만 그 정도의 홍보면 충분했다. 라기철이라는 사람에 대한 대중의 기대와 신뢰는 생각 이상이었다.

첫 방송을 앞두고 수많은 추측성 보도가 나왔다. 마포대교에서 촬영 팀을 본 일부 시민들이 자살하는 사람에 대한 내용일 것이라고 SNS에 적었다. 추측성 글들이 SNS를 통해 퍼졌지만, 라기철 PD와 방송국이 일절 대응하지 않은 통에 궁금증만 확산될 뿐이었다. 무수한 소문들만 퍼져나갔다.

그렇게 기대하는 방송이 시작되었다. 10초 이상 검은 화면이 나가더니 천천히 하얀 자막이 올라갔다.

하윤영 씨의 죽음에 대한 무한한 슬픔으로 이 프로그램을 만들었습니다.

충격적이었다. 시작하면서부터 시청자들의 머릿속에서 사라지고 있던 국민적 의문인 하윤영을 상기시켰다. 사심이 느껴지기도 했지만, 섣부른 교훈으로 시작하는 것보다 훨씬 솔직하고 도발적이었다. 자살을 방지하고자 이 방송을 만들었습니다, 이 방송으로 생명의 소중함을 느꼈으면 좋겠습니다, 따위의 말은 식상했을 테니.

그뿐이 아니었다. 자막 후에 실제로 투신하는 사람들의 모습과 갓 구조해낸 사람들의 모습을 연속적으로 보여줬다. 모든 것을 포기한 사람들이 마주한 생의 끝자락 장면이었다. 꾸미거나 연기가 아닌 진짜 얼굴들이었다.

우리 네 사람은 방송이 끝나고 나서도 거실에 멍하니 앉은 채 일어설 수 없었다. 누구 하나 먼저 입을 열지 못했다. 방송이 마음에 들지 않으면 따지려 했던 나는, 오히려 라기철 PD에게 쏟아질 비난이 걱정됐다. 불안하고 두려운 마음에 사람들의 반응을 검색조차 할 수 없었다.

하지만 심히 사적인 심정으로 만들어낸 것 같던 어둡고 위압적인 방송은 회가 거듭될수록 빛을 뿜어내기 시작했다. 밤새 대기하는 구조대원들, 투신하는 사람을 구조하는 긴박한 장면, 분주하게 시행되는 응급조치들, 구조 당시 의식이 있어 몰래카메라를 찍을 수 없었던 사람들의 인터뷰 등을 통해 자살을 재조명했다. 라기철은 자살이라는 사회적 문제에 조심스럽게 접근했다. 자살을 결코 미화하지도 비난하지도 않았다.

붙들고 있던 숨을 내려놓고 방송이 제대로 보이기 시작했을 때는 천사 노인이 등장하고 나서였다.

"그때는 몰랐는데 엄청 긴장하고 계셨구나."

방송으로 보니 당시에 볼 수 없었던 많은 것들이 비로소 보였다. 내가 눈뜨기만을 기다리는 수많은 방송 스태프, 흥신소에서 알아낸 나에 대한 정보를 외우는 서동섭 어르신의 긴장한 모습들.

특히 서동섭 어르신이 다짜고짜 뺨을 때리는 장면을 방송으로 보고 있자니 온몸의 털이 곤두섰다.

"천사다, 씹새야."

나는 수십 번 본 영화 대사를 외듯, 천사 노인과 입을 맞춰 말했다. 그런 나를 가족들이 바라봤다. 그가 그리웠다. 나의 어머니도, 나의 아내도, 나의 아들도 그를 그리워했다.

화면을 통해 추정우, 아니 장민기가 아내를 구조하는 장면도 보았다. 물에 빠져 정신을 잃은 아내의 모습을 볼 때는 감정이 이입되어 심장이 펄떡였다.

"아파요, 여보."

"아, 미안해."

아내의 말을 듣고서야 나도 모르게 꽉 쥐고 있던 아내의 손을 놓았다. 생사를 넘나드는 아내의 얼굴을 보며 마음이 아렸다. 아내의 고통이 내 고통처럼 느껴졌다. 나는 화면 안의 아내와 화면 밖의 아내를 번갈아 바라보았고, 아내는 나를 보고 천천히 웃어주었다.

잠시 후 나는 또다시 주먹을 꽉 쥐었다. 손톱이 손바닥의 살을 파고들 만큼 주먹을 꽉 쥐었다. 아들이 구조되는 장면이었다. 아내가 한 손으로 주먹 쥔 내 손을 부드럽게 풀어줬다. 다른 팔은 아들을 꽉 끌어안은 채. 아내의 눈시울이 붉었다.

어쩔 수 없게도 어머니는 서동섭 어르신이 화면에 나올 때면 유독 집중하셨다. 본인께서는 보지 못했던 남편의 연기를 화면으로 마주하며 손끝을 미세하게 떨었다.

나는 어머니가 너무 깊은 슬픔에 빠지지 않았으면 했다. 하지만 쉽사리 위로를 건네지 못했다. 우리 세 사람은 살아남아 행복한 결말을 꿈꾸지만, 어머니는 남편을 떠나보냈다. 그랬기에 어머니 마음이 편했으면 좋겠다는 바람은 너무 이기적일 수 있다고 생각했다.

"뭐야? 우리 딸 너무 쉽게 설득됐잖아?"

집안의 무거운 분위기를 깨트린 건 어머니였다.

"그러게, 여보. 귀가 그렇게 얇았나?"

내가 장난스럽게 아내 귓불을 잡고 팔랑거렸다. 아내는 내 손을 가만히 두고 빨개진 볼에 손등을 갖다 대며 말했다.

"당신은 안 속은 것처럼 말하네요."

"연기력이 워낙 좋았으니까. 누구라도 속을 수밖에 없었지."

"따뜻하고 사랑스러운 연기였죠."

"할아버지가 보고 싶어요."

"남편이 자랑스럽군."

어머니는 눈물을 훔쳤다. 우리는 방송을 통해 그리운 사람을 볼 수 있다는 것에 감사했다.

방송은 회를 거듭할수록 인기를 얻었다. 우리는 향후 전개될 내용을 알고 있었지만 누군가가 편집해준 모습을 보는 것은 또 다른 기대였다.

"분유에 탄 코코아였구나."

"뺨 많이 아팠죠?"

"생각 없이 상처 주는 말을 한 내가 오히려 미안하지."

"와, 돼지국밥 또 먹고 싶다."

"돼지국밥집에서 송금 받은 내 표정이 저렇게 속물스러웠다니."

"아빠, 제가 정말 버릇없었네요. 죄송해요."

"명미희 씨는 진짜 신내림 받은 사람 같네."

"당신 수호 교육에 정말 관심 많았구나."

"제가 등대에 갔을 때 저렇게 걱정하며 찾아다녔어요?"

"여보, 나도 수영 가르쳐줘요."

"옆집이다. 그러고 보니 한 번도 못 들어가 봤네."

"마당에 보이는 저 노란 꽃이 붉노랑상사화야."

"그러고 보니 수건이 많이 널려 있긴 했네요."

"이런. 집안 곳곳에도 힌트가 있었어."

"권순자 할머니의 장례식이에요."

"배만식 씨가 다 얘기해줬구나. 권순자 씨에 대해."

"식당 일, 고생 많았네요."

"깜순이네요."

"…."

임선기의 등장에 이르러는 모두가 침묵했다. 아내가 임선기에게 당했던 수치스러운 장면이 화면으로 나가지는 않았지만, 어떤 일을 겪었는지는 충분히 예상 가능했다.

한동안 세간을 떠들썩하게 만들었던 사건이었다. 초미의 관심사로 연이어 뉴스의 머리를 장식하고 인터넷을 달구었다. 일당 세 명이 검거되자 숨어 있던 피해자들이 속출하면서 그들의 죄가 낱낱이 공개되기도 했던 사건이었다.

"저 장면 나가도 된다고 허락했어?"

화면을 보던 어머니가 조심스럽게 물었다.

"범인을 잡았으니까요."

어머니의 염려와 달리 아내는 담담했다. 그래도 나는 걱정이 되었다.

"방송에 나가면 괜히 사람들의 입방아에 오를 텐데."

"저 사건이 방송에 나가지 않으면 여러 가지가 설명되지 않더라구. 내가 왜 그렇게 당신을 밀어내려 했었는지, 우리가 왜 8개월 만에 촬영을 끝냈는지 말이야. 게다가 라기철 씨는 우리가 이렇게 멋진 삶을 살 수 있도록 도와준 사람이잖아. 어머니와

도 함께 살 수 있게 해줬고. 그런 사람의 작품을 위해서 그 정도
는 충분히 감당할 수 있겠더라고."

방송 이후 인터넷은 온통 임선기 일당의 범죄와 〈마포대교
천사〉 프로그램에 대한 이야기로 가득했다. 전 국민이 그 사건
에 대해 관심을 가지고 이야기를 나눴다. 하지만 우리 가족은 누
구도 그 이야기를 집에서 꺼내지 않았다.

이후 나와 아내가 안고 잔 첫날밤, 방송이 몰래카메라였음을
밝히는 장면, 늦은 밤 식탁에서 코코아를 마시며 나눈 마지막 대
화가 방송으로 나갔다. 몇 장의 흑백사진으로 서동섭 어르신의
장례식 장면도 나갔는데, 나와 아내와 아들의 모습도 있었다. 쏟
아진 시나몬 비스킷이 클로즈업되었다.

방송이 끝날 무렵 검은 화면 속에 우리 네 가족이 함께 모여
서로를 어루만지고 다독이며 살아간다는 자막이 나왔다. 검은
화면이 에리카 꽃으로 채워졌다. 흩날리던 붉은 에리카꽃에 노
란색 물이 들더니 붉노랑상사화로 변했고, 거기에 노란색이 계
속 더해져 개나리 꽃이 되었다. 그 앞에서 한 가족이 웃고 있는
사진으로 방송은 끝이 났다.

"어? 저거 우리 가족사진인데요?"

개나리꽃 앞에서 찍은 사진이 나오자 아들이 놀라 소리쳤다.

"사진 예쁘게 잘 찍었네. 나는 개나리꽃이 참 좋더라. 꽃말
도 너무 좋고."

어머니가 아들의 머리를 헝클어뜨리며 웃었다. 나와 아내의
얼굴에 엷은 미소를 떠올랐다.

"애들아, 나 해청도에 꼭 한 번 가보고 싶구나."

어머니의 말에 우리는 모두 적극 찬성했다.

"배만식 어르신은 잘 지내실까?"

"고향식당도 그립고, 학교도 그립네."

"지희, 우석이, 진수, 보민이도 보고 싶어요."

그렇게 우리 가족은 함께 해청도에 가기로 약속했다. 방송국 사람들이나 다른 사람은 빼고 딱 우리 가족 네 명만. 하지만, 우리 가족은 그 약속을 지키지 못했다. 예상치 못한 한 명이 더 따랐던 것이다.

두 달 뒤 아들이 어머니의 손을 잡고 해청도로 향하는 배에 조심스레 올랐다. 뒤를 따라 아내가 천천히 배에 올랐다. 한 손은 내 팔에 의지하고, 한 손은 자신의 배를 조심스레 감싼 채.

〈끝〉